그냥읽는한국문학

한국단편소설 II

이광수
신채호
나도향
이익상
백신애
심 훈

율나무

그냥읽는한국문학 **한국단편소설 II**

발행일 | 2019년 12월 9일
지은이 | 이광수/신채호/나도향/이익상/백신애/심 훈
발행인 | 조은희
발행처 | 도서출판 율나무
전 화 | 02-2201-5435
팩 스 | 0502-989-9435
블로그 | https://blog.naver.com/methylviolet
이메일 | yoolnamoo@naver.com

ISBN 979-11-967149-3-2

이 도서의 국립중앙도서관 출판예정도서목록(CIP)은 서지정보유통지원시스템 홈페이지(http://seoji.nl.go.kr)와 국가자료종합목록 구축시스템(http://kolis-net.nl.go.kr)에서 이용하실 수 있습니다. (CIP제어번호 : CIP2019048057)

차 례

어린 희생 6
무정(無情) 27
소년의 비애 41
꿈하늘 66
은화 • 백동화 144
벙어리 삼룡이 153
흙의 세례 176
쫓기어 가는 이들 202
꺼래이 234
적빈 266
황공의 최후 288

*작가별 수록 순서는 발표된 시기에 따랐고, 한작가의 작품 순서는 발표 순서에 따라 실었습니다.

*표기는 원전을 기준으로 하였으나 지금은 잘 쓰지않는 한자나 어려운 한문표기는 표준어 쓰기를 원칙으로 국립국어연구원 편찬의 <표준 국어 대사전>에 맞추어 표기하였습니다.

*작가의 독특한 표현이나, 방언, 우리 옛말은 그대로 표기하였습니다.

*인물이나 역사의 해설은 <문화원형용어사전>, <표준국어대사전>, <한국고전용어사전>, <한국민족문화대백과>를 참조하였습니다.

이광수
어린희생 / 무정 / 소년의 비애

이광수(李光洙)
1892~1950. 평안북도 정주 출생.
시인, 소설가, 평론가, 언론인. 친일반민족행위자

한국 최초의 근대 장편소설 「무정(無情)」을 쓴 소설가.
11세인 1902년 콜레라로 부모를 여의고 고아가 된 후 동학에 입단. 관헌의 탄압이 심해지자 1904년 상경, 이듬해 친일단체 일진회의 추천으로 일본으로 유학을 떠났다. 1910년 정주 오산학교에서 교편을 잡고 1917년 1월 1일부터 한국 최초의 근대 장편소설 「무정」을 『매일신보』에 연재하여 소설문학의 새로운 역사를 개척하였다. 1919년 도쿄 유학생의 2·8독립선언서 작성, 신한청년당 가담, 임시정부에서 활동하며 임시정부 기관지인 『독립신문사』사장 역임. 1921년 귀국하여 다시 교편을 잡고 1922년 『개벽』에 「민족개조론」을 발표하였다. 『동아일보』, 『조선일보』등 언론계에서 활약하면서 많은 작품을 썼다. 1937년 수양동우회 사건으로 투옥되었다가 반 년 만에 병보석되었는데, 이때부터 본격적인 친일 행위를 시작했다. 1939년에 친일 어용단체인 조선문인협회 회장이 되었고 일본식으로 성과 이름을 바꾸었다. 8·15광복 후 반민법으로 구속되었다가 병보석으로 출감했으나 6·25전쟁 때 납북되었다. 그간 생사불명이다가 1950년 만포에서 병사한 것으로 확인되었다.

주요작품 「윤광호(尹光浩)」「재생」「마의태자」「단종애사」「흙」「이차돈의 사(死)」「사랑」「원효대사」「유정」

어린 희생
-외국소년의 과외로 읽을거리-

상(上)

"아바지가 언제깨나 돌아오실는지요."

십 육칠 세나 됨직한 소년이 은 같은 장발이 반면이나 가린 노인더러 묻는다.

"언제 돌아올지 알겠니 죽을지 살지도 모르는데."

"아라사[1]놈들을 많이 죽였으면……."

소년은 조그마한 두 주먹을 꽉 부르쥐인다. 때는 서기 일천칠백칠십삼년 일월 십사일. 녹다 남은 눈이 여기저기 남아 있고 북극해로 불어오는 바람이 살을 베는 듯한 저녁이라.

이때에 문 두드리는 소리 들리거늘 소년이 분주히 문을 열더니 어떤 전보 한 장을 받아다가 머리 숙이고 앉았는 노인께 드린다. 노인이 깜짝 놀라는 듯 머리를 번쩍 들고 떨리는 손으로 그것을 뜯어보니

"으룻친스키—오늘 아침 전사(戰士)"

1　러시아

노인은 그릇 보지는 아니한가 하여 다시금 보더니 전보를 구겨 쥐고 눈이 둥굴하야 왼편 어깨에 손 짚고 섰는 소년을 본다. 소년도 그 적은 몸이 불불 떨리며 눈에 이슬이 맺혀 두 사람이 아무 말도 없이 서로 보고 있는 것이 정신 잃을 것 같더라. 노인이 소년을 안으면서

"네 아비가 죽었다…… 나라를 위하야! 동포를 위하야."

"아라사 놈의 손에?"

"오냐 아라사 놈의 손에…… 우리 대적."

"아라사 놈의 손에…… 아라사 놈의 손에 아바지가 죽었어요!?"

"응, 아라사 놈의 손에, 우리 대적 아라사 놈의 손에."

소년은 머리를 돌려서 내려다보니 노인의 흐린 눈을 본다.

"할아버지, 아버지가 다시 돌아오시겠소? 다시 집에?"

소년의 어여쁜 눈에 맺혔든 이슬은 깊은 눈썹을 숨기며 솟아난다. 노인의 가슴은 종 치는 듯, 소년 안은 팔에 힘을 쓰면서

"네 아비가 죽었어…… 하나님헌테 가서, 나라 위해…… 동포 위해."

"아바지, 아바지."

소년은 할 일 없는 듯 흘끈흘끈 느낀다.

"네 아비는 명예 있게…… 나라 위해, 동포 위해……."

"아라사의 손에……."

기둥같이 믿던 다만 외아들이 영원히 못 돌아오는가 생각하면 가슴이 터져서 발 그르고 소리 질러 울고 싶으나 무릎 위에 있는 어린 손자를 보고 울지도 못하고 목에까지 밀려온 울음을 즈르잡고 우는 손자를 위로하는 노인의 심중!

"울지 마라. 울지는 않아도 잊지를 아니하여야 한다. 어서 공부 잘하여서…… 커서…… 원수 갚게……."

머리를 뒤로 젖히고 길게 한숨 지우면서

"네 아비, 네 나라, 네 동포, 원수 갚게……."

노인은 감정이 자아친 듯 더 힘껏 손자를 안으면서 불그레한 손자의 얼굴에 수없이 '키스' 한다. 이때에 문밖에 말굽 소리 들리거늘 안겼던 소년이 조부의 팔을 치우고 벌떡 일어서면서

"할아바지 나, 나, 저놈들, 쥐, 쥑이겠습니다."

하고 입을 감물고[2] 몸을 흔들면서 마제 소리에 귀를 기울이더니 아무 말도 없이 문께를 뛰어나간다. 노인은 놀라 일어나 손자를 붙들고

"애, 공부 잘 하구, 큰 담에……."

"크기 전에 죽으면…… 이제, 이제 한 놈이라도 때, 때려죽여야!"

2 입술을 감아 들여서 꼭 물다.

"너보다 더 세인 네 아비도 죽었거든……."

소년은 뛰어나가려고 몸을 흔든다.

"아이고, 놓아주, 주세요! 한 놈이라도……."

"애, 너보다 더 세인…… 그래야 쓸데없다."

소년은 머리를 흔들면서

"노아주세요, 노아……, 한 놈이라도…… 아바지 죽, 죽인…… 대적, 원수."

소년은 여러 번 뿌리치고 뛰어나가려 하다가 그 조부의 간절한 말을 들음에 자연 뛰는 마음이 적이 가라앉아 의자에 돌아와 맥없이 앉는다.

바람은 여기저기 백악(白堊)[3]이 떨어져서 불긋불긋 벽돌이 나타났으며 실(室)의 중앙에는 어느 십 년 전 것인지 오래지 않아 다 부서질 듯한 사방 박힌 '테이블'이 놓였고 그 위에는 접시, 포크, 칼, 양묵(洋墨), 철필(鐵筆)[4] 등이 어지러이 놓였으며 그 주위에는 손바닥만 한 나무판에 세 발 단 의자가 삼사 개 놓였으며 문을 들어서서 왼편에는 노인의 검소한 침상이 있는데 잿빛 같은 수전(手氈)이 덮였고 오른편에는 벽장이 있으니 일용가구가 있더라.

십일월 삼오월[5]은 흐르는 듯한 찬 빛을 더러운 유리창으로

---

3 석회로 칠한 흰 벽.
4 잉크, 펜.
5 보름을 달리 이르는 말.

들여보내어 비관하는 두 사람을 몽롱하게 비추고 살을 베이는 듯한 북극해로서 오는 찬바람은 마당에 나무를 잡아 흔들어 창에 그린 나무를 동요하는데 노인과 소년은 아무 말도 없이 앉아서 속절없는 눈물과 한숨만 지운다. 골수에 사무친 적개심은 이따금 발동하여 이를 살여물고 신체를 떤다.

소년은 적은 가슴에 슬픈 생각과 분한 생각이 뒤섞여 일어나 큰 바다에 물결같이 뛰놀며 노인은 여러 가지 생각이 순서없이 무럭무럭 솟아나서 어찌할 줄을 모르고 그린 듯이 앉았더니 어떤 생각이 났던지 손길을 비틀며 으흐흑 느낀다. 이 으흐흑 소리는 대표풍(大颷風)[6] 같은 힘으로 소년의 심해에 물결을 일으켜 가만히 앉았던 우리 용맹한 소년이 후닥닥 일어서서 나는 듯 침상 위에 걸린 엽총을 벗겨가지고 나가려 하거늘 노인이 놀라 걸앉았던 의자를 넘어뜨리면서 나가려 하는 손자를 붙들고 총을 앗으려 하나 손자는 몸을 흔들며 총을 안 빼앗기려 하여 침상에 덧업혀 넘어졌다.

"또, 또 그러는구나."

노인이 원망하는 듯 아래 깔린 손자의 변색한 얼굴을 내려다보면서

"네가 네가, 아, 암만, 그래, 그렇다, 암만 그, 그래야! 아, 아."

6 표풍. 회오리바람.

"놓아주세요, 노, 놓아주세, 요."

양인의 숨소리는 차차 높아간다.

"애, 왜, 그다지도 내, 내 말을 안 듣는단, 말이냐."

"총, 초, 총 맞아도 안 죽겠소, 총 맞아도."

"못 해, 못, 못 해, 한 놈도, 못 해."

이때에 더운 한 방울이 소년의 이마에 떨어진다. 이 한 방울이 무슨 힘을 가졌든지 소년의 총 부르쥔 손이 맥없이 스르르 풀리며 이제껏 먹었던 마음이 봄철 눈같이 차차로 스러지고 새 슬픔과 새 동정이 샘같이 솟아나서 얼음 속에 묻혔던 몸이 갑자기 불 가운데로 들어온 듯. 노인은 총을 앗아가지고 일어서서 이런 것이 있어서는 손자의 목숨이 위태하리라 하야 낑낑하면서 꺾어버린다.

이에 노인은 안심한 듯이 길게 한숨지으면서 벽장으로 가 양초에 불을 붙여 '테이블'에 붙여놓고 마른 면포[7]덩이와 '버터'를 내어놓고 넘어졌던 의자를 바로 놓고 걸앉아서 소년을 불러 앉히니 이는 대개 자기는 가슴이 꽉 차서 들어갈 데도 없거니와 생각이나 있을 리 없으나 손자나 먹일 양으로 저녁밥을 차림이라.

노인은 칼에다 버터를 묻혀 손자에게 주면서

"애, 내가 그처럼 말해주었는데도 모른단 말이냐. 네가 그

---

7 개화기 때, '빵'을 일컫던 말.

래야 아무것도 못 하고 죽기만 할 따름이지. 난들 생각하면 가슴이 쏘지마는……."

노인은 여기까지 말하여오다가 문득 가슴에 무엇이 밀려 올라와서 말을 끊고, 소년은 조부가 주신 면포를 의미 없이 받는데 그 손은 떨리고 그 눈에는 눈물만 연방 솟는다. 받기는 주시는 것을 어찌하지 못하여 받았으나 목이 겹겹으로 메인 터이라 먹지를 아니 한다 아니 못 한다. 조부도 다시는 권하는 말도 없이 기다랗게 늘어진 수염을 흔들흔들 흔들더니 머리를 돌려 손자를 보면서

"얘 넌들 여복[8]해 그러겠느냐, 마는 지금 그래야 쓸데없어."

쥐었던 칼을 놓으면서

"어서 공부나 잘 해가지고 크게 한번 원수를 갚게 마음먹어라."

손자는 듣는 듯 아니 듣는 듯.

피차에 말없이 각기 아래를 정신없이 보더니 얼마 있다가 노인이 다른 양초에 불을 붙여 손자에게 주면서

"네 방에 가 자거니 깨거니 하여라. 공연히 쓸데없는 생각은 말고."

소년은 조부의 '키스'를 받고 (습관)으로 양초를 받아가지고 제방으로 들어가다가, 가고 싶은 것은 아니나 먹은 마음이

8 여복의 방언. 얼마나, 오죽, 작히나.

있어서.

  노인은 손자의 들어가는 것을 우둑하니 보고 섰더니 침상에 걸앉아 손길을 비틀며 손자 때문에 참았던 눈물을 쏟는다. 손자 때문에 아들 죽은 슬픔은 꾹 참고 있더니 손자가 없어진 즉 기다리고 있던 것같이 여러 가지 생각이 한꺼번에 쓸어들고 슬프기도 하고 분하기도 하여 주먹으로 가슴도 치며 이도 부득부득 갈고 앉았더니 너무 속을 썩어서 몸이 피곤하여진 듯 '다시는 못 돌아오겠지' 하고 길게 한숨 지우면서 거꾸러지는 듯 모전(毛氈)[9]을 쓰고 눕더니 얼마 안 가서 슬그머니 잠이 든다. 소년은 제 방에 돌아와 모전을 쓰고 눕기는 누웠으나 잠이 와야지.

  마음 같아서는 뛰어나가서 돌멩이라도 한 통(筒) 집어서 아라사 병정의 머리를 깨치고 싶으나 알뜰히 만류하는 조부를 생각하면 그도 못 하겠고, 그렇다고 가만히 잘 수도 없고, 어찌하면 좋을는지, 전 아라사 놈들을 다 잡아서 뼈를 갈아 가루를 만들고 고기를 탕 쳐 젓을 담가도 오히려 만족지 못할 이 원수를 안 갚고야 어찌해! 우리 사랑하는 아버지가 저놈의 손에 죽고 또 우리의 피를 나눈 전 동포가 저놈들의 노예가 되어 개와 도야지같이 학대를 받게 되었는데. 우리는 땅도 없고 집도 없고 자유도 없고 권리도 없어 살고도 죽은 모양이

---

9 짐승의 털로 색을 맞추고 무늬를 놓아 두툼하게 짠 부드러운 요.

야. 살아서 있을 데가 없고 죽어서 묻힐 데가 없으니 이에서 더한 불행이야 인류에 우리밖에 더 있겠나. 도로혀 죽음만도 같지 못하여 죽기나 하였으면 이러한 학대는 안 받으련만. 용감한 이 소년의 가슴은 삼같이 어지러워 암만 하여도 풀리지 아니한다. 그러나 도저히 평안히 자고 있지 못할 것은 누가 와도, 어떠한 힘으로도 움직이지 못할 결심이요, 다만 그 방법을 연구할 따름이라, 될 수 있는 대로 적에게 큰 손해를 입힐 계책을 생각하나 어찌하여야 좋을는지 일정한 생각이 안 난다. 소년은 암만 하여도 분한 마음이 가라앉지 아니하여 한숨도 쉬고 이도 갈아보며 가슴도 쳐보고 있다가 미친 듯이 후닥닥 일어났다가는 맥없이 눕기도 하더니 또 무슨 생각이 낫는지 번쩍 일어나서 외투 입고 모자 쓰고 뽀지직 뽀지직 타는 양초를 떼여 들고 가만가만히 조부의 자는 방으로 내려가 촉을 조부의 머리맡에 내려놓고 주부의 자는 얼굴을 보니 잠은 비록 깊이 들었으나 고민의 빛을 미우(眉宇)[10]에 널렸고 애통의 기운은 얼굴을 휩쌌구나.

중(中)

소년이 조부의 얼굴을 보매 또 슬픈 생각이 물결같이 밀려와 전신이 녹는 듯하나 이런 생각하고 있을 때는 아니라고 제

10 이마의 눈썹 근처.

가 저를 분려(奮勵)[11]하야 가만가만히 침상 아래를 뒤적뒤적 뒤더니 한 뼘이나 됨직한 동녹[12] 싼 가위를 얻어내어 두어 번 데걱데걱 놀려보고 외투 안 '포켓'에 접어 넣고 빨리 문께로 가더니 다시 생각한 듯 이삼 보 돌아와 조부의 주름 잡힌 얼굴을 굽어보고 가는 목소리로

"조부님 용서하시오."

하고

"제가 만일이라도 원수를 갚고저 하여 아라사 놈의 전선 끊으러 갑니다. 조부님의 명령을 거역하는 것이 죄 되며 그것은 고사하고 조부님이 여복 슬퍼하실 것은 아나 암만 하여도 정이 자아쳐 누르지 못하겠나이다. 여서 끝난 것이 제 힘에는 제일 큰 것이올시다. 전선을 끊어서 조금이라도 적에게 손해를 끼치면 저의 소망을 달함이로소이다. 마음은 크지만은 이 육체가 마음과 같지 아니하니 어찌하오리까. 어떻든지 내 힘에 믿는 대로나 하였으면 정에 만족할까 하나이다."

하고

"이제 가면 다시는 조부님께 안기여 '키스' 하지 못하겠나이다."

함에 철석같은 이 용감한 소년의 심장도 녹아 눈으로 쏟아지는 도다. 행여 기념이나 될까 하여 때 묻은 조부의 눌은 목

11 기운을 내어 힘씀.
12 동록. 구리의 표면에 녹이 슬어 생기는 푸른빛의 물질.

도리를 제 목에 휘휘 잡아 두르고 침상 곁에 꿇어앉아 드리워 있는 갈색 같은 조부의 손에 '키스' 하니 조부는 이런 줄도 모르고 팔을 걷어 친다.

"조부님 이것이 영원한 이별이올시다. 제가 죽었다고 그다지 슬퍼 맙시오, 아바지헌테 가서 조부님 오시기를 기다리고 있겠습니다."

우리 용감한 소년은 다시금 조부의 얼굴을 보고 섰더니 결심한 듯이 홱 돌아서서 문을 열고 한걸음 나서니 찬 바람과 찬 달그림자가 흘러들어와 촛불이 춤춘다. 나서기는 하였으나 어미도 없는 나 하나를 제 몸보다 더 사랑하여주시던 늙으신 조부며 이 세상에 떨어져서 십여 년간 살아오던 집을 영원히 떠나는가 생각하면 굳게 한 결심도 얼음같이 녹아서 다시 돌아들어 가 조부를 안고 실컷 울고도 싶으며 험상스러운 '테이블'이며 여기저기 떨어진 벽조차 정다이 보여 나를 보고 울며 나를 잡아끄는 듯. 소년이 우상같이 섰더니 차분하고 침착한 듯 다른 형동(衡動)이 마음에 들어와 흩어졌던 정신을 다시 수습하여

"다시 살아 돌아오면 보고."

하고 문도 아니 닫고 뛰어나간다.

아까 불던 바람은 죽은 듯이 자고 둥그런 삼오월이 서으로 기울어져 산이며, 들이며, 집이며, 나무며, 지구상에 만물이

다 그 빛에 잠겨 반이나 녹은 듯 꿈같이 몽롱한데 용감한 이 소년도 월광에 감기어 두루번두루번 살피면서 집 뒤 솔밭 그늘로 숨는다. 처음에는 조부며 집 생각이 나더니 오분이 못하여 그런 생각은 다 없어지고 다만 어떻게 올라가서 어떻게 끊을까 하난 생각뿐이라. 슬프다 누라서 이 소년의 이 마음을 알리오. 우주는 묵연하여 아무 소리도 없고 다만 이 용 소년의 정신만 자유자재로 무궁 공간을 비상할 뿐. 집에 누워있던 노인은 어떠한 꿈을 꾸는가.

얼마 아니하여 용 소년은 어떤 행길에 나서서 우뚝 서서 서방을 보더니 동으로 향하여 뛰어가니 그림자가 앞섰더라. 좌우에 섰는 적은 나무 큰 나무는 잎이 다 떨어졌고 뼈만 남아서 달빛에 죽은 빛이 되었고 바람도 안 불건만 전선 위는 소리 으릉으릉 비분한 남아의 회포를 돕는 듯. 용감한 소년은 새로 세운 전주 앞에 머물러 우러러보면서 무심히 웃는다. 용감한 소년은 주저치 않고 다람쥐같이 전주에 기어 올라간다. 이때에 이 힘은 전혀 이 소년의 힘은 아니라. 사기통 박은 쇠를 붙잡고 외투에서 가위를 내어 약한 힘을 다하여 두 줄을 다 끊으려 한다. 소년의 손이 거의 닿으려 할 때 동방으로 달려오던 삼기(三騎)! 사자(使者)! 소년의 최후!

전주 아래에 말을 세우고 각각 땅에 내려 소년을 치어다보면서

"이놈, 전선 끊으려 하는구나, 내려오너라."

"이놈, 빨리."

"죽일 놈 빨리 내려와."

세 범이 한 토끼를 다투는 듯. 그러나 제가 토끼인 줄은 몰랐으리라.

소년이 이 소리를 듣는 찰나에 어떻게 그 속이 상하였을까? 그가 아직 목적을 달하지 못하였다. 그러나 이제는 어찌할 수 없이 되었구나. "이놈" 소리가 귀에 들어오는가 하였더니 금시에 뒤로서 옷깃을 잡아당기는 자가 있다. 그리하는 자는 수염 많은 기병이라. 무쇠 몽둥이 같은 팔로 잔약(孱弱)한 그를 나무에 붙은 것을 떼는 듯 힘껏 잡아끄니 소년은 일이 이미 틀린 줄 알고 조금도 저항치 못한다. 못 하는지 안 하는지?

굳은 주먹이 무수히 소년의 몸에 떨어지더니 곁에 섰든 키 큰 기병이 서리 같은 긴 칼을 획 잡아 뽑으니 달그림자에 반사하야 불티가 나는 듯. 위기일발, 서슬이 시퍼런 칼날이 소년의 목에 떨어지려 하는 도다.

"죽여라. 나는 다만 너희가 이 줄 끊으리란 것을 안 것이 원통하다. 죽여라, 이놈들. 내 아버지, 아버지를 죽이고 내 동포를 죽인 아라사 놈들아!"

소년은 다시 잠잠하여지고 몸도 움직이지 않는다. 그림자

가 한 아이 되었다 셋이 되었다 여러 가지로 변한다. 삼 인이 냉소하는 듯 씩 웃더니

"애, 칼로 죽일 것 무어 있느냐, 요 애가 전선에 손을 대려 하였으니 그것으로 동여매어 죽이세그려."

이것은 수염 많은 자의 말.

"그게 좋으이. 저 전주에다, 응."

검을 집어 도로 꽂으면서.

"하하, 쇠줄로 감장[13]을 하나, 별일도 있고, 하하하하."

삼 인이 다 웃는다. 사람 죽이면서 웃음은 어떤 뜻일꼬?

삼 인은 우리 어린 용감한 소년을 전선이 끊어져라 하고 잔뜩 결박하여 댕글하게 전주에 달아매고 재미있는 듯 한 번씩 흔들어 보고 웃더니 말에 올라 서로 향한다.

우리 어린 용감한 소년의 몸은 각 일각으로 식어가고 정신만 "자유, 자유"(프리, 프리)를 부르면서 공중에 나는 도다.

이리하여 어린 아해의 크지 못한 보복수단은 한갓 몸만 잃었도다.

하(下)

이때에 노인이 악몽에 놀라 깨여본즉 머리맡에 촛불이 있고 문이 열렸는지라, 도적이나 들어왔는가 하여 두리번두리

---

13 장사 치르는 일을 마침.

번 살피되 아무 흔적도 없어 잠시 의아하더니 안연듯 손자 생각이 난다. 노인이 펄쩍 일어나서 침상을 내려온다. 양초를 본즉 과연 손자의 것이며 반이나 너머 탔더라. 노인이 가슴이 설렁설렁 갑자기 뛰놀아 그 초를 들고 손자의 방에 들어가 보니 아! 손자는 간곳없고 자리만 차게 남았도다. 미친 듯 자기 방에 돌아와 문으로 내다보니 달빛과 나무뿐이로다. 아아! 내가 왜 잤던고! 내가 자는 때를 타서 어디로 갔는가 보구나. 갔으면 무슨 일을 할는지 아마도 다시는 못 돌아오리라. 꿈에 그 애가 와서 말도 못하고 나를 붙들고 우는 양을 보았더니 그것이 죽은 영혼은 아니든가. 창천아! 무정하도다 나의 사랑하는 아들을 앗고 오히려 부족하여 손자까지 앗는가. 노인이 입을 감물고 주먹을 부르쥐고 문밖을 바라보면서 전기 맞은 것같이 프들프들 떤다. 이때에 제걱제걱 들어오는 기병 삼인. 이것은 이 앞을 지나가다가 추움을 못 이겨 술이나 얻어먹으려고 들어온 것이라. 노인이 이런 줄은 모르고 손자 일로 온 줄로만 생각하고 분해하며 또 두려워한다. 그러나 행여 사랑하는 손자를 잡아나 가지고 오는가. 그렇기나 하였으면 죽을 때엔 죽어도 한번 보기는 하련마는, 그러나 아아! 들어온 것은 다만 기병 세 사람. 세 사람뿐이라.

"애, 이놈아 술 내라. 술 내여."

하고 소년에게 향하여 칼 뽑던 자가 손등으로 노인의 뺨을 철썩 때린다. 세 사람이 '테이블'을 싸고 돌아앉아서 안개를 푸우푸우 토한다.

노인이 생각건대 이놈들은 우리 원수! 우리 손자도 아마 이놈들의 손에 죽었는지 모르겠다…… 우리 아들도. 아아! 물어뜯고 싶어. 그러나 이제 거역하면 자못 저놈들의 칼에 피나 발랐지. 내 손자가 죽었으면 죽어도 아깝지 아니하나 만일 살아 있고 보면 내가 죽어서야 될 수 있나. 제아무리 어른스러운들. 차라리 저놈들의 하라는 대로 복종하다가 다행히 취하든지 하여 좋은 기회가 있거든 한 놈이라도 때려죽이는 것이 상책이다.

"이놈아. 어서어서. 술 가져와. 술 가져오라 하면 어서 가져오지."

하면서 수염 많은 (상관인 듯) 자가 목에 감았던 누런 목도리를 풀어 팩 소리가 나도록 노인의 상에 던진다. 노인은 더욱 분한 마음이 탱중(撐中)[14] 하야 죽더라도 한 놈마저 치려 하다가 다시금 생각하고 목도리를 침상에 놓고 벽장에 가서 한 되나 되는즉한 사기병과 고기를 내어 테이블 위에 놓는데 세 사람이 노인의 얼굴을 물끄러미 보면서 빗죽빗죽 웃더니 칼 뽑든 자가 노인의 뼈만 남은 높은 코를 잡아 흔들면서 재미있는 듯이 웃으니 다른 사람들도 웃는다. 노인은 수모하는

14 화나 욕심 따위가 가슴속에 가득 차 있다.

줄로 생각하되 삼 인은 무심이라. 저희들도 집에 있을 때에는 어른을 공경하는 법도 알았고 또 실행도 하였으나 저의들의 입은 옷과 찬 칼은 저희들로 하여금 이것을 잊어버리게 한 것일러라.

 삼 인이 찬술을 잔에 평평 부어, 졸졸 소리가 나고는 목이 뒤로 넘어간다. 삼 인은 어어— 하난 소리밖에 아무 말도 아니 한다. 노인의 침상에 걸어앉아 손자의 생사만 생각하기에 방 안에 누가 앉았는지도 모르고 있더니 불의에 상 맞은 목도리를 들어보더니 노인이 깜짝 놀래어 고개를 번쩍 들고 두어 번 보더니 고개가 움츠러진다. 이것이 어인 일인고! 이것이 나 가졌던 목도린데. 암만 보아도 분명히 나 가졌던 목도리야! 아마도 우리 손자가 이것을 두르고 갔다가 저놈들의 손에 죽고 이것을 앗긴 것이로다. 노인이 잠시도 참을 수 없어 이웃 마을에 갔다 오겠노라 핑계하고 뛰어나간다. 어디로 갈는지를 모르고 주저하더니 손자 간 길로 뛰어간다. 같은 달빛이요 같은 길이언마는 전에 가는 사람과 후에 가는 사람과는 전혀 다른사람이로다. 전에 가는 사람은 희망을 달(達)하려 가고 후에 가는 사람은 절망에 달하려 가는 도다. 노인이 아무 생각도 없이 그저 뛰더니 문득 발에 걸리는 것이 있거늘 본즉 이것이 어인 일고. 이것은 의심할 것 없이 우리 사랑하는 손자의 모자로다. 노인이 예서 비로소 정신이 들어 그 모자를 가지고 죽은 손자를 찾아간다.

그 전주 아래에 다다르니 전선은 끊어져서 땅에 떨어졌는데 최애(最愛)[15]하는 손자는 전선에 얽매여 덩그러니 매달렸구나. 아까까지 불든 그 피리는 지금 어데. 달빛에 눈은 번쩍번쩍하나 벌써 아무 표정도 없는 눈이라. 노인이 그 아래 떨어진 가위를 들어 떨리는 손으로 달아맨 줄은 끊고 손자를 안아내려 창백한 그 얼굴에 무수히 '키스'하면서

"아아! 산해롭게 죽었다. 네가 비록 죽었지마는 네 정신은⋯⋯ 그 굳세고 맑고 더운 정신은 이 우주와 같이 하나님 앞에 영원히 빛나리라."

이렇게 말은 하였으나 또한 슬픈 마음이 장마에 구름같이 가슴 하늘에 떠올라와 눈물이 앞을 가리운다. 노인이 다 식은 소년을 안고 지축지축하면서 집으로 돌아와 곳간에 드러누이고 다시 '키스' 하고 울고 안는다.

노인이 술병을 하나 내여 그 가운데 독약을 타서 손에 들고 소년의 가슴에 얼굴 대고 산 사람에게 대화하는 태도로

"잠깐만 기다려 다구. 응, 잠깐만."

마음이 너무 자아쳐 울지도 못하고

"내 이제 가서 쥐 때려죽이듯 저놈들 죽이고 올 것이니."

노인이 다시 '키스' 하고 미친 사람같이 방으로 들어간다.

15 가장 사랑하다.

그 얼굴은 아까 거와는 전혀 다르더라. 삼 인은 대강 취하여 말소리도 똑똑지 않게 되었는데 노인 오는 것을 보고

"어데 갔다 오나."

수염 많은 자의 취성이라.

"에. 헤. 술이 다 없어졌기에 건넛마을 술 사러 갔다 왔소."

노인은 웃는 소리라.

"아. 거 수고하였구먼."

칼 뽑던 자

"자. 어쨌든지 부어라."

수염 많은 자

노인이 구부리면서 세 잔에 독주를 채운다.

"너. 수고했는데 한잔 먹지."

이것은 가만히 앉았는 자

"아니올시다. 나는 술 먹을 줄 모릅니다."

"이놈 잔소리 말고 이 잔을 들어."

칼 뽑는 자는 넘을넘을 하게 붓는다. 노인의 마음에는 '천벌'이라는 소리 일어나더니 엎어지고 술잔을 들고 떨기만 한다. 세 사람은 한숨에 쭈욱 들이마시더니 노인이 아직 안 먹고 섰는 것을 보고 칼 뽑던 자는 "이놈!" 하면서 군도[16] 집으로 노인의 팔을 치니 술잔이 땅에 떨어져 부스러진다. 세 사람

16 군인이 허리에 차는 칼.

이 멈춤 없이 마시더니 수염 많은 자는 병나발을 분다. 노인의 마음에 또 한 번 '천벌'이 어른한다. 이윽하더니 세 사람은 독약 기운이 나타난다. 칼 뽑던 자는 "이놈 독약 먹였구나" 하면서 칼을 뽑아 노인을 찌르려 하나 네 사지가 마비하야 임의로 아니 된다. 노인이 문밖에 나가서 낡은 창을 가져다가 "이놈들!" 하면서 세 사람을 질러 꺼꾸러 치니 선혈은 임리(淋漓)[17]하야 방바닥에 찬다. 노인이 피가 뚝뚝 떨어지는 쟁을 들고 굽어보더니 달려나가 손자의 주검을 안아다가 테이블 위에 있던 물건을 밀고 뉘어놓으면서

"자. 네 원수를 갚았다. 이 광경을 보아라. 왜 대답이 없느냐. 아 어두워서 보이지가 않는가 보구나. 자 이제는 보이지. 그래도 대답이 없구나. 오냐 사죄시키지."

노인이 그 손자의 죽은 줄을 모르는 것같이 니약하더니 차제로 한 사람씩 끌어다가 굳어진 고개를 억지로 숙이면서

"이놈. 사죄하여라."

"자, 사죄하였다."

"왜. 그래도 대답이 없어. 왜. 왜. 아! 너는 죽었지. 아이고 산줄 알았구나. 죽었지."

노인이 실성하여 우둑하니 주검들을 보고 섰더니

"아아 너희들 무슨 죄가 있기에. 못된 놈들 때문에 너희도

---

17 흠뻑 젖어 뚝뚝 흘러 떨어지거나 흥건한 모양.

부모 처자를 버리고 멀리 나왔지. 너희도 원래는 사람 죽이기 좋아하지는 않았겠구나. 몇 놈 때문에……너의 경우가."

노인이 다시 본성이 든 듯이 주먹을 가슴에 대고 하늘을 우러러보더니

"내가 너희들을 원망한 것같이 너의 부모 처자가 이것을 보면 얼마나 나를 원망할까?"

노인이 새 슬픔이 또 생겨서 이때껏 없던 기병들의 시체가 손자의 시체와 같이 정다워진다. 노인이 "아아" "아아"하고 머리를 숙였다 들었다 하더니

"조물주여. 왜. 전지전능하신 손 가지고 이렇게 서로 죽이고 서로 미워하게 만들었소. 오. 으―ㄱ."

하면서 거꾸러진다.

테이블 위에 있던 양초는 다 타고 불이 끔벅끔벅.

1910년 2월 ~ 5월 『소년』

무정(無情)

 유월 중순, 찌는 듯하는 태양이 넘어가고 안개 같은 수증기가 만물을 잠가, 산이며 천이며, 가옥이며, 모든 물건이 모두 반이나 녹는 듯 어두운 장막이 차차차차 내림에 끓는 듯하던 공기도 얼마큼 식어 가고, 서늘하고 부드러운 바람이 빽빽한 밤나무 잎을 가만가만히 흔들어서, 정적한 밤에 바삭바삭하는 소리가 난다.
 처소는 박천(博川) 송림(松林), 몽롱한 월색(月色)이 꿈같이 촌락에 비치었는데, 기와집에 사랑문 열어 놓은 생원님들은 몽몽한 쑥내로 모기떼를 방비하며 어두운 마루에서 긴 대 털며 쓸데없는 수작으로 시간을 보내나, 피땀을 죽죽 흘리면서 전답에 김매던 가난한 농부와 행랑 사람이여, 풀 뜯기와 잠자리 사냥에 피곤한 아동들은 벌써 세상을 모르고 혼수(昏睡)[1]하는데, 이 촌중 중앙에 있는 사, 오 채 기와집 뒷문이 방싯하고 열리더니, 그리로 한 이십 세나 되었을 만한 젊은 부인이 왼편 손에 자그마한 사기병을 들고나온다. 늙은 밤나무

1 정신없이 잠이 듦.

잎 사이로 흐르는 월광이 그 몸을 수 놓더라. 몸에는 새로 지은듯한 생저 적삼과 가는 베 치마를 입었고, 흰 그 얼굴에는 심통한 비애가 나타났더라.

부인을 따라 나오는 검은 강아지를 "쉬! 쉬!"하여 들여 쫓고, 다시금 몽롱한 집을 들여다보더니, 소리 아니 나게 문을 닫고 돌아선다. 그 두 눈으로 멈춤 없이 눈물이 흐르더라. 부인은 쑥이며 으악이 기다랗게 자란 풀을 헤치고 캄캄한 솔밭을 향하여 올라가면서 때때로 머리를 둘러 자기의 집을 돌아본다. 밤이 이미 깊었음에 바람 한 점 없고 푸른 하늘에 물먹은 무수한 별들만 반짝반짝 하계(下界)[2]를 내려다 본다. 부인은 거의 이성을 잃은 듯 들편들편하면서 발을 옮겨 놓는데 목적은 다만 컴컴한 데로 가는 것이라.

지금, 이 부인의 마음에는 희망도 없고, 공포도 없고, 심지어 비애조차 없게 되었도다. 처음에 집을 떠날 때는 무슨 목적도 있었겠고, 계획도 있었겠다마는 일보일보로 점점 지위없어지고, 제일 어두운 수풀 속에 이르렀을 때는 전혀 아무 감상도 아니 나게 되었더라.

아름이나 넘는 소나무가 빽빽이 들어서고 총생(叢生)[3]한 가지며 잎이 하늘을 가리워 별도 잘 아니 뵈이고, 습한 지면에서는 눅눅한 취기가 나며, 빽빽한 소나무 잎 사이로 흐르는

2 천상계에 상대하여 사람이 사는 세상을 이르는 말.
3 여러 개의 잎이 짧막한 줄기에 무더기로 나다.

월광은 무수한 금침이 지면에 흩어진 듯하더라. 부인은 미친 듯 오륙 보(步)나 뛰더니, 구부러진 소나무에 맞닥쳐 깜짝 놀래어 우뚝 서면서 머리를 들어 우러러보더니, 경련적으로 해쭉 웃고 앞으로 거꾸러지는 듯 그 나무를 안고 얼굴을 나무에 비빈다. 부인은 이러하고 한참 있더니, 무엇에 놀랜 듯 프륵 떨면서 손에 든 병을 보고 펄썩 주저앉는다.

한참이나 머리를 숙이고 앉으니 이성이 얼만큼 생긴다. 혼잣말로,

"아아, 그럴 데가 왜 있을꼬? 그럴 데가 왜 있을꼬? 아이고, 분해라! 아이고 절통해라! 그럴 데가 왜 있을꼬?"

부인은 병 든 손으로 땅을 덮고, 몸을 왼편으로 기울어뜨리고, 바른손으로 가슴을 누르면서 머리를 흔든다.

"내가 이 집에 시집오기만 잘못이야, 이럴 줄 알았으면 일생 시집이라고는 아니 가고 어머님과 함께 있을걸, 흥, 흥."

이마를 치마로 가리고 앞으로 거꾸러진다.

"뭐니 뭐니 해야 다 쓸데있나⋯⋯ 쓸데없어. 실컷 서방질이나⋯⋯ 그래, 쓸데없어, 쓸데없다!"

"계집아이 하나 믿고 살까? 죽었으면 편안하지. 이놈, 어디 얼마나 잘사나 보자!"

하고 부인은 머리를 들고 어깨춤을 추면서 곁에 누가 섰기나 한 것같이, 피 선 눈으로 견주어 보더니,

"네 이놈, 얼마나 잘사나 보자!"

하고 병에 넣은 약을 꿀꺽꿀꺽 마시고 입을 접접 다시면서 병을 내어던진다. 길게 한숨짓고 누우면서,

"그럴 데가 왜 있을꼬? 그럴 데가 왜 있을꼬? 이놈 어디 얼마나 잘사나 보자, 내가 죽어서 귀신만 되었단 보아라, 그래, 칼을 가지고 와서 그년 그놈을 이렇게……"

팔로 찌르는 형용(形容)[4]을 하면서,

"아이고, 어머니 난 죽노라!"

하고 배앓는 듯이 운다.

두 합(合)[5]이나 먹은 것은 귀 위에 동맥 모세관을 돌아, 각 기관과 세포에 퍼지니, 심장의 기능도 점점 둔하게 되고, 호흡도 곤란하여지며 전신에 허한(虛汗)[6]만 솟는다. 정신도 차차 몽롱하게 되어 작용이 점점 단순하여지면서 원망과 육신의 고통밖에 감응치 아니하더라.

처음에는 '이제 죽겠지' 하고 눈을 감고 가만히 누웠더니 바라고 바라는 죽음은 아니 오고, 오는 것은 고통뿐이라. 고통이란 놈은 우리의 일생을 안고 돌다가 그것도 오히려 부족한지 죽을 때 일 순간에 남은 고통 전체가 우리의 육체와 정신을 싸는 것이라. 가련한 이 부인은 지금 잔혹, 무정, 침통한

---

4 사물의 생긴 모양.
5 홉의 방언. 부피의 단위. 한 홉은 약 180㎖.
6 몸이 허약하여 나는 땀.

고통에 쌓여

"아이고 배야, 이놈!"

하는 소리로 이것을 벗어나려 하지도 못하고 범의 입에 물린 토끼와 같이 '고통'의 하라는 대로만 하고 목숨 끊어지기만 기다리는 도다.

"아이고 배야, 아이고, 아이고 오마니, 이놈."

하면서, 곱을락 일락 팔과 다리를 들었다 놓았다 하더니 약한 시간이 지나니, 끙끙 앓는 소리와 이따금 흑흑 느끼는 것밖에 없게 되더라. 나무는 의연히 섰고, 밤은 의연히 어두우며, 우주는 의연히 묵묵하도다. 자연(천지만물 단 인류는 제하고)은 무정하고 냉혹하여 우리야 싫어하든 즐거워하든 잠잠히 있고, 또 그뿐 아니라 그 법칙은 극히 엄준하여 우리로 하여금 결코 일보도 그 외에 나서게 하지 아니하나니, 즉 우리가 슬퍼 한대야 위로하는 법 없고, 우리가 일분일초의 생명을 더 얻으려 하여도 허락하지 아니하지 않는가.

그런데, 사람이란 동물은 고독을 싫어하는 고로 항상 그 '동무'를 구하며 구하여 얻으면 기뻐하고, 행복되며, 얻지 못하면 슬퍼하며 불행되나니라. 자연 그 '동무'에 조건이 있으니, 즉 '정다운 자', '사랑스러운 자'라, 만일 이 조건에 불합하는 자면 비록 백만의 동무가 있어도 오히려 무인광야에 홀로 선 것 같아 기쁨과 행복이 없으되, 만일 일인이라도 이 조건에 합하는 자 있으면 기쁨과 행복이 마음에 충만하여 전 우주 간에 만물이 하나도 아름다움 아님이 없고, 하나도 사랑 아님이 없나니, 전자는 인류에게 가장 불행하며 가련한 자요, 후자는 가장 복되며 운 좋은 자니라. 제왕, 부귀, 그 무엇인고?

후자에 속하는 가련한 저 부인은 고독의 비애가 그 극점에 달하여 사랑을 잃을 시에 그 행복과 기쁨을 잃고, 심지어 그 생명까지 버리려 하는 도다. 이 부인으로 하여금 용모와 자태, 정숙하고 단아한 덕행을 갖춘 이 부인으로 하여금 이 지경에 이르게 한 자, 그 누구? 한 사람의 생명을 파멸한 자, 그 누구?

"아이고 배야, 이놈!"

하는 소리는 공기에 파동을 만들어 어디까지 퍼졌는지, 지금은 아무 소리도 없고 움직임도 없는 생명 없는 하나의 물체로다.

촌가에서 닭은 소리 한두 마디 나더니 짧은 여름밤이 벌써 지나가고 동편 하늘이 희어지며, 별이 조는 듯 차차 없어지는데 촌중이 북적 뛰놀더니 등불이 여기저기 왔다 갔다 하더라.

이상, 부인이라 하여 온 사람은 송림 한 좌수(座首)[7]의 며느리라. 본시 같은 군의 모(某) 재장(齊長)[8]의 독녀로서 일찍

7 조선 시대에, 지방의 자치 기구인 향청의 우두머리.
8 장의(掌儀). 조선 시대에 성균관·향교에 머물러 공부하던 유생의

부친을 여의고, 모친과 노조모 하에서 그 아우 하나로 더불어 러 난 사람이라. 가세도 유여하여 여자 종, 남자 종에, 물 길어 본 적 없으며, 또 그 모는 오십 넘은 상처[9] 끝에 시집와 이십오 세에 과부가 되어 다만 두 자식을 바라보고 백발이 되도록 살아왔나니, 별로 교육 있는 이도 아니요, 다만 '무던한 사람'이라. 그러므로 이 부인도 그 모의 감화를 입어 그저 '무던한 사람'이라, 학교에서 선생의 강의를 들은 바도 없고, 외계, 즉 사회의 영향이라고는 그 가정과 친척의 상태, 언어, 행동 등에 지나지 못한 단순한 부인이라, 즉 한국 모형(模型)적 부인이라. 별로 특질도 없고, 능력도 없으나 간단히 그 성질을 설명하건댄 입이 무겁고, 행실이 단정하고, 아무 일이고 삼가고, 삼가며, 절대적 부모와 지아비의 명령에 복종함이라.

저가 한명준(韓明俊)의 아내가 된 것은 지금으로부터 팔년 전, 즉 저가 십 육, 명준이가 십 이세 적이라. 이 부인의 모친은 이 년 동안이나, 그 딸을 위하여 인근 촌리를 미행하면서 사위 될 제목을 고르던 결과로 한명준을 얻은 것이라.

저가 사위를 고를 때 무엇을 표준으로 하였는고. 말하기를, 일에 문벌, 이에 재산, 삼에 가족, 사에 당사자이며 또 자기의 가정이 외롭다 하여 세력 있는 한 좌수와 사돈 되는 것이 한껏 의지가 된다 함이라. 부인은 그 모만 믿고 어린 마음에 신

임원 가운데 으뜸 자리.
9 아내의 죽음을 당함.

랑 얼굴 보기만 고대하고, 남모르게 기뻐하며, 아무도 없을 때에는 '한명준, 한명준' 하고 즐겨 하며, 또 신랑의 화상(畵像)[10]을 여러 가지로 마음에 그려보고, 그 가운데 제일 풍채 좋고 천재 있는, 정 있는 소년을 선택하여 '한명준'이라는 이름을 짓고는 즐겨 하며, 철없는 아우가 '야— 한명준이 색시.' 하면서 어깨를 짚을 때에도 가장 시끄러운 듯 몸을 흔드나 기쁜 웃음이 목젖까지 말려 나오고, 귀결에 신랑의 결점이 들리면, 한끝으로는 노하고, 한끝으로는 무섭기도 하여, 아무쪼록 부인하여 하더니 어언간 십일월 십칠일이 왔더라.

부인은 밤들기를 고대하여 기쁨과 부끄러움과 의심을 섞어 가지고 휘황한 불빛에 비치어 신랑의 방에 들어가 장옷 속으로 병풍에 의지하여 서있는 신랑을 보니, 키는 십 세 된 아이 같고, 검은 갓 아래로 겨우 보이는 조그마한 얼굴에는 핏빛 하나 없고 멀뚱멀뚱하는 그 두 눈, 조말조말한 그 태도, 얼굴에는 조금도 사랑스럽거나 정다운 표정이 없더라. 부인의 가슴에 있던 아름다운 마음은 다 사라지고, 비애와 절망만 문들문들 솟아나와 울고까지 싶도다.

곤하여서 곁에서 식식 자는 신랑의 숨소리를 들으매, 지금껏 꽃밭에서 노니다가, 여우한테 홀리어서 여우의 굴에 들어온 것 같기도 하고, 재미있는 꿈을 꾸다가 깨친 것 같기도 하

10 사람의 얼굴을 그림으로 그린 형상.

고, '아아 이것이 내 일생에 같이 살아갈 지아비인가' 생각하면 가슴이 막히어, 어찌하여 어머니가 이런 사람을 골랐던고? 시집가는 데는 어미도 믿지 못할 것이로다. 아아, 이것이 나의 지아비인가? 난생처음 한심이요, 난생처음 슬픔이며, 난생처음 탄식이라.

이후 일년여나 본가에 있다가 시집이라고 보니, 모두 낯모르는 사람이요, 다만 하나 아는 사람은 지아비나 남보다 더 냉담하고, 시부모는 첫 며느리라 하여 심히 종애(鍾愛)[11]하나, 정작 사랑할 지아비는 '옷 내라', '버선 기워라' 하는 소리밖에 아니 하니 부모의 사랑이나 받으려면 본가에 있는 편이 낫지 아니할까.

남모르게 눈물로 지나가는 중 흐르는 세월이 일 년이나 지나가는데, 명준이는 점점 소원하여져서 부모의 말도 아니 듣고, 사랑에서 독거하게 되니 부인의 비애와 적막은 날로 깊어가는지라. 그 화기 있고 아름답던 얼굴은 점점 여위어가고, 활발하던 정신은 점점 침울하게 되어 듣지도 못하고 보지도 못하던 인생 문제까지 생긴다. 한 좨수는 항상 밖에 있는 고로 자세히 가내 사정을 몰라, 안에 있고 이런 방면에 주의하는 모친은 대단히 걱정하여, 이따금 그 아들을 불러서 훈계하나 아들은 마이동풍으로 듣지 아니하고 정이 점점 더 소원히

11 따뜻한 사랑을 한쪽으로 모음.

되어 그 처를 보기만 하여도 미운 생각이 나는 고로 조그만 일에도 팔깍팔깍 노하더라. 명준이도 차차 힘이 들어오매 이따금 그 처를 어여삐 여기는 정이 생기나 이는 잠시라, 자기도 왜 미워하는지 그 이유는 모르나 그저 미운 것이라, 뉘라서 능히 이 정을 없이 하리요. 다만 발현치 아니케 제어할 따름이라.

부인은 처음에는 애정과 육욕의 기갈[12]에만 비탄하더니 연령이 이십이 넘으매 자손 걱정까지 생겨서 비탄에 비탄을 가하더라. 설상가상은 이를 이름인지? 그 모친의 일찍 늙은 이유를 비로소 깨닫더라.

명준이도 십칠이 넘자 역시 고독의 비애를 깨달아 그 처에 대한 애정을 회복하려 힘쓰더니 힘쓰면 힘쓸수록 더욱 소원하여 가는지라. 마침내 외박이 빈번하여 성(城)안 출입이 잦고, 얼마 아니하여 이웃에게 '바람둥이'라는 칭호를 얻고, 술을 파는 장수, 기생의 빚쟁이가 한 좌수의 문에 자주 출입하여, 전답문권(文券)[13]이 날마다 날아나게 되니 부인의 유일 동정자되는 시어머니도 점점 냉담하게 되어 가더라.

이렁저렁 이년, 하루는 한 좌수가 명준을 불러,

"너, 이놈, 왜 그리 못된 짓을 하여서, 네 집안을 망케 한단 말이냐!"

12 배고픔과 목마름을 아울러 이르는 말.
13 땅이나 집 따위의 소유권이나 그밖의 권리를 증명하는 문서.

하고 그 죄를 꾸짖으매,

"그러면 첩을 하나 얻게 해 주시오."

명준이는 바람에 단련이 되어 조금도 부끄러움 없이 대답하거늘, 죄수도 여러 말로 꾸짖어 보고, 얼려도 보다가 하릴없이,

"그러면 네 처더러 물어봐라."

하고 입을 쩍쩍 다시면서 담뱃대를 떠니,

"정말씀입니까?"

명준은 기뻐하는 얼굴빛이 얼굴에 가득이라.

 칠 년 만에 부부 동침이라!

부인은 무슨 일인지를 모르고 꿈같이 생각하나 조금도 기쁜 정은 없더라. 부인의 열렬하던 정은 육, 칠 년간 애수·비탄에 다 식어 차가운 재가 되었도다.

무슨 일인지 명준이가 그날은 가장 친절하며 지금껏 소원하던 죄를 성심으로 하는 것 같이 사죄하며 각색 행동이 명준이는 아닌 듯하더라. 어찌 알았으리오, 이리가 양의 가죽을 쓰고 양의 무리에 섞이는 것은 양을 해치려 함인 줄을,

"여보게, 나 원할 게 하나 있는데—"

부인은 들은 듯 못 들은 듯 잠잠하고 있다.

"여보게, 나 원할 게 하나 있어."

"아니, 원할 게라니, 내게 무슨 원할 게 있겠소?"

부인은 온순한 음성으로 대하면서 무슨 소리를 하려는고? 하고 생각한다.

"아니, 그렇게 말할 게 아니라."

"……"

"들어주겠나? 이건, 꼭, 자네가 들어주어야 할 게야."

"무엇인지 말씀하구려."

"아니, 이건 참 들어주겠대야 하겠는데…"

"말씀을 하시구려."

"임자, 결내디[14] 말으시. 나 첩 하나 얻으라나?"

부인도 이 말을 듣고는 분이 버썩 나서 '에이 개 같은 자식 같으니' 하고 욕하고 싶은 마음이 무럭무럭 생기며, 욕이 목젖까지 밀려 오나 무던한 사람이라, 그도 못하고,

"나돌아다니면서 부모님 걱정 아니 시키겠으면 얻구려."

이것은 참 억지로 억지로 나오는 말이라. 이 말 속에 얼마나 비애와 원통이 숨었으리오.

"그래도 나를 버리지는 않지요."

부인은 오래오래 생각하다가, 필사의 용기를 다하여 이 말을 하였다.

"그럴 수가 있나, 버리다니…"

첩을 데려온 후에는 또 전과 같이 소원하여지더라.

14 못마땅한 것을 참지 못하여 성을 내다.

부인은 그 속음을 알고 더욱 분하며, 더욱 절통하며, 더욱 비애하여, 이전에는 다만 명준이만 원망하였더니, 좀 지나서는 전 남자를 원망하게 되며, 심지어는 전 인류를 원망하게 되고, 마침내 자기의 존재를 원망하게 되더라.

부인은 잉태한지라. 이런 줄을 안 후로는, 자연 좀 기쁨이 생기며 이것이 아들인가 딸인가 하는 문제로 날마다 궁구(窮究)[15]하면서 팔, 구 년 전 명준의 화상 그러던 법을 재개하며, 전혀 스러졌던 공상이 점점 생겨, 다시 즐거운 시대를 만날 것 같은 희망도 생기어, 그 아해 낳기만 고대하였더니 생부의 제삿날에 본가에 갔다가 어떠한 무녀에게 점을 친 즉 여자라 하는지라, 공중에 지었던 누각이 다 무너지고 실망낙담하여 시가에 돌아와 본즉 자기 있던 방에는 자기의 기구는 하나도 없고, 어떤 눈썹 짓고, 분 바르고, 궐련[16] 피우는 계집이 있더라. 이것은 유월 십칠일이더라.

작가의 말

이번 편은 사실을 부연[17]한 것이니 마땅히 장편이 될 재료

---

15 속속들이 파고들어 깊게 연구하다.
16 얇은 종이로 가늘고 길게 말아 놓은 담배.
17 이해하기 쉽도록 설명을 덧붙여 자세히 말함.

로되 학보에 게재키 위하여 경개(梗槪)[18]만 쓴 것이니 독자 여러분께서는 사정을 잘 헤아려 살펴주시압.

1910년 3월~4월 『대한흥학보』

---

[18] 전체 내용의 요점만 간단하게 요약한 줄거리.

소년의 비애

一(일)

　난수(蘭秀)는 사랑스럽고 얌전하고 재조(才操) 있는 처녀라. 그 사촌 형 되는 문호(文浩)는 여러 사촌 누이동생들을 다 사랑하는 중에도 특별히 난수를 사랑한다. 문호는 이제 십팔 세 되는 시골 어느 중등 정도 학생인 청년이나, 그는 아직 청년이라고 부르기를 싫어하고 소년이라고 자칭한다. 그는 감정적이요, 다혈질인 재조 있는 소년으로 학교성적도 매양 일, 이 등을 다투었다.

　그는 아직 여자라는 것을 모르고 그가 교제하는 여자는 오직 사촌 여동생들과 기타 사, 오인되는 친척 손아래 누이들이라. 그는 천성이 여자를 사랑하는 마음이 있는지 부친보다도 모친께, 숙부보다도 숙모께, 형제보다도 자매께 특별한 애정을 가진다. 그는 자기가 자유로 교제할 수 있는 모든 자매들을 다 사랑한다. 그 중에도 자기와 연치(年齒)[1]가 비슷하거나 혹 자기보다 이하 되는 누이들을 더욱 사랑하고 그 중에도 그

1　나이

누이 중에 하나인 난수를 더욱 사랑한다.

문호는 뉘 집에 가서 오래 앉았지 못하는 성급한 버릇이 있건마는 자매들과 같이 앉았으면 세월 가는 줄을 모른다. 그는 자매들에게 학교에서 들은바, 또는 서적에서 읽은바 재미있는 이야기를 하여 자매들을 웃기기를 좋아하고 자매들도 또한 문호를 왜 그런지 모르게 사랑한다. 그러므로 문호가 집에 온 줄을 알면 동네의 자매들이 다 회집(會集)[2]하고, 혹은 문호가 간 집 자매가 일동을 청하기도 한다. 토요일 오후나 일요일 오전에는 의례히 문호가 본촌에 돌아오고 본촌에 돌아오면 의례히 마을 자매들이 쓸어 모인다.

혹 문호가 좀 오는 것이 늦으면 자매들은 모여 앉아서 하품을 하여가며 문호의 오기를 기다리고, 혹 그중에 어린 누이들 ─가령 난수 같은 것은 앞 고개에 나가서 망을 보다가 저편 버드나무 그늘로 검은 주의(周衣)[3]에 학생모를 잦혀 쓰고 활활 활개 치며 오는 문호를 보면 너무 기뻐서 돌에 발뿌리를 채며 뛰어 내려와 일동에게 문호가 저 고개 너머오더라는 소식을 전한다. 그러면 회집한 일동은 갑자기 희색이 나고 몸이 들먹거려 혹,

"어디까지 왔더냐?"

하는 자도 있고 혹,

2 여러 사람이 한 곳에 많이 모임.
3 두루마기.

"저 고개턱까지 왔더냐?"

하는 자도 있고, 혹 난수의 말을 신용치 아니하여,

"저것이 또 가짓말을 하는 게지."

하고 눈을 흘겨 난수를 보는 자도 있다. 학교에 특별한 일이 있거나 시험 때가 되어 문호가 혹 아니 올 때에는 난수가 고개에서 망을 보다가 거짓 보도를 한 적도 한두 번 있은 까닭이다.

이러할 때에 자매들은 대문밖에 나섰다가 웃으며 마주 오는 문호를 반갑게 맞는다. 어린 누이들은 혹 손도 잡고 매어달리고, 혹 어깨에 올려 업히기도 하고, 혹 가슴에 와 안기기도 하며, 좀 낫살 먹은 누이들은 얼른 문호의 손을 만지고 물러서기도 하고, 조금 문호의 옷을 당기어 보기도 하고, 혹 마주 보고 빙긋이 웃기만 하기도 한다. 난수도 작년까지는 문호의 손에 매어 달리더니 금년부터 조금 손을 잡아 보고 얼굴이 빨개지며 물러서게 되고 작년까지 문호의 가슴에 안기던 연수라는 난수의 동생이 손을 잡고 매어 달리게 된다.

그리고는 문호의 집에 몰려 들어가 문호의 어머니께 매어 달리며 어리광을 부린다. 문호는 중앙에 웃으며 앉고, 일동은 문호의 주위에 돌아앉는다. 그러나 그네와 문호와의 자리의 거리는 연령에 정비례한다. 제일 나이 많은 누이가 제일 멀리 앉고 제일 나이 어린 누이가 제일 가까이 앉거나 혹 문호의 무릎에 기대기도 하고 문호의 어깨에 걸어 엎디기도 한다.

문호는 이런 줄을 안다. 그러고 슬퍼한다. 이전에는 서로 안고 손을 잡고 하던 누이들이 차차 차차 가까이 안기를 그치고 손을 잡기를 그치고 피차의 사이에 점점 다소의 거리가 생기는 것을 보고 문호는 슬퍼하였다. 무슨 까닭인지 모르나 자연히 비감한 생각이 남을 금하지 못하였다.

사십이 넘은 문호의 어머니는 그 어린 조카 딸들을 잘 사랑하였다. 그는 문중에도 현숙하기로 유명하거니와 문호에게는 모범적 부인과 같이 보인다. 문호는 자기가 아는 부인들 중에 그 모친과 숙모(난수의 모친)를 가장 애경한다. 도리어 그 모친보다도 숙모를 더욱 애경한다. 그래서 사, 오 세적에는 꼭 숙모의 곁에 자려 하였다. 한 번은 그 모친이,

"문호는 나보다도 동서를 더 따러!"

하고 시기 비슷하게 탄식한 적도 있었다.

그러나 지금은 문호는 모친과 숙모를 거의 평등하게 애경한다. 그러나 친누이 되는 지수(芝秀)보다도 사촌 여동생 되는 난수를 더 사랑하였다.

문호의 사촌 아우 문해(文海)도 문호와 막형막제(莫兄莫弟)한 쾌활한 소년이라. 사촌 아우라 하건만 문해는 문호보다 이십여 일을 떨어져 낳았을 뿐이라, 용모나 거동이 별로 다름은 없었다. 그러나 문해는 그 모친의 성격을 받아 문호보

다 좀 냉정하고 이지적이라.

 문호는 문해를 사랑하건만 문해는 문호의 감정적인 것을 싫어하였다. 그러므로 문호가 자매들 속에 섞여 노는 것을 항상 조소하고 자매들이 문호에게 취하는 것을 말은 못 하면서도 항상 불만히 여겼다. 그러므로 문해는 자매계에 일종의 존경은 받으나 친애는 받지 못하였다. 문해는 자매들이 자기를 외경(畏敬)[4]함으로 자기의 「젊지 아니하다」는 자랑을 삼고 문호에 비하여 인격이 일층 위인 것으로 자처하였다. 문호도 문해의 자기에게 대한 감정을 아주 모름은 아니나 이는 문해가 아직 자기를 이해하기에 너무 유치한 것이라 하여 그리 괘념치도 아니하였다. 이렇게 사촌 형제간에 나이의 자라남을 따라 성격의 차이가 생 하면서도 양인 간에는 여전히 따뜻한 애정이 있었다. 어머니가 말하기를, 문호가 항상 문해를 더 사랑하고 문해는 문호에게 대하여 가끔 반감도 일으키건마는.

二(이)

 문호가 집에 돌아오면 문호의 모친은 혹 떡도 하고 닭도 잡아 문호를 먹인다. 그러할 때에는 반드시 문해와 문호를 따르는 여러 자매들도 함께 먹인다. 모친은 아랫목에 앉고 문호와

---

4 경외. 공경하면서 두려워 함.

문해는 윗목에서 겸상하고 자매들은 모친을 중심으로 하고 좌우에 갈라 앉아서 즐겁게 이야기도 하고 혹 먹을 것을 서로 빼앗고 감추기도 하면서 방안이 떠들썩하도록 떠들며 먹는다. 문호의 부친이 문밖에서,

"왜 이리 떠드느냐?"

하면 일동이 갑자기 말소리를 그치고 어깨를 움츠리다가 부친이 문을 열어 보고,

"장군 모이듯 했구나."

하고 빙긋이 웃고 나가면 여전히 떠들기를 시작한다. 이것을 보고 문호는 더할 수 없이 기뻐하건마는 문해는 양미간을 찌푸린다. 그러할 때에는 난수도 웃고 지껄이기를 그치고 걱정스러운 듯이, 원망스러운 듯이 문해의 눈을 본다. 그러다가도 문호의 웃는 얼굴을 보면 또 웃는다. 이러다가 식후가 되면 문호와 문해는 윗간에 올라가서 무슨 토론을 한다.

그네의 토론하는 화제는 흔히 중국과 서양의 위인에 관한 것이라. 여기도 두 사람의 성격의 차이가 드러난다. 문호는 이백(李白), 왕창령(王昌齡) 같은 중국 시인이나 톨스토이, 사옹(沙翁)[5], 괴테 같은 서양 시인을 칭찬하되, 문해는 그러한 시인은 대개 인생에 무익한 나타자(懶惰者)[6]라고 매도하고 공맹주자(孔孟朱子)라든가 서양이면 소크라테스, 와싱턴 같

5 셰익스피어.
6 나태한 사람.

은 사람을 찬송한다. 양인이 다 어떤 의미로 보아 문학에 뜻이 있는 것은 공통이었다.

그러나 문호가 미적(美的), 정적(情的) 문학을 애(愛)함에 반하여, 문해는 지적, 선적(善的) 문학을 애(愛)한다. 즉 문해는 문학을 사회를 교화하는 일 방편으로 여기되, 문호는 꽤 분명하게 예술지상주의를 이해한다.

그러므로 문호는 문해를 유치하다 하고, 문해는 문호를 방탕하다 한다. 이러한 토론을 할 때에는 자매들은 자기네끼리 무슨 이야기를 한다. 실로 이곳 마을에 양인의 담화를 알아듣는 사람은 양인 외에 없다. 부모들도 이제는 양인의 지식이 자기네들보다 뛰어난 줄을 속으로는 인정한다. 더구나 자매들은 오직 국문소설을 읽을 뿐이라.

원래 문호의 당내(堂內)[7]는 적이 부유하고 또 대대로 문한가(文翰家)라. 옛날에는 여자들도 대개는 사서와 소학, 열녀전, 내칙 같은 것을 읽더니 삼, 사십 년 내로 점차 학풍이 쇠하여 근래에는 국문조차 불능해하는 여자가 있게 되었다. 그러나 문호와 문해는 천생 문학을 좋아하여 그 자매들에게 국문을 가르치고 또 국문소설을 읽기를 권장하였다.

삼, 사 년 전에 문호가 그 자매들을 위하여 소설 일 편을 짓고 바로 다음의 해에 문해가 또 소설 일 편을 지었다. 그러나

---

7 집안. 동성 8촌 이내의 친척을 이르는 말.

자매간에는 문호의 소설이 더욱 환영되었고 문해도 자기의 소설보다 문호의 소설을 추천하고 장려하여 자기의 손으로 좋은 종이에다가 문호의 소설을 베끼고 그 표지에 「金文浩著(김문호저), 從第(종제) 文海書(문해서)」라 하고 뚜렷하게 썼다. 문호의 부친도 이것을 보고 양인의 정의의 친밀함을 찬탄하고 또 그 아들의 손으로 된 소설을 일독하였다.

"이런 것을 쓰면 사람을 버리나니라."

하고 책망은 하면서도 십오 세 된 문호의 재주를 속으로 기뻐하기는 하였다. 그리고 과거제도가 폐하지 아니하였던들 문호와 문해는 반드시 대과(大科)에 장원급제를 할 것인데 하고 아깝게 여겼다.

三(삼)

문호는 난수를 시인의 자질이 있다고 믿는다. 재미있는 노래나 시를 읽어 주면 난수는 손으로 무릎을 치며 좋아하고 또 즉시 그것을 암송하며 유치하나마 비평도 한다. 문호는 이것을 기뻐하여 집에 돌아올 때마다 반드시 새로운 노래나 시나 단편소설을 지어 가지고 온다. 난수도 문호가 돌아올 때마다 이것을 기다린다. 그러나 문호의 친누이는 난수와 동갑이요, 재주도 있건마는 문호가 보기에 난수만큼 미를 감수하는 힘이 예민치 못하다. 그러므로 문호가,

"애 지수야 너는 고운 것을 볼 줄을 모르는구나."

하고 경멸하는 듯이 말하면 지수는 얼굴이 빨개지며,

"내야 아나 난수나 알지."

하고 눈물 고인 눈으로 문호의 얼굴을 힐끗 본다. 이렇게 되면 문호도 지수의 우는 것이 불쌍하여 머리를 쓸며,

"아니, 너도 남보다야 낫지. 그러나 난수가 너보다 더 낫단 말이지."

한다.

과연 지수도 재주가 있다. 그러나 지수는 문호보다 문해와 동형(同型)[8]이라. 말이 적고 지혜롭고 침착하고…… 그러므로 지수는 문호보다도 문해를 사랑한다. 한번은 문호가 난수와 지수 있는 곳에서 문해더러,

"애 문해야. 참 이상하구나. 난수는 나를 닮고 지수는 너를 닮았구나. 흥, 좋지 한 집에서 시인 둘하고 도덕가 둘이 나면 그 아니 영광이냐."

하였다. 문해도 지수의 머리를 쓸며,

"지수야 너와 나와는 도덕가가 되자. 형님과 난수와는 시인이 되어 술주정이나 하고."

하고 일동이 웃었다. 더욱이 평생에 불만한 마음을 품던 지수는 이에 비로소 문호에게 대하여 나도 평등이거니 하는 위

---

8 사물의 성질, 모양, 형식 따위가 서로 같음.

로를 얻었다. 그리고 문해에게 대한 사랑이 더욱 많아졌다.

다른 누이들 중에도 난수의 형 혜수(惠秀)가 매우 재주가 있다. 그는 이 마을 청년여자계(靑年女子界)에 문학으로 최선각자라.

국문소설을 유행케 한 —말하자면 이 문중에 신문단을 건설한 자는 문호의 고모라. 그는 오래 외가에서 길러 나는 동안에 내종제자(內從諸姉)[9]의 영향을 받아 국문소설을 애독하게 되고 십사 세에 외가(外家)로서 올 때에 숙향전(淑香傳), 사씨남정기(謝氏南征記), 월봉기(月峰記) 같은 국문소설을 가지고 와서 동중 여러 처녀들에게 일변 국문을 가르치며 일변 소설을 권장하였다.

마침 문중에 존경을 받는 문호의 조모(祖母)가 노년에 소설을 편기(偏嗜)[10]하므로 문호의 부친형제의 다소한 반대도 효력이 없고 국문 문학의 세력은 점점 문호의 당내 여자계(女子界)에 침윤(侵潤)[11]하였다. 그러므로 문호와 문해의 집 부인네도 처음에는 국문도 잘 모르더니, 지금은 열렬한 문학 애호자가 되었다. 그러나 그네는 며느리 된 몸이라 딸 된 자와 같이 자유롭지 못하므로 겨우 명절 때를 타서 독서할 뿐이요, 그 밖에는 누이들의 틈에 끼어서 조금씩 볼뿐이었다.

9 여러 고모의 아들이나 딸.
10 치우쳐 즐김.
11 사상이나 분위기 따위가 번져 나감.

이 모양으로 김문여자계(金門女子界)에 문학을 수립한 자는 문호의 고모로되, 그 고모는 출가한 지 삼 년이 못하여 요절하고 문학계의 주권은 혜수의 손에 돌아왔더니 재작년 혜수가 출가한 이래로 문학계는 군웅할거의 상태라. 그중에 문호의 육촌누이 되는 자가 가장 유력하나 그는 가세가 빈한하여 독서 할 틈이 없고 그 남아는 대개 재질이 둔하여 장족의 진보가 없고 현재에는 지수와 난수가 문학계의 쌍태성(雙台星)[12]이다. 그러나 난수는 훨씬 지수보다 감수성이 예민하다.

그래서 문호는 한사코 난수를 공부를 시키려 하건마는 문호의 계부(季父)[13]는,

"계집애가 공부는 해서 무엇하게!"

하고 언하에 거절한다. 문해도 난수를 공부시킬 마음이 없지 아니하건마는 워낙 냉정하여 열정이 없는 데다가 또 부모의 명령에 절대로 복종하는 아름다운 성질이 있고 난수 당자는 아직 공부가 무엇인지 모르므로 부모에게 간구(懇求)[14]도 아니하여 문호 혼자서 애를 쓸 뿐이라.

그러므로,

'내가 중학교를 마치고서 서울에 갈 때에는 반드시 지수를 데리고 가리라. 될 수만 있으면 난수도 데리고 가리라.'

12 쌍둥이 별.
13 아버지의 막내아우.
14 바라고 구함.

하고 어서 다음 봄이 돌아오기만 기다린다.

四(사)

그해 가을에 십육 세 되는 난수는 어떤 부잣집의 십오 세 되는 자제와 약혼이 되었다. 문호가 이 말을 듣고 백방으로 부친과 계부에게 간하였으나 듣지 아니하였다. 그래서 문호는 난수에게,

"애 시집가기 싫다고 그래라. 다음 봄에 내 서울 데려다 줄 것이니."

하고 여러 말로 충동하였다. 그러나 난수는,

"내가 어떻게 그러겠소. 오빠가 말씀하시구려."

한다. 난수는 미상불 남자를 대하고 싶은 생각이 없지 아니하였다. 어서 혼인날이 와서 그 신랑 되는 자의 얼굴도 보고 안겨도 보았으면 하는 생각조차 없지 아니하였다. 난수는 지금껏 가장 정답게 사랑하던 문호보다도 아직 만나지 아니한 어떤 남자가 그립다 하게 되었다. 문호는 난수의 이 말에,

"엑 못생긴 것!"

하고 눈물이 흐를 뻔하였다. 그러고 아까운 시인이 그만 썩어지고 마는 것을 한탄도 하였다. 또 자기가 가장 사랑하던 누이를 어떤 사람에게 빼앗기는 것이 아깝기도 하고 분하기도 하였다. 마치 영국 시인 워어즈워어드가 그 누이와 일생을

같이 보낸 모양으로 자기도 난수와 일생을 같이 보냈으면 하였다.

얼마 있다가 신랑 되는 자가 천치(天痴)라는 말이 들려 온다. 온 집안이 모두 걱정하였다. 그러나 그중에 제일 슬퍼한 자는 문호라. 문호의 부친이 이 소문의 참과 거짓을 사실 할 양으로 오, 육십 리 정도 되는 신랑 집을 방문하여 신랑을 보았다. 그리고 돌아와서,

"좀 미련한 듯하더라 마는 그래야 복이 있나니라."

하고 혼인은 아주 확정되었다. 그러나 전하는 말을 듣건댄 신랑은 논어 일행을 삼일에도 못 외운다는 둥, 코와 침을 흘리고 어른께도 '너, 나' 한다는 둥, 지랄을 부린다는 둥, 눈에 흰자위뿐이요 검은자위가 없다는 둥, 심지어 그는 고자라는 소문까지 들려서 문호의 조모와 숙모는 날마다 눈물을 흘리고 약혼한 것을 후회한다.

난수도 이런 말을 듣고는 안색에 드러내지는 아니하여도 조그마한 가슴이 편할 날이 없어서 혹 후원에 돌아가 돌을 던져서 이 소문이 참인가 아닌가 점도 하여보고, 문호의 시키는 대로, '나는 시집가기 싫소' 하고 떼를 쓰지 아니한 것을 후회도 하였다.

문호는 이 말을 듣고 울면서 계부께 잘못된 일을 고치도록 말하였다. 그러나 계부는,

"못한다. 양반의 집에서 한 번 허락한 일을 다시 어찌한단 말이냐. 다 제 팔자지."

"그러나 양반의 체면은 잠시 일이지요. 난수의 일은 일생에 관한 것이 아니오니까. 일시의 체면을 위하여 한 사람의 일생을 희생한다는 것이 말이 됩니까."

하였으나 계부는 성을 내며,

"인력으로 못 하나니라."

하고는 다시 문호의 말을 듣지도 아니한다. 문호는 그 '양반의 체면'이란 것이 미웠다. 그리고 혼자 울었다. 그날 난수를 만나니 난수도 문호의 손을 잡고 운다. 문호는 난수를 얼마 위로하다가,

"다 네가 약한 죄로다. 왜 내가 시키는 대로 하지 아니하였느냐."

하고 왈칵 난수의 손을 뿌리치고 뛰어나왔다.

그러나 문해는 울지 아니한다. 물론 문해도 난수의 일을 슬퍼하지 아님은 아니나, 문해는 그러한 일에 울 만한 열정이 없고 그 부친과 같이 단념할 줄을 안다. 그러나 문호는 이것은 그 계부가 난수라는 여자에게 대하여 행하는 대죄악이라 하여 그 계부의 무지(無知)함과 무정(無情)함을 원망하였다. 이 혼인 때문에 화락(和樂)[15]하던 문호의 집에는 밤낮 슬픈

---

15 화평하고 즐겁다.

구름이 가리었다.

五[오]

혼인날이 왔다. 소를 잡고 떡을 치고 사람들이 다 술에 취하여 즐겁게 웃고 이야기한다. 동내 부인들은 새 옷을 갈아입고 난수의 집 부엌과 마당에서 분주히 왔다 갔다 한다. 문호의 부친과 계부도 내외로 다니면서 내빈을 접대한다. 그러나 그 양미간에는 속일 수 없는 근심이 보인다. 문해도 그날은 감투에 갓을 받쳐 쓰고 분주하다.

그러나 문호는 두루마기도 아니 입고 집에 가만히 앉았다. 혼인날이라고 고모들과 시집간 누이들이 모여들어 문호의 집 안방에는 노소 여자가 가득히 차서 오래간만에 만난 반가운 정회를 토로한다. 늙은 고모들은 혹 눕기도 하고 젊은 누이들은 공연히 자리를 잡지 못하고 들어왔다 나갔다 한다. 마치 오랫동안 시집에 있어서 펴지 못하던 기운을 일시에 다 펴려는 것 같다. 가는 말소리 굵은 말소리가 들리다가는 이따금 즐거운 웃음소리가 합창 모양으로 들린다. 그러나 문호는 별로 이야기 참례도 아니하고 한편 구석에 가만히 앉았다. 시집간 누이들과 집에 있는 누이들이 여러 번 몰려와서 문호를 웃기려 하였으나 마침내 실패로 끝났다. 문호의 어머니가 음식을 감독하다가 문호가 아니 보임을 보고 문호를 찾아와서,

"얘, 왜 여기 앉았느냐. 나가서 손님 접대나 하지그려. 어디 몸이 편치 아니하냐?"

하여도 문호는 성난 듯이 가만히 앉았다. 여기저기서 취한 사람들의 웃고 지껄이는 소리가 들릴 때마다 문호는 분노한 듯이 주먹을 부르쥐었다. 난수는 형들 틈에 앉았다가 시끄러운 듯이 뛰어나와 문호의 곁에 들어와 앉는다. 형들은 난수를 대하여, '좋겠구나', '기쁘겠구나', '부자라더라'…… 이러한 농담을 하였다. 그러나 난수는 이러한 농담을 들을 때마다 가슴을 찌르는 듯하였다.

난수는 문호의 어깨에 기대며 문호의 눈을 본다. 문호는 난수의 눈을 보았다. 그 눈에는 절망과 단념의 빛이 있는 듯하다. 그러나 난수는 다만 신랑이 천치라는 말에 근심이 되고 절망이 될 뿐이요, 이 사건에 대하여 어떠한 태도를 취할 줄을 모르고 다만 나는 불가불 천치와 일생을 보내게 되거니 할 뿐이라. 문호는 눈물을 난수에게 아니 보일 양으로 고개를 돌리며,

"아깝다. 그 얼굴에 그 재주에 천치의 아내 되기는 참 아깝고 절통하다."

하고 어느 준수한 총각이 있으면 그와 난수와 부부를 삼아 어디로나 도망을 시키리라 한다. 차라리 부모의 억제로 마음 없는 곳에 시집가기보다는 자기의 마음 드는 남자와 도망하

는 것이 마땅하다고 문호는 생각한다. 그리고 다시 난수를 보매 사랑스러운 마음과 불쌍한 마음과 아까운 마음과 천치 신랑이 미운 생각이 한데 섞여 나온다. 문호는 난수의 손을 힘껏 쥐었다. 난수도 문호의 손을 힘껏 쥔다. 그리고 이빨로 가만히 문호의 팔을 물고 바르르 떤다. 문호는 무슨 결심을 하였다.

신랑이 왔다. 신랑을 맞는 일동은 모두 다 낙심하고 고개를 돌렸다. 비록 소문이 그러하더라도 설마 저렇기야 하랴 하였더니, 실제로 보건댄 소문보다 더하다. 머리는 함부로 크고 시뻘건 얼굴이 두 뼘이나 길고 커다란 눈은 마치 소 눈깔과 같고 커다란 입은 헤 벌려서 걸쩍한 침이 턱에서 떨어진다.

문호의 숙모는 이 꼴을 보고 문호 집 안방에 뛰어들어와 이불을 쓰고 눕고 지금껏 웃고 떠들던 고모들과 누이들도 서로 마주 보기만 하고 아무 말도 없다. 다만 문호의 부친형제와 문해가 웃을 때에는 웃기도 하면서 여전히 내빈을 접하고 동내 부인네와 남자들이 분주할 뿐이요, 양가 가족들은 모두 다 낙심하여 앉았다. 문호는 한참이나 신랑을 보다가 집에 뛰어들어와 난수를 보고 눈물을 흘렸다. 난수는 문호의 등에 얼굴을 대고 운다. 문호는 저고리 등이 눈물에 젖어 따뜻함을 깨달았다. 이때에 혜수가 와서 난수를 안아 일으키며,

"애, 난수야 오라비 두루마기 젖는다. 울기는 왜 우느냐, 이

기쁜 날."

하고 난수를 달랜다. 난수는 속으로,

'흥 제 사방은 얼굴도 똑똑하고 사람도 얌전하니깐.'

하였다.

과연 혜수의 남편은 얼굴이 어여쁘고 얌전도 하였다. 아까 그가 신랑을 맞아들여 갈 때에 사람들은 양인을 비교하고 혜수와 난수의 행불행을 생각지 아니한 자가 없었다. 난수가 처음에 기다리던 신랑은 혜수의 신랑과 같은 자 또는 문호나 문해와 같은 자러라.

밤이 왔다. 문호는 어디서 돈 오 원을 구하여 가지고 가만히 난수에게,

"얘 이제 나하고 서울로 가자. 이 밤차로 도망하자. 가서 내가 공부하도록 하여 주마."

하였다. 그러나 난수는 문호의 말에 다만 놀랄 뿐이요, 응할 생각은 없었다.

'서울로 도망!'

이는 못 할 일이라 하였다.

그래서 고개를 흔들었다. 문호는,

"얘, 이 못생긴 것아. 일생을 그 천치의 아내로 지낼 터이냐."

하며 팔을 끌었다. 그러나 난수는 도망할 생각이 없다. 문

호는 울어 쓰러지는 난수를 발길로 차며,

"죽어라, 죽어!"

하고 꾸짖었다. 그리고 외딴 방에 가서 혼자 누웠다.

혜수의 신랑이 들어와,

"자 나하고 자세."

하고 문호의 곁에 눕는다. 문호는 또 난수의 신랑과 혜수의 신랑을 비교하고 난수를 불쌍히 여기는 정이 격렬하여진다. 그리고 혜수의 신랑의 아름다운 얼굴과 자기의 얼굴의 아름다움을 자랑하는 듯한 웃음을 보고 문호도 빙긋이 웃는다. 혜수의 신랑은, '여보게, 그 신랑이란 자가.' 하고 웃음이 나와서 말을 이루지 못하면서 겨우,

"내가 떡을 권하였더니 먹기 싫다고 밥상을 발길로 차데그려. 그래 방바닥에 국이 쏟아지고."

하면서 자기의 젖은 바지를 보이며 웃는다. 문호도 그 쇠눈깔 같은 눈을 희번덕거리며 발길로 차던 모양을 상상하고 웃음을 금치 못하였다.

혜수의 신랑도 혜수에 비기면 열등하였다. 그는 지금 십칠 세이나 아직 사숙(私塾)[16]에서 맹자를 읽을 뿐이라 도저히 혜수의 발달한 상상력과 취미에 기급(企及)[17]치 못할뿐더러 혜수의 정신력이 자기보다 우월한 줄도 이해하지 못하는 아직

16 사설의 서당.
17 엇비슷하거나 맞먹음.

젖내 나는 어린아이였다. 그러므로 혜수도 남편에게 대하여 일종 모멸하는 감정을 가진다. 그러나 문호나 혜수나 다 같이 그의 용모의 미려함과 성질의 온순 영리함을 사랑한다.

  이튿날 아침에 문호는 계부의 집에 갔다. 아랫방 아랫목에 난수가 비단옷을 입고 머리를 쪽지고 앉은 모양을 문호는 말없이 물끄러미 보았다. 난수는 얼른 문호의 얼굴을 보고 고개를 돌린다. 문호는 그 비단옷과 머리의 변한 것을 볼 때에 형언치 못할 비애와 혐오를 깨달았다. 난수가 지난 밤에 저 천치와 한 자리에 잤는가, 혹은 저 천치에게 처녀를 깨뜨렸는가 생각하매 비분한 눈물이 흐르려 한다. 난수의 주위에 둘러앉았던 고모들과 누이들은 문호의 불평하여 하는 안색을 보고 웃기와 말하기를 그친다. 지수는 문호의 팔을 떼밀치며,

  "오빠는 나가시오."

  한다. 난수도 문호의 심정을 대강은 짐작한다. 그러나 문호는 입술로 '쩝쩝' 하는 소리를 내며, 난수의 돌아앉은 꼴을 본다. 그러고 속으로 '아아 만사휴의(萬事休矣)[18]로구나.' 한다. 왜 저렇게 어여쁘고 얌전하고 재주 있는 처녀를 천치의 발 앞에 던져 주어 지르밟히게 하는가 생각하매 마당과 방안에 왔다 갔다 하는 인물들이 모두 다 난수 하나를 못되게 만들고 장난감을 삼는 마귀의 무리들 같이 보인다. 힘이 있으면 그

18 모든 일이 헛수고로 돌아감.

악한 무리들을 온통 때려 부수고 그 무리들의 손에서 죽는 난수를 구원하여 내고 싶다. 문호의 눈에 난수는 죽은 사람이로다. 이런 생각을 할 때에 지수는 또 한 번,

"어서 오빠는 나가셔요!"

하고 떼민다. 그제야 비로소 난수를 보던 눈으로 지수를 보았다. 지수의 눈에는 사랑과 자랑의 빛이 보인다. 문호는 지수나 잘되도록 하리라 하고 나온다.

나와서 바로 집으로 오려다가 혜수의 신랑한테 끌려 신랑 방으로 들어갔다. 혜수의 신랑은 신랑의 우스운 꼴을 구경하려고 문호를 끌고 들어가는 것이라. 신랑 방에는 소년들이 많이 모였다. 혜수의 신랑이 신랑의 곁에 앉으며,

"조반 자셨나?"

하고 인사를 한다. 신랑은 침을 질질 흘리며 헤 하고 웃는다. 그래도 어저께 자기를 맞던 사람을 기억하는구나 하고, 문호는 코웃음을 하였다. 곁에서 누가 문호를 신랑에게 소개한다.

"이 이가 신랑의 처종형(妻從兄)[19]일세."

그러나 신랑은 여전히 침을 흘리며 다만 '처종형?' 하고 문호의 얼굴을 본다. 그 눈이 마치 죽은 소 눈깔같이 보여 문호는 구역이 나서 고개를 돌렸다. 그리고 속으로,

19 부인의 사촌 형.

"아아 저것이 내 난수의 배필!"

하였다.

六(육)

다음해 봄에 문호는 동경으로 유학을 갔다가 이년 째 되는 여름에 집에 돌아왔다. 그러나 앞 고개에는 이미 난수의 나와 맞음이 없고 대문 밖에는 웃고 맞아 주던 자매들이 보인다. 문호가 동경 갈 때에 십여 세 되던 자매들이 지금은 십이, 삼 세의 커다란 처녀가 되어 역시 반갑게 문호를 맞는다. 그러나 그 처녀들은 결코 문호의 친구가 아니러라. 문호는 방에 들어가 이전 앉던 자리에 앉았다. 그리고 처녀들도 이전 모양으로 문호를 중심으로 하고 둘러앉는다. 그 어머니는 여전히 닭을 잡고 떡을 만들어 문호와 문해와 둘러앉은 처녀들을 먹인다. 그러나 삼 년 전에 있던 즐거움은 영원히 스러지고 말았다.

문호는 울고 싶었다. 그러나 삼 년 전과 같이 눈물이 흐르지 아니한다. 문호는 마주 앉은 문해의 까맣게 난 수염을 본다.

그리고 손으로 자기의 턱을 쓸며,

"문해야. 우리 턱에도 수염이 났구나."

하며 턱 아래 한 치나 자란 외대[20] 수염을 툭툭 잡아채며 웃

20 나무나 풀 따위의 단 한 줄기.

는다. 문해도 금석(今昔)[21]의 감을 금치 못하면서 코 아래 까맣게 난 수염을 만진다. 처녀들도 양인이 수염을 만지는 것을 보고 웃는다. 그러나 그네는 양인의 뜻을 모른다.

모친은 어린아이 둘을 안아다가 문호의 앞에 놓는다. 물끄러미 검은 양복 입은 문호를 보더니 토실토실한 팔을 내어 두르고 으아 하고 울면서 모친의 무릎으로 기어간다. 모친은 두 아이를 안으면서,

"이 애들이 벌써 세 살이 되었구나."

한다. 문호는 하나가 자기의 아들이요, 하나가 문해의 아들인 줄은 아나, 어느 것이 자기의 아들인 줄을 몰라 우두커니 우는 아이들을 보고 앉았다가 자탄하는 모양으로,

"흥, 우리도 벌써 아버질세그려. 소년의 천국은 영원히 지나갔네그려."

하고 웃으면서도 눈에는 눈물이 고인다. 가만히 문호를 보고 앉았던 모친의 얼굴에도 전보다 주름이 많게 되었다. 문호는 정신없는 듯이 모친만 보고 앉았다. 집 앞 버드나무에서는 '꾀꼬리오' 하는 소리가 들린다.

1917년 6월 『청춘』

---

21 지금과 옛적을 아울러 이르는 말.

신채호
꿈하늘

신채호(申采浩)
1880~1936. 충청남도 대덕군 산내 출생.
조선 말기, 일제강점기의 역사가. 언론인. 독립운동가.

한말 애국계몽운동에 힘썼으며, 내외의 민족 영웅전과 역사 논문을 발표하여 민족의식 고취에 힘썼다. 우리나라 상고사에 대한 연구와 역사에 대한 새로운 해석을 시도했고 그의 역사학은 우리나라 근대사학 및 민족주의사학의 기초를 확립했다
어려서부터 할아버지로부터 한학을 익혔고, 1905년 성균관 박사가 되었으나, 그해 을사조약이 체결되자 관직에 나갈 뜻을 포기하고 낙향하였다. 1905년 『황성신문』에 논설을 쓰기 시작했다. 이듬해 『대한매일신보』 주필로 활약했으며, 1907년 항일결사조직인 신민회와 국채보상운동 등에 가입·참가하였다. 1910년 신민회 동지들과 평안북도 오산학교를 거쳐 중국 칭다오로 망명, 1919년 상하이에서 거행된 대한민국임시정부 수립에 참가했으나 이 조직의 불완전한 상태등으로 탈퇴하였다. 이후 베이징으로 건너가 항일비밀단체인 다물단(多勿團)을 조직 활동했으며, 본국의 『동아일보』, 『조선일보』에 논설과 역사논문을 발표했다. 1927년 신간회(新幹會) 발기인, 무정부주의 동방동맹(東方同盟)에 가입했다. 1928년 동지들과 합의하여 외국환을 입수, 자금 조달차 타이완으로 가던 중 지룽항에서 체포되어 10년형을 선고받고 뤼순 감옥에서 복역 중 1936년 옥사했다.

주요작품 「조선상고사」 「조선상고문화사」 「조선사연구초」 「조선사론」 「이탈리아 건국삼걸전」 「을지문덕전」 「이순신전」 「동국거걸최도통전」

꿈하늘[1]

서

『꿈하늘』이라는 이 글을 짓고 나니 꼭 독자에게 할 말씀이 세 가지가 있습니다.

첫째는, 한놈[2]은 원래 꿈 많은 놈으로, 요사이에는 더욱 꿈이 많아 긴 밤에 긴 잠이 들면 꿈도 그와 같이 길어 잠과 꿈이 서로 처음부터 끝까지 계속하며 또 그뿐 아니라 멀건 대낮에 앉아 두 눈을 멀뚱멀뚱히 뜨고도 꿈같은 지경이 많아 님나라에 들어가 단군께 절도 하고, 번개로 칼을 치며 평생 미워하는 놈의 목도 끊어 보며 비행기도 아니 타도 몸이 훨훨 날아 끝없이 열린 하늘에 돌아도 다니며 노랑이, 거먹이, 흰동이, 붉은동이를 한 집에 모아놓고 노래도 하여 보니 한놈은 벌써부터 꿈나라의 백성이니 독자 여러분이여, 이글을 꿈꾸고 지은 줄 아시지 말으시고 곧 꿈에 지은 줄로 아시옵소서.

둘째는, 글을 짓는 사람들이 흔히 계획이 있어 먼저 머리는

---

[1] 신채호가 지은 발표지를 알 수 없는 미완성 작품. 3장의 대부분과 6장의 마지막 원고는 탈락되었어있습니다. 인물과 역사는 해설이 길어 미주로 처리하였습니다.
[2] 한 – '큰'의 뜻을 더하는 접두사. 놈 – '사람'의 옛말.

어떻게 내리리라, 가운데는 어떻게 버리리라, 꼬리는 어떻게 마르리라³는 대의를 잡은 뒤에 붓을 댄다지만, 한놈의 이글은 아무 계획 없이 오직 붓끝 가는 대로 맡기어, 붓끝이 하늘로 올라가면 하늘로 따라 올라가며, 땅속으로 들어가면 땅속으로 따라 들어가며, 앉으면 따라 앉으며, 서면 따라 서서, 마디마디 나오는 대로 지은 글이니 독자 여러분이시여, 이 글을 볼 때 앞뒤가 맞지 않는다, 위아래의 문체가 다르다, 그런 말은 말으소서.

셋째는, 자유 못하는 몸이니 붓이나 자유하자고 마음대로 놀아 이 글 속에서는 미인보다 향내 좋은 꽃과도 이야기하며, 평시에 사모하던 옛 성현과 영웅들도 만나 보며, 오른팔이 왼팔도 되어 보며, 한놈이 여덟 놈도 되어, 너무 사실에 가깝지 않은 시적이고 신화적인 이야기도 있지만, 그 가운데 들어 말한 역사상의 일은 낱낱이 『고기(古記)』나,¹⁾ 『삼국사기(三國史記)』나,²⁾ 『삼국유사(三國遺事)』나,³⁾ 『고려사(高麗史)』나,⁴⁾ 『광사(廣史)』나,⁵⁾ 『역사(繹史)』⁶⁾같은 속에서 참조하여 쓴 말이니 독자 여러분이시여, 섞지 말고 갈라 보시소서.

독자에게 할 말씀은 끝났습니다. 이제 저자 자신이 말할 것이 두 가지가 있습니다.

첫째, 책 짓는 사람들이 모두 그 책을 많이 사보면 하는 마

---

3 옷감이나 재목 따위의 재료를 치수에 맞게 자르다.

음이 있지만 한놈은 이 마음이 없습니다. 다만 바라는 바는 우리 안 어느 곳에든지 한놈같이 어리석어 두 팔로 태백산을 안으며, 한 입으로 동해물을 말리고, 기나긴 반만년 시간 안의 높은 뫼, 낮은 골, 피는 꽃, 지는 잎을 세면서 넋 없이 앉아 눈물 흘리는 또 한 놈이 있어 이 글을 보면 할 뿐입니다.

둘째, 책 짓는 사람들이 흔히 그 책으로 무슨 영향이 있으면 하지만, 한놈은 그러하지 않습니다. 다만 바라는 바는 이 글을 보는 이가 우리나라도 미국 같아져라, 독일 같아져라 하는 생각이나 없으면 할 뿐입니다.

단군 4249년(1916년) 3월 18일
한놈 씀

1

때는 단군 기원 4240년(1907년) 몇 해 어느 달 어느 날이던가, 땅은 서울이던가, 시골이던가, 해외 어디이던가, 도무지 기억할 수 없는데, 이 몸은 어디로 해서 왔는지 듣지도 보지도 못하던 크나큰 무궁화 몇만 길[4] 되는 가지 위 넓기가 큰 방만한 꽃송이에 앉았더라.

별안간 하늘 한복판이 딱 갈라지며 그 속에서 불그레한 광

---

4   길이의 단위. 한 길은 약 2.4미터 또는 3미터에 해당한다

선이 뻗쳐 나오더니 반공중에 테를 지어 두르고 그 위에 뭉글 뭉글한 고운 구름으로 갓을 쓰고 그 광선보다 더 붉은 빛으로 두루마기를 입은 천관(天官)이 앉아 오른손으로 번개 칼을 휘두르며 우레 같은 소리로 말하여 가로되,

"인간에게는 싸움뿐이니라. 싸움에 이기면 살고, 지면 죽나니 님의 명령이 이러하니라."

그 소리가 딱 그치며, 광선도 천관도 다 간 곳이 없고 햇살이 탁 퍼지며 온 바닥이 반듯하더니 이제는 사람 소리가 시작된다. 동편으로 닷동달이[5] 갖춘 빛에 둥근 테를 두른 오원기(五員旗)가 뜨며 그 기 밑에 사람이 덮여 오는데 머리에 쓴 것과 몸의 차림새가 모두 이상하나 말소리를 들으니 분명한 우리나라 사람이요, 다만 신체의 기골이 크고 튼튼하며 위풍의 늠름함이 전에 보지 못한 이들이더라.

또 서편으로 왼쪽에 용 오른쪽에 봉황을 그린 깃발 밑에 수백만 군사가 몰려오는데 뿔 돋친 놈, 꼬리 돋친 놈, 목 없는 놈, 팔 없는 놈, 처음 보는 괴상한 물건들이 달려드는데 그 뒤에는 찬바람이 탁탁 치더라.

이때에 한놈이 송구한[6] 마음이 없지 않으나 뜨는 호기심이 버럭 나 이 몸이 곧 무궁화 가지 아래로 내려가 구경코자 했

---

5 검은 두루마기에 붉은 안을 받치고 붉은 소매를 달며 뒤 솔기를 길게 터서 지은 군복.
6 두려워서 마음이 거북스럽다.

더니, 꽃송이가 빙글빙글 웃으며,

"너는 여기 앉았거라. 이곳을 떠나면 천지가 캄캄하여 아무것도 아니 보이리라."

하거늘 들던 궁둥이를 다시 붙이고 앉으니, 난데없는 구름장[7]이 어디서 떠 들어와 햇빛을 가리우며, 소낙비가 놀란 듯 퍼부어 평지가 바다가 되었는데, 한편으로 우르르 꽝꽝 소리가 나며 거의 '모질'다는 두 자로만 형용하기 어려운 바람이 일어, 나무를 치면 나무가 꺾어지고, 돌을 치면 돌이 날고, 집이나 산이나 닥치는 대로 부수는 그 기세로 바다를 건드리니, 바람도 크지만 바다도 큰 물이라 서로 지지 않으려고 바람이 물을 치면 물도 바람을 쳐 바람과 물이 반공중에서 접전할 때 미리[8]가 우는 듯 고래가 뛰는 듯 천명의 병사와 만 마리의 말이 달리는 듯, 바람이 클수록 물결이 높아 온 지구가 들먹들먹하더라.

"바람이 불거나 물결이 치거나 우리는 우리 대로 싸워 보자."

하는 소리가 들리더니 아까 보던 동편의 오원기와 서편의 용봉기 밑에 모여있는 두 편 장졸들이 눈들을 부릅뜨고 서로 죽이려 달려드니 바다에는 바람과 물의 싸움이요, 물 위에는 두 편 장졸들의 싸움이더라.

7 넓게 퍼진 두꺼운 구름 덩이.
8 미르. '용'의 옛말.

그러나 이 싸움은 동양 역사나 서양 역사에서나 보던 싸움은 아니더라. 싸우는 사람들이 손에는 아무 연장도 가지지 않고 오직 입을 딱딱 벌리면 목구멍에서 불도 나오며, 물도 나오며, 칼도 나오며 화살도 나와 칼이 칼과 싸우며 활이 활과 싸우며 불과 불이 서로 치다가 나중에는 사람을 맞히니, 이 맞은 사람은 목이 떨어지면 팔로 싸우며 팔이 떨어지면 또 다리로 싸우다가 끝끝내 살이 다 떨어지고 뼈가 하나도 없이 부서져야 그만두는 싸움이라. 몇 시 몇 분이 못 되어 주검이 천 리나 덮이고 비린내 땅에 코를 돌릴 수 없으며, 피를 하도 뿌려 하늘까지 빨갛게 물들였도다. 한놈이 이를 보고

"우주가 이같이 참혹한 마당인가!"

하며 참다못해 눈을 감으니, 꽃송이가 다시 빙글빙글 웃으며,

"한놈아, 눈을 떠라! 네 이다지 약하냐? 이것이 우주의 본 면목이니라. 네가 안 왔으면 할 일 없지만 이미 온 바에는 싸움에 참가하여야 하나니, 그렇지 않으면 도리어 너의 책임만 방기함[9]이니라. 한놈아, 눈을 빨리 떠라."

하거늘 한놈이 하릴없이 두 손으로 눈물을 닦고 눈을 들어 살피니 그사이에 벌써 싸움이 끝났는지 천지가 괴괴하고 풍우도 또한 멀리 간지라. 해는 발끈 들어 온 바닥이 따뜻한데

9 내버리고 아예 돌아보지 아니하다.

깊은 구름을 헤치고 신선의 풍류 소리가 내려오니 이제부터 참혹한 소리는 물러가고 평화의 소리가 대신함인가 보더라.

이 소리 밑에 나오는 사람들은 곧 다른 사람들이 아니라 아까 오원기를 받들고 동편 진에 섰던 장졸들이니, 대개 서편 진을 깨쳐 수백만 적병을 씨 없이 죽이고 승전고를 울리며 돌아옴이라.

한 대장이 앞머리에서 인도하는데 금화절풍건(金花折風巾)[10]을 쓰고 어깨엔 어린장(魚鱗章)[11]이며 몸엔 조의(朝衣)[12]를 입었더라. 그 얼굴이 맑은 듯 위엄 있고 매운 듯 인자하여, 얼른 보면 부처 같고 일변으로는 범 같아 보기에 사랑도 스럽고 무섭기도 하더라.

그가 한놈이 앉은 무궁화 나무로 향하여 오더니 문득 꽃을 보고 눈물을 흘리며,

"허허, 무궁화가 피었구나."

하더니 장렬한 음조로 노래를 한 곡 한다.

이 꽃이 무슨 꽃이냐.

희어스름한 머리(白頭山·백두산)의 얼이요

---

10 비단으로 꽃을 수놓은, 삼국시대에 머리에 쓰던 고깔 모양의 건. 새의 깃털을 꽂거나 붉은 비단으로 만들어 금은 장식을 하였다.
11 물고기 비늘 모양의 장식.
12 공복. 삼국시대부터 관원이 평상시 조종에 나갈 때 입던 제복.

불그스름한 고운 아침(朝鮮・조선)[13]의 빛이로다.

이 꽃을 북돋우려면

비도 맞고 바람도 맞고 핏물만 뿌려 주면

그 꽃이 잘 자라리.

옛날 우리 전성한 때에

이 꽃을 구경하니 꽃송이 크기도 하더라.

한 잎은 황해 발해를 건너 대륙을 덮고

또 한 잎은 만주를 지나 우수리[14]에 늘어졌더니

어이해 오늘날은

이 꽃이 이다지 야위었느냐.

이 몸도 일찍 당시의 살수(薩水)[15] 평양 모든 싸움에

팔뚝으로 빗장 삼고 가슴이 방패 되어

꽃밭에 울타리 노릇 해

서방(西方)의 더러운 물

조선(朝鮮)의 봄빛에 물들지 못하도록

젖 먹은 힘까지 들였도다.

이 꽃이 어이해

오늘은 이 꼴이 되었느냐.

---

13 우리나라의 상고때부터 써 내려오던 나라명. 고조선.
14 러시아 연해주와 만주 사이를 흐르는 강. 연해주 지역.
15 '청천강(평안북도 서남부를 흐르는 강)'의 옛이름.

한 곡 노래를 다 마치지 못한 모양이나 목이 메어 더 하지 못하고 눈물을 씻으니 무궁화 송이도 그 노래에 무슨 느낌이 있었던지 눈물을 흘리며 맑은 노래로 화답하는데,

봄비슴[16]의 고운 치마 님이 내게 주시도다.
님의 은덕 갚으려 하여
내 얼굴을 쓰다듬고 비바람과 싸우면서
조선의 아름다움 쉬임없이 자랑하려고
나도 이리 파리하다.
영웅의 시원한 눈물
열사의 매운 핏물
사발로 바가지로 동이로 가져오너라.
내 너무 목마르다.

그 소리 더욱 아프고 저리어 완악한[17] 돌이나 나무들도 모두 일어나 슬픔으로 서로 화답하는 듯하더라. 꽃송이 위에 앉았던 한놈은 두 노래 끝에 크게 느끼어 땅에 엎드려져 울며 일어나지 못하니 꽃송이가 또 가만히 '한놈아' 부르며 꾸짖되,

16 봄 빔. 봄을 맞이하여 새로 장만하여 입거나 신는 옷, 신발 따위를 이르는 말.
17 성질이 억세게 고집스럽고 사납다.

"울음을 썩 그쳐라. 세상일은 슬퍼한다고 잊는 것이 아니니라."

하거늘 한놈이 고개를 들어 좌우를 살피니 아까 노래하던 대장이 곧 앞에 섰더라. 그 얼굴은 자세히 뜯어보니 마치 언제 뵈온 어른 같다. 한참 서슴다가,[18]

"아, 이제야 생각나는구나. 눈매듭과 이맛살과 채수염[19]이며, 또 몸차림한 것을 두루 본즉 일찍 평안도 안주 남문 밖 비석에 새겨 있는 조각상과 같으니 내가 꿈에라도 한번 보면 하던 을지문덕[7]이신저."

하고 곧 일어나 절하며 무슨 말을 물으려 하나 무엇이라고 칭호 할는지 몰라 다시 서슴으니 이상하다. 을지문덕 그이는 단군 2000년경의 어른이요, 한놈은 단군 4241년(서기 1908년)에 난 아기라. 그 어간이 이천년이나 되는데 이천 년 전의 어른으로 이천 년 뒤의 아기를 만나 자애한 품이 마치 친구나 집안 같다. 그이가 곧 한놈을 향하여 웃으시며,

"그대가 나의 칭호에 서슴느냐? 곧 선배라 부름이 좋으니라. 대개 단군께서 태백산[20]에 내리어 삼신오제(三神五帝)를 위하시며 삼경오부(三京五部)를 베푸시고 이를 만세자손[21]

18 결단을 내리지 못하고 머뭇거리며 망설이다.
19 숱은 그리 많지 않으나 퍽 길게 드리운 수염.
20 '백두산'의 전 이름.
21 아주 오랜세대에 걸친.

으로 하여금 지키게 하려 하실새 삼부오계(三部五戒)로 윤리를 세우시며 삼랑오가(三郞五加)로 교육을 맡게 하시니 이것이 우리나라 종교적 무사혼(武士魂)이 발생한 처음이니라. 이 혼이 삼국시대에 와서는 드디어 꽃 피듯 불붙는듯하여 사람마다 무사를 높이며 절하고 서로 아름다운 이름을 지어 자랑할새 신라는 소년의 무사를 사랑하여 '도령'이라 이름하니, 『삼국사기』에 적힌 '선랑(仙郞)'[22]이 그 뜻 번역이요, 백제는 장년의 무사를 사랑하여 '수두'라 이름하니, 『삼국사기』에 적힌 바 '소도(蘇塗)'가 그 음 번역이요, 고구려는 군자스러운 무사를 사랑하여 '선배'라 이름하니 『삼국사기』에 적힌 바 '선인(先人)'이 그 음과 뜻을 아울러 한 번역이라. 이제 나는 고구려의 사람이니 그대가 나를 선배라 부르면 가하리라."

한놈이 이에 다시 고구려의 절로 한 무릎은 세우고 한 무릎은 꿇어 공손히 절한 뒤에,

"선배님이시여, 아까 동편 서편에 갈라서서 싸우던 두 진(陣)이 다 어느 나라의 진입니까?"

물은대 선배님이 대답하되,

"동편은 우리 고구려의 진이요, 서편은 수나라[8]의 진이니라."

22 '화랑'을 달리 이르던 말.

한놈이 놀라며 의심스런 빛으로 앞에 나아가 가로되,

"한놈은 듣자 오니 사람이 죽으면 착한 이의 넋은 천당으로 가며 모진 이의 넋은 지옥으로 간다더니 이제 그 말이 다 거짓말입니까? 그러면 영계(靈界)[23]도 육계(肉界)[24]도 같아 항상 칼로 찌르며 총으로 쏘아 서로 죽이는 참상이 있습니까?"

선배님이 허허 탄식하며 하시는 말이,

"그러하니라. 영계는 육계의 그림자이니 육계에 싸움이 그치지 않는 날에는 영계의 싸움도 그치지 않느니라. 대체로 보아서 종교가의 시조[25]인 석가나 예수가 천당이니 지옥이니 한 말은 별도로 비유적인 뜻이 있거늘 어리석은 사람들이 그 말을 집어먹고 소화가 못 되어 망국멸족(亡國滅族)[26] 모든 병을 앓는도다. 그대는 부디 내 말을 새겨들을지어다. 소가 개를 낳지 못하고 복숭아나무에 오얏열매(자두)가 맺지 못하니 육계의 싸움이 어찌 영계의 평화를 낳으리오. 그러므로 육계의 아이는 영계에 가서도 아이요, 육계의 어른은 영계에 가서도 어른이요, 육계의 상전은 영계에 가서도 상전이요, 육계의 종은 영계에 가서도 종이니, 영계에서 높다, 낮다, 슬프다, 즐

---

23 사람이 죽은 뒤에 영혼이 가서 산다는 세계.
24 육신의 세계.
25 어떤 학문이나 기술 따위를 처음으로 연 사람.
26 나라와 그 겨레가 함께 망함.

겁다 하는 도깨비들이 모두 육계에서 받던 꼴과 한가지라. 나로 말하더라도 일찍 살수싸움⁹⁾의 승리자이므로 오늘 영계에서도 항상 승리자의 자리를 차지하고 수나라 양광(楊廣)¹⁰⁾은 그때에 패전자이므로 오늘도 이같이 패하여 군사를 이백만이나 죽이고 슬피 돌아감이어늘 이제 망한 나라의 종자로서 혹 부처에게 빌며 상제(上帝)²⁷께 기도하여 죽은 뒤에 천당을 구하려 하니 어찌 눈을 감고 해를 보려 함과 다르리오."

을지 선배의 말이 그치자마자 하늘에 붉은 구름이 일어나 스스로 글씨가 되어 씌었으되,

"옳다, 옳다, 을지문덕의 말이 참 옳다. 육계나 영계나 모두 승리자의 판이니 천당이란 것은 오직 주먹 큰 자가 차지하는 집이요, 주먹이 약하면 지옥으로 쫓기어 가느니라"

하였더라.

2

1. 왼몸이 오른몸과 싸우다.
2. 살수 전쟁의 정형(情形)²⁸이 이러하다.
3. 을지문덕도 암살당(暗殺黨)을 조직하였더라.
4. 사법명(沙法名)¹¹⁾이 구름을 타고 지나가다.

27 하느님. 우주를 창조하고 주제한다고 믿어지는 초자연적인 절대자.
28 사물의 정세와 형편을 아울러 이르는 말.

한놈이 일찍 내 나라 역사에 눈을 뜨자 을지문덕을 숭배하는 마음이 간절하나 그에 대한 전기를 짓고 싶은 마음이 바빠 미처 모든 글월에 자세히 살펴 연구하지 못하고 다만 『동사강목(東史綱目)』[12]에 적힌 바에 의거하여 필경 전기도 아니오, 논문도 아닌 『대동사천재 제일대위인 을지문덕(大東四千載 第一大偉人 乙支文德)』이라 한 조그마한 책자를 지어 세상에 발표한 일이 있었더라.

한놈은 대개 처음 이 누리[29]에 내려올 때 정(情)과 한(恨)의 뭉텅이를 가지고 온 놈이라. 나면 갈 곳이 없으며, 들면 잘 곳이 없고, 울면 믿을 만한 이가 없으며, 굴면 사랑할 만한 이가 없이 한놈으로 와 한놈으로 가는 한놈이라. 사람이 고되면 근본을 생각한다더니 한놈도 그러함인지 하도 의지할 곳이 없으며 생각나는 것은 조상의 일뿐이더라.

동명성왕(東明聖王)[13]의 귀가 얼마나 길던가, 진흥대왕[14]의 눈이 얼마나 크던가, 낙화암[15]에 떨어지던 미인이 몇이던가, 수양제를 쏘던 장사가 누구던가, 동성왕(東城王)의 임류각(臨流閣)[16]의 높이가 백 길이 못 되던가, 진평왕[17]의 성제대(聖帝帶)[18]가 열 발[30]이 더 되던가. 동모(東牟)[31]의 높은 산

---

29 '세상'의 옛말.
30 길이의 단위. 한 발은 두 팔을 양옆으로 펴서 벌렸을 때 한쪽 손끝에서 다른 쪽 손끝까지의 길이이다
31 발해시대의 수도. 지금의 지린성 둔화시 부근.

에 대조영(大祚榮)[19] 내조(來朝)[32]의 자취를 조상하며, 웅진(熊津)[33]의 가는 물에 계백장군[20]의 매움을 눈물하고, 소나무를 보면 솔거(率居)[21]의 그림을 본 듯하며, 새 소리를 들으면 옥보고(玉寶高)[22]의 노래를 듣는 듯하여 몇 치[34] 못 되는 골이 기나긴 오천 년 시간 속으로 오락가락하여 꿈에라도 우리 조상의 큰 사람을 한번 만나고자 그리던 마음으로 이제 크나큰 을지문덕을 만난 판이니, 묻고 싶은 말이며 하고 싶은 말이 어찌 하나 둘뿐이리오마는 이상하다. 그의 영계에 대한 이야기를 들으며 골이 펄떡펄떡하고 가슴이 어근버근하여[35] 아무 말도 물을 경황이 없고 의심과 무서움이 오월 하늘에 구름 모이듯 하더니 드디어 심신에 이상한 작용이 인다.

오른손이 저릿저릿하더니 차차 커져 어디까지 뻗쳤는지 그 끝을 볼 수 없고 손가락 다섯이 모두 손 하나씩 되어 길길이 길어지며 그 손끝에 다시 손가락이 나며, 그 손가락 끝에 다시 손이 되며 아들이 손자를 낳고, 손자가 증손을 낳으니 한 손이 몇만 손이 되고, 왼손도 여봐란듯이 오른손대로 되어 또 몇만 손이 되더니, 오른손에 달린 손들이 낱낱이 푸른 기를 들고 왼손에 딸린 손들은 낱낱이 검은 기를 들고 두 편을

32 외국의 사신이 찾아옴.
33 백제의 두 번째 수도. 지금의 공주.
34 길이의 단위. 한 치는 한 자의 10분의 1 또는 약 3.03cm.
35 서로 마음이 맞지 아니하여 사이가 꽤 벌어지다.

갈라 싸움을 시작하는데 푸른 기 밑에 모인 손들이 일제히 범이 되며 아가리를 딱딱 벌리며 달려드니, 검은 기 밑에 모인 손들은 노루가 되어 달아나더라.

달아나다가 큰 물이 앞에 꽉 막히어 하릴없는 지경이 되니 노루가 일제히 고기가 되어 물속으로 들어간다. 범들이 뱀이 되어 쫓으니 고기들은 껄껄 푸드득 꿩이 되어 물 밖으로 향하여 날더라.

뱀들이 다시 매가 되어 쫓은즉 꿩들이 넓은 들에 가 내려앉아 큰 메[36]가 되니 뱀들이 이에 불덩이가 되어 메에 대고 탁 튀어 메는 쪼각쪼각 부서지고 온 바닥이 불빛이더라. 부서진 메조각이 하늘로 날아가며 구름이 되어 비를 퍽퍽 주니 불은 꺼지고 바람이 일어 구름을 헤치려고 천지를 뒤집는다.

이 싸움이 한놈의 손끝에서 난 싸움이지만 한놈의 손끝으로 말릴 도리는 아주 없다. 구경이나 하자고 눈을 비비더니 앉은 밑의 무궁화 송이가 혀를 차며 하는 말이,

"애닯다! 무슨 일이냐 쇠가 쇠를 먹고 살이 살을 먹는단 말이냐?"

한놈이 그 말씀에 소름이 몸에 꽉 끼치며 입이 벙벙하니 앉았다가,

"무슨 말씀입니까? 언제는 싸우라 하시더니 이제는 싸우지

---

36 산을 예스럽게 이르는 말.

말라 합니까?"

하며 돌려 물으니 꽃송이가 예쁜 소리로 대답하되,

"싸우려거든 내가 남하고 싸워야 싸움이지, 내가 나하고 싸우면 이는 자살이요 싸움이 아니니라."

한놈이 바싹 달려들며 묻되,

"내란 말은 무엇을 가르치시는 말입니까? 눈을 크게 뜨면 우주가 모두 내 몸이요, 적게 뜨면 오른팔이 왼팔더러 남이라 말하지 않습니까?"

꽃송이가 날카롭게 깨우쳐 가로되,

"내란 범위는 시대를 따라 줄고 느나니, 가족주의의 시대에는 가족이 '내'요, 국가주의의 시대에는 국가가 '내'라, 만일 시대를 앞서 가다가는 발이 찢어지고 시대를 뒤져 오다가는 머리가 부러지나니, 네가 오늘이 무슨 시대인지 아느냐? 희랍[37]은 지방열(地方熱)로 강국의 자격을 잃고 인도는 부락사상(部落思想)으로 망국의 화를 얻으니라."

한놈이 이 말에 크게 느끼어 감사한 눈물을 뿌리고 인해 왼손으로 오른손을 만지니 다시 전날의 오른손이요, 오른손으로 왼손을 만지니 또한 전날의 왼손이더라. 곁에는 을지문덕이 햇빛을 안고 앉아서 『신지(神誌)[38]비사(秘詞)』[23]의,

---

37 그리스의 음역어.
38 고조선 시대에 왕명의 출납과 서책의 일을 맡았던 군장.

우리나라는 저울과 같다.

부소(扶蘇) 서울은 저울 몸이요,

백아(百牙) 서울은 저울 머리요,

오덕(五德) 서울은 저울추로다.

모든 대적(大敵)을 하루에 깨쳐

세 곳에 나누어 서울을 하니,

기울임 없이 나라 되리니,

셋에 하나도 잃지 말아라.

를 외우더니 한놈을 돌아보며 가로되,

"그대가 이 글을 아는가?"

한놈이,

"정인지(鄭麟趾)[24]가 지은 『고려사』속에서 보았나이다."

하니 을지문덕이 가로되,

"그러하니라. 옛적에 단군께서 모든 적국을 깨치고 그 땅을 나누어 서울을 세울 때, 첫 서울은 백두산 동남 조선 땅에 두니 가로되 '부소'요, 다음 서울은 백두산 서편 만주 땅에 두니 가로되 '백아망(百牙岡)'이요, 셋째 서울은 백두산 동북 만주 밑 연해주 땅에 두니 가로되 '오덕'이라. 이 세 서울 중에 하나라도 잃으면 후세자손이 쇠약하리라고 하사 그 예언을 적어 신지에게 주신 바이어늘 오늘에 그 서울들이 어디인지 아는 이가 없을뿐더러 이 글까지 잊었도다. 정인지가 『고려사』에 이를 쓰기는 하였으나 술사(術士)[39]의 말로 들렸으니 그 잘못함이 하나요, 고려의 지리지(地理志)를 좇아 단군의 세 서울도 모두 대동강 이내로 말하였으니 그 잘못함이 둘이라."

한놈이,

"이 세 서울을 잃은 원인은 어디에 있습니까?"

하고 물으니 을지문덕이 가로되,

"아까 내가 권력이 천당으로 가는 사다리란 말을 잊지 안 하였는가. 우리 조선 사람들은 이 뜻을 아는 이 적은 고로, 중국 『이십일대사(二十一代謝)』 가운데 대(代)마다 「조선열전(朝鮮列傳)」이 있으며 조선 열전 가운데마다 조선인의 천성이 인후(仁厚)하다[40] 하였으니, 이 '인후' 두 자가 우리를 쇠하게 한 원인이라. 동족에 대한 인후는 흥하는 원인이 되거니와 다른 민족에 대한 인후는 망하게 하는 원인이 될 뿐이니라."

……(원문 탈락)……

3

……(원문 탈락) 한참 재미있게 을지문덕은 이야기하매 한

39 음양, 점술에 정통한 사람. 술책을 잘 꾸미는 사람.
40 어질고 후덕하다.

놈은 듣는 판에 벌건 동편 하늘이 딱 갈라지며 그 속에서 불칼, 불활, 불돌, 불총, 불대포, 불화로, 불솥, 불범, 불사자, 불개, 불고양이떼 들이 쏟아져 나오니 을지문덕이 깜짝 놀라며,

"저것이 웬일이냐?"

하더니 무지개를 타고 빨리 그 속으로 향하여 가더라.

4

가는 선배님을 붙들지도 못하며 내 몸으로 쫓아가려고 해도 쫓지 못하여 먹먹하게 앉은 한놈이,

"나는 어데로 가리요?"

한데, 주인으로 있는 꽃송이가 고운 목소리로,

"네가 모르느냐? 님(神·신)과 도깨비(魔·마)의 싸움이 일어 을지 선배님이 가시는 길이다."

한놈이 깜짝 기꺼워하며,[41]

"나도 가게 하시옵소서."

한데, 꽃송이가,

"암, 그럼 가야지, 우리나라 사람이 다 가는 싸움이다."

한놈이,

"그대로 가면 어떻게 가리까?"

---

41 마음속으로 은근히 기쁘다.

물은데, 꽃송이가,

"날개를 주마."

하므로 한놈이 겨드랑이 밑을 만져 보니 문득 날개 둘이 달렸더라. 꽃송이가 또,

"친구와 함께 가거라."

하거늘, 울어도 홀로 울고 웃어도 홀로 웃어 사십 평생에 친구 하나 없이 자라난 한놈이 이 말을 들으매 스스로 눈에 눈물이 핑 돈다.

"친구가 어디 있습니까?"

한데,

"네 하늘에 향하여 한놈을 부르라."

하거늘, 한놈이 힘을 다하여 머리를 들고 한놈을 부르니 하늘에서

"간다."

대답하고 한놈 같은 한놈이 내려오더라. 또,

"네가 땅에 향하여 한놈을 부르라."

하거늘 한놈이 또 힘을 다하여 머리를 숙이고 한놈을 부르니 땅 속에서,

"간다."

대답하고 한놈 같은 한놈이 솟아나더라. 꽃송이 시키는 대로 동편에 불러 한놈을 얻고 서편에 불러 한놈을 얻고 남편,

북편에서도 각기 다 한놈을 얻은지라 세어 본즉 원래 있던 한놈이와 불려 나온 여섯 놈이니 합이 일곱 한놈이더라.

낯[42]도 같고 꼴도 같고 목적도 같지만 이름이 같으면 서로 분간할 수 없을까 하여 차례로 이름을 지어 한놈, 둣놈, 셋놈, 넷놈, 닷째놈, 엿째놈, 일곱째놈이라 하다.

"싸움터가 어디냐?"

외치니,

"이리 오너라."

하고 동편에서 소리가 나거늘,

"앞으로 갓!"

한마디에 그곳으로 향하더니 꽃송이가 '칼부림'이란 노래로 지송(祗送)[43]한다.

내가 나니 저도 나고

저가 나니 나의 대적(大敵)이다

내가 살면 대적이 죽고

대적이 살면 내가 죽나니

그러기에 내 올 때에 칼 들고 왔다

대적아 대적아

네 칼이 세던가 내 칼이 센가 싸워를 보자

42 눈, 코, 입 따위가 있는 얼굴의 바닥.
43 모든 신하가 임금의 수레를 공경하여 보냄.

앓다 죽은 넋은 땅속으로 들어가고
싸우다 죽은 넋은 하늘로 올라간다
하늘이 멀다 마라
이 길로 가면 한 뼘뿐이니라
하늘이 가깝다 마라
땅 길로 가면 만만 리가 된다
아가 아가 한놈 둣놈 우리 아가
우리 대적이 저기 있다
해 늦었다 눕지 말며
밤 늦었다 자지 마라
이 칼이 성공하기 전에는
우리 너희 쉴 짬이 없다

그 소리 비장하고 강개[44]하여 울 만도 하며 뛸 만도 하더라.

한놈은 일곱 사람의 대표로 '내 친구'란 노래로 대답하였는데 원래 머리는 다 잊어 이 책에 쓸 수 없고 오직 첫 마디의,

"내가 나자 칼이 나고 칼이 나니 내 친구다."

단 한 구절만 생각난다.

답가를 마치고 일곱 사람이 서로 손목을 잡고 동편을 바라보고 가니 날도 좋고 곳곳이 꽃 향기, 새 소리로 우리를 위로

44 의롭지 못한 것을 보고 의기가 북받쳐 원통하고 슬픔.

하더라.

 몇 걸음 못 나아가 하늘이 캄캄하고 찬비가 쏟아진다. 일곱 사람이 한결같이,

 "찬 비가 오거나 더운 비가 오거나 우리는 간다."

 하고 앞길만 찾더니 또 바람이 모질게 불어 흙과 모래가 섞이어 나니 눈을 뜰 수 없다.

 "눈을 뜰 수 없어도 가자."

 하고 자꾸 가니 몇 걸음 못 나가서 가시밭이 있거늘,

 "오냐, 가시밭길이라도 우리가 가면 길 된다."

 하고 눌러 걷더니 또 몇 걸음 못 나가서 땅에다 시퍼런 칼 같은 것을 모로 세워 밟는 대로 발이 찢어져 피 발이 된다.

 "피 발이 되어도 간다."

 하고 서로 붙들고 가더니 무엇이 머리를 꽉 눌러 허리도 펼 수 없고 한 발씩이나 되는 주둥이가 살을 꽉꽉 물어 떼여 아프고 가려워 견딜 수 없고 머리털 타는 듯 고추 타는 듯한 냄새가 나 코를 들 수 없고 앞뒤로 불덩이가 날아와 살이 모두 데이니 일곱째놈이 딱 자빠지며,

 "애고, 나는 못 가겠다."

 한놈과 및 다섯 친구들이 억지로 끌어 일으키나 아니 들으며,

 "여기 누우니 아픈 데가 없다."

하거늘 한놈이,

"싸움에 가는 놈이 편함을 구하느냐?"

꾸짖고 할 수 없이 일곱 친구에 하나를 버리니 여섯 사람뿐이다.

"우리는 적(敵)과 못 견디지 말자."

하고 서로 권하고 격려하나 길이 어둡고 몸이 저려 기다, 걷다, 구르다, 뛰다 온갖 짓을 다 하며 나가는데 웬 할미가 앞에 지나가거늘 일제히 소리를 쳐,

"할멈, 싸움터를 어디로 가오?"

하니 지팡이를 들어,

"이리 가라."

하고 가리키는데 지팡이 끝에 환한 광선이 비치더라,

"이곳이 어데요?"

물은데,

"고됨 벌이라."

하더라.

광선을 따라 나아가니 눈앞이 환하고 갈 길이 탁 트인다. 일변으로는 반갑기도 하지만 일변으로는 눈물이 주르르 쏟아진다.

"살거든 같이 살고 죽거든 같이 죽자고 옷고름 맺고 맹세하며 같이 오던 일곱 사람에 일곱째놈 하나만 버리고 우리 여

섯은 다 오는구나. 일곱째놈아, 네 조금만 견디었으면 우리같이 이 구경을 할 걸 네 너무도 참지 못하여 우리는 오고 너는 갔구나. 그러므로 마지막 씨름에 잘 하여야 한단 말도 있고 최후 오 분간을 잘 지내란 말도 있는 것이다. 그러나 쓸 데 있나, 이 뒤에 우리 여섯이나 조심하자."

하고 받고 차며 이야기하며 가더니 이것이 어디기에 이다지 좋은가.

나무 그늘 가득한 곳에 금잔디는 땅에 깔리고 꽃은 피어 뒤덮였는데 새들은 제 세상인 듯이 짹짹이고, 범이 오락가락하나 사람 보고 물지 않고, 온갖 풀이 모두 향내를 피우며 길은 옥으로 깔렸는데 얼른얼른하여 그 속에 한놈의 무리 여섯이 비치어 있고, 금강산의 만물상같이 이름 짓는 대로 보이는 것도 많으며, 평양 모란봉처럼 우뚝 솟아 그린 듯한 빼어난 메며, 남한산의 꽃버들이며, 북한산의 단풍이며, 경주의 삼기팔괴(三奇八怪)[45]며, 원산의 명사십리 해당화며, 끝없이 넓고 넓은 한강물에 뛰노는 잉어며, 천안 삼거리 늘어진 버들이며, 송도 박연에 구슬 뿜듯 헤치는 폭포며, 순창 옷과 대발이며, 온갖 풍경이 갖추어 있어 한놈의 친구 여섯 사람으로 하여금 '아픔 벌'에서 받던 고통은 씻은 듯 간데없다. 몸이 거뜬하고 시원함을 이기지 못하여 서로 돌아보며,

---

45 세 가지 진기한 보물과 여덟 가지의 괴상한 풍경.

"이곳이 어디인가? 님의 나라인가? 님의 나라야 싸움터도 지나지 않았는데 어느새 왔을 수 있나?"

하며 얼없이 가는 판이러니, 별안간 사람의 눈을 부시게 빛이 찬란한 산이 멀리 보이는데 그 위에 붉은 글씨로 '황금산'이라 새기었더라. 앞에 다다라 보니 순금으로 쌓은 몇만 길 되는 산이요, 한 쌍 옥동자가 그 산 이마에 앉아 노래를 한다.

잰 사람이 그 누구냐
내 이 산을 내어 주리라
이 산만 가지면
옷도 있고 밥도 있고
고대광실[46] 높은 집에
한평생을 넉넉하게 잘살리라
이 산만 가지면
맏아들은 황제 되고
둘째 아들은 제후 되고
셋째 아들은 파초선[47] 받고
넷째 아들은 쌍가마 타고 네 앞에 절하리라
이 산을 가지려거든 단군을 버리고 나를 할아비 하며

---

46 매우 크고 좋은 집.
47 정승이 외출할 때 쓰던, 파초 잎 모양처럼 만든 부채.

진단(震檀)[48]을 던지고 내 집에서 네 살림 하여라

이 산만 차지하면

금강석으로 네 갓 하고

진주 구슬로 네 목도리 하고

홍보석으로 네 옷 말아주마

잰 사람이 그 누구냐

너희들도 어리석다

싸움에 다다르면 네 목은 칼 밥이요

네 눈은 활 과녁이요

네 몸은 탄알 밥이라

인생이 얼마라고 호강을 싫어하고

아픈 길로 드느냐?

어리석다 불쌍하다 너희들……

노래 소리 맑고 고와 듣는 사람의 귀를 콕 찌르니 엿째놈이 그 앞에 턱 엎드러지며,

"애고, 나는 못 가겠소. 형들이나 가시오."

한놈의 친구가 또 하나 없어진다. 기가 막혀 꼬이고 꾸짖으며, 때리며 끌며 하나, 엿째놈이 그 산에 딱 들러붙어 일어나지 않더라.

48 우리나라를 예스럽게 이르는 말.

하릴없이 한놈이 인제 네 친구만 데리고 가더니 큰 냇물이 앞에 나서거늘 한놈이 친구들을 돌아보며,

"이 내가 무슨 내인가?"

하며 그 이름을 몰라 갑갑한 말을 한즉 냇물에서 무엇이 대답하되,

"내 이름은 새암이라."

"새암이란 무슨 말이냐?"

한데,

"새암은 재주 없는 놈이 재주 있는 놈을 미워하며, 공 없는 놈이 공 있는 놈을 싫어하여 죽이려 함이 새암이니라."

"그러면 네 이름이 새암이니 남의 집과 남의 나라도 많이 망쳤겠구나."

"암, 그럼. 단군 때에는 비록 마음이 있었으나 도덕의 아래라 감히 행세치 못하다가 부여의 말년부터 내 이름이 비로소 나타날새, 금와(金蛙)의 아들들이 내 맛을 보고는 동명성왕을 죽이려 했고, 비류(比流)란 사람이 내 맛을 보고는 온조왕과 갈라지고,[25] 수성왕(遂成王)이 내 맛을 보고는 국조(國祖)의 부자(父子)를 죽이며,[26] 봉상왕(烽上王)이 내 맛을 보고는 달가(達賈) 같은 공신을 베고,[27] 백제의 신하인 백가(苩加)가 동성왕을 죽이며 패업(霸業)을 꺾음도 나의 꾀임이며,[28] 좌가려(左可慮)가 고국천왕(故國川王)을 싫어하며 연나(椽那)

에 배반함[29]도 나의 홀림이라. 나의 물결이 가는 곳이면 반드시 불행과 재난을 내어 삼국의 강성이 더 늘지 못함이 내 솜씨에 말미암음이라고도 할지나, 그러나 이때는 오히려 바르게 이끌어 지도함이 세고 내가 약하여 크게 횡행[49]치 못하더니 세상이 그릇되어 풍속이 매우 어지러워 삼국의 말엽이 되매 내가 간 곳마다 성공하며, 백제에 들매 의자왕(義慈王)의 군신이 서로 새암하여 성충(成忠)이며, 흥수(興首)며, 계백(階伯)이 같은 어진 재상과 용맹한 장수를 멀리하여 망함에 이르며, 고구려에 들매 남생(男生)의 형제가 서로 새암하여 평양이며, 국내성이며, 개모성 같은 널리 알려진 성을 적국에 바쳐 비운에 빠지고,[30] 복신(福信)은 만고의 명장으로 풍왕(豊王)의 새암에 장심(掌心)[50] 꾀이는 악형을 받아 중흥의 사업이 꿈결로 돌아가고,[31] 검모잠(劍牟岑)은 기상이 세상을 뒤덮은 절개가 굳은 대장부로 안승왕(安勝王)의 새암에 흉참(凶慘)한 주검이 되어 다물(多勿)[51]의 장하고 큰 뜻이 이슬같이 사라지고,[32] 이 뒤부터는 더욱 내 판이라.

고려 왕씨조나 조선 이씨조는 모두 내 손에 공기 노는 듯하여 군신이 의심하며, 상하가 미워하며, 문무가 싸우며, 사색

---

49 아무 거리낌 없이 제멋대로 행동하다.
50 손바닥이나 발바닥의 한가운데.
51 '옛땅을 되찾음'이란 뜻의 고구려 말.

(四色)⁵²이 서로 잡아먹으며, 이백만 홍건적³³⁾을 쳐 물리친 정세운(鄭世雲)³⁴⁾도 죽이며, 수십 년 해륙전에 드날리던 최영(崔瑩)도 베며,³⁵⁾ 팔 년 왜란에 바다를 진정하여 해왕(海王)의 씩씩한 명성을 가지던 이순신(李舜臣)도 가두며, 일개 서생으로 왜의 장수 청정(淸正)(가등청정. 가토 기요마사)을 부수고 함경도를 찾던 정문부(鄭文孚)³⁶⁾도 죽이어 드디어 금수강산이 비린내가 나도록 하였노라."

한놈이 그 말을 듣고는 몸에 소름이 끼쳐 친구를 돌아보며,

"이 물이야 건널 수 있느냐?"

하니 넷놈 닷놈이 웃으며,

"그것이 무슨 말이요, 백이숙제(伯夷叔齊)³⁷⁾가 탐천(貪泉)⁵³물을 마시면 그 마음이 흐릴까요."

하더니 벗고 들어서거늘 한놈, 둣놈, 셋놈, 세 사람도 용기를 내어 뒤에 따라 서며 도통사 최영이 지은,

까마귀 눈비 맞아 희난 듯 검노매라
야광(夜光) 명월(明月)이 밤인들 어둘소냐
님 향한 일편단심 가실 줄이 있으랴

---

52 조선 선조 때부터 후기까지 사상과 이념의 차이로 분화하여 나라의 정치적인 판국을 좌우한 네 당파. 노론, 소론, 남인, 북인을 이른다.
53 마시면 욕심장이가 된다는 샘물.

한 시조를 읊으며 건너니라.

저편 언덕에 다다라서는 서로서로 냇물을 돌아보며,

"요만 물에 어찌 장부의 마음을 변할쏘냐? 우리가 아무리 어리다 해도 혹 국사에 힘써 화랑의 교훈을 받은 이도 있으며, 혹 한학에 소양이 있어 공자, 맹자의 도덕에 젖은 이도 있으며, 혹 불교를 연구하여 석가의 도를 들은 이도 있으며, 혹 예배당에 출입하여 서양 부자(夫子)[54]의 신약(新約)도 공부한 이 있나니 어찌 접싯물에 빠져 형제가 서로 새암하리요."

하고 더욱 씩씩한 꼴을 보이며 길에 오르니라.

싸움터가 가까워 온다. 넘나라가 가까워 온다. 깃발이 보인다. 북소리가 들린다. 어서 가자 재촉할새 가장 날래게 앞서 뛰는 놈은 셋놈이더라.

넷놈이 따르려 하여도 따르지 못하여 허덕허덕하며 매우 좋지 못한 낯을 갖더니,

"저기 적진이 보인다."

하고 실탄 박은 총으로 쏜다는 것이 적진을 쏘지 않고 셋놈을 쏘았더라.

어화 일곱 사람이 오던 길에 한 사람은 고통에 못 이기어 떨어지고 또 한 사람은 황금에 마음이 바뀌어 떨어졌으나 오늘같이 서로 죽이기는 처음이구나!

---

54 '스승'을 높여 이르는 말.

새암의 화가 참말 독하다.

죽은 놈은 할 수 없거니와 죽인 놈도 그저 둘 수 없다 하여 곧 넷 놈을 잡아 태워 죽이고, 한놈, 둣놈, 닷놈 무릇 세 사람이 동행하니라.

인간에서 알기는 도깨비가 님에게 대하여 만나면 으레히 항복하고 싸우면 으레히 진다 하더니 싸움터에 와보니 이렇게 쉽게는 말할 수 없더라.

님의 키가 열 길이 되더니 도깨비의 키도 열 길이 되고, 님의 손이 다섯 발이 되더니 도깨비의 손도 다섯 발이 되고, 님의 눈에 번개가 치면 도깨비의 눈에도 번개가 치고, 님의 입에 우뢰가 울며 님이 날면 도깨비도 날며, 님이 뛰면 도깨비도 뛰며, 님의 군사가 구구는 팔십일만 명인데 도깨비의 군사도 꼭 그 수효이더라.

『고구려사』에 보면 동천왕(東川王)[38]이 위(魏)나라 장수 모구검(母丘儉)을 처음에 이기고 웃어 가로되,

"이같이 썩은 대적을 치는 데 어찌 큰 군사를 쓰리요."

하고 우수하고 강한 군사는 다 뒤에 앉아 있게 하고 다만 오천 명으로써 적의 수만 명과 결전하다가 도리어 큰 위험을 겪은 일이 있더니 님나라에서도 이런 짓이 있도다.[39] 싸움이 시작되자 님이 영을 내리시되,

"오늘은 전군이 다 나갈 것 없이 다만 9의 1 곧 9만 명만 나

서며 또 연장은 가지지 말고 맨손으로 싸워 도깨비의 무리가 우리 재주에 놀라 다시 덤비지 못하게 하여라."

하니 주위에 거느리고 있는 사람들이 안 될 것이라고 말하나 님이 안 들으신다.

진이 사괴매 님의 군사가 비록 날쌔나 어찌 연장 가진 군사와 겨루리요. 칼이며, 총이며, 불이며, 물이며, 온갖 것을 다하여 님의 군사를 치는데, 슬프다.

님의 군사는 빈 주먹이 칼에 부서지고, 흰 가슴이 총에 꿰뚫리며, 뛰다가 불에 타며, 기다가 물에 빠져 살 길이 아득하다. 입으로는,

"우리는 정의의 아들이다. 악이 아무리 강한들 어찌 우리를 이기리요."

하고 부르짖으나 강적 밑에서야 정의의 할아비인들 쓸 데 있느냐? 죽는 이 님의 군사요. 엎치는 이 님의 군사더라.

넓고 넓은 큰 벌판에 정의의 주검이 널리었으나 강적의 칼은 그치지 않는다.

한놈의 동행인 닷놈이 고개를 숙이고 탄식하되,

"이제는 님의 나라가 그만이로구나, 나는 어디로 가노?"

하더니 푸른 산 흰 구름 간에 사슴의 친구나 찾아간다고 봇짐을 싸며, 셋놈은 왈칵 나서며,

"장부가 어찌 이렇게 적막히 살 수야 있나, 종살이라도 하

며 세상에서 어정거림이 옳다."

하고 적진으로 향하니라.

이때 한놈은 어찌할까, 한놈은 한놈의 짐을 지고 왔으며 너희들은 각기 저희들의 짐을 지고 왔나니 짐 벗어 던지고 달아나는 너희들을 따라가는 한놈이 아니요, 가는 놈들은 가거라 나는 나대로 하리라 함이 정당한 일인 듯하나, 그러나 너는 내 손목을 잡고 나는 네 손목을 잡아, 죽으나 사나 같이 가자 하던 일곱 사람에 단 셋이 남아 나밖에는 네 형이 없고 너밖에는 내 아우 없다 하던 너희들을 또 버리고 나 홀로 돌아섬도 또한 한놈이 아니도다.

한놈이 이에 오도 가도 못 하고 길 곁에 주저앉아 홀로,

"세상이 원래 이런 세상인가? 한놈이 친구를 못 얻음인가? 말짱하게 맹세하고 오던 놈들이 고되다고 달아난 놈도 있고, 돈 있다고 달아난 놈도 있고, 할 수 없다고 달아난 놈도 있어 일곱 놈에 나 한놈만 남았구나."

탄식하니, 해는 서산에 너울너울 넘어가 사람의 사정을 돌보지 않더라. 이러나저러나 갈 판이라고 두 주먹을 부르쥐고 달리더니 난데없는 구름이 모여들어 하늘이 캄캄해지며 범과 이리와 사자와 온갖 짐승이 꽉 가로막아 뒤로 물러갈 길은 보이지만 앞으로 나아갈 길은 없더라.

할 수 없이 다시 오던 길을 찾아 뒤로 몇 걸음 물러서다가,

"뺀 칼을 다시 박으랴!"

소리를 지르고 앞을 헤치고 나아가니 님의 형상은 보이지 않으나 님의 말소리가 귀에 들린다.

"네 오느냐? 너 홀로 오느냐?"

하시거늘 한놈이 고되고 외로워 어찌할 줄 모르던 차에 인자하신 말씀에 느낌을 받아 눈에 눈물이 핑 돌며 목이 탁 메여 겨우 대답하되

"예, 홀로 옵니다."

"오냐, 슬퍼 말아. 옳은 사람은 매양 무척 고생을 받고야 동무를 얻나니라."

하시더니 칼을 하나 던지시며,

"이 칼은 3925년(서기 1592년) 임진왜란에 의병 대장 정기룡(鄭起龍)[40]이 쓰던 삼인검(三寅劍)이다. 네 이것을 가지고 적진을 쳐라!"

하시더라. 한놈이 칼을 받아 들고 나서니 하늘이 개이며 해도 다시 나와 범과 사자들은 모두 달아나 앞길이 탁 트이더라.

몸에 님의 명령을 띠고 손에 님이 주신 칼을 들었으니 무엇이 무서우리오. 적진이 여우 고개에 있단 소문을 듣고 그리로 향하여 가는데 칼이 번쩍번쩍하더니 찬 바람 치며 비린내가 코를 찌르거늘,

"에쿠, 적진에 당도하였구나."

하고 칼을 저으며 들어가니 수십만 적병이 물결 갈라지듯 하는지라. 그 사이를 뚫고 들어간즉 어떤 얼굴 괴이하고 흉악한 적장이 탁상에 기대어 임진(壬辰) 전쟁의 기록을 보는데 한놈의 손에 든 칼이 부르르 떨어 그 적장을 가리키며 소리치되,

"저놈이 곧 임진왜란 때에 조선을 더럽히려던 일본 관백(關白)[55] 풍신수길(豊臣秀吉)(도요토미 히데요시)이라."

하거늘 원수를 외나무 다리에서 만난 한놈이 어찌 용서가 있으리오. 두 눈에 쌍심지가 오르며 분기가 정수리를 쿡 찔러 곧 한칼에 이놈을 고깃장을 만들리라 하여 힘껏 겨누며 치려 한즉 풍신수길이 썩 쳐다보며 빙그레 웃더니 그 괴상하고 흉악한 얼굴은 어디 가고 일대 미인이 되어 앉았는데 꽃 본 나비인 듯, 물 찬 제비인 듯, 솟아오르는 반월인 듯……

한놈이 그것을 보고 팔이 찌르르해지며 차마 치지 못하고 칼이 땅에 덜렁 내려지거늘 한놈이 칼을 집으려 하여 몸을 굽힌 새 벌써 그 미인이 변하여 개가 되어 컹컹 짖으며 물려고 드나 한놈이 칼을 잡지 못하여 맨손으로 어쩔 수 없어 삼십육계(三十六計)[56]의 상책을 찾으려다가 발이 쭉 미끄러지며,

"아차!"

55 일본의 천황을 대신하여 정무를 총괄하는 관직.
56 급하게 도망을 치다.

한마디에 어디로 떨어져 내려가는지 한참 만에 평지를 얻은지라. 골이 깨어지지나 않았는가 하고 손으로 만져 보니 깨어지지는 않았으나 무엇이 쇠뭉치로 뒤통수를 딱딱 때려 아파 견딜 수 없고 또 쇠사슬이 어디서 오더니 두 손을 꽉 묶으며 온몸을 굴신[57] 할 수 없게 얽어매고 불침, 불칼이 머리부터 시작하여 발끝까지 쑤시는도다.

한놈이 깜짝 놀라,

"아이고, 내가 지옥에 들어왔구나. 그러나 내가 무슨 죄로 여기를 왔나?"

하고 땅에 떨어진 날부터 오늘까지 아는 대로 무릇 삼십여 년 사이의 일을 세어보나 무슨 죄인지 모르겠더라. 좌우를 돌아보니 한놈과 같이 형구(刑具)[58]를 가지고 앉은 이가 몇몇 있거늘,

"내가 무슨 죄로 왔느냐?"

물은즉 잘 모른다 하며,

"너희들은 무슨 죄로 왔느냐?"

하여도 모른다 하더라.

한놈이 소리를 지르며,

"사람이 어찌 아무 죄로 왔는지도 모르고 이 속에 갇혔으리오?"

---

57 팔, 다리 따위를 굽혔다 폈다 함.
58 형벌에 쓰는 여러 가지 기구.

하니, 대답하되

"얼마 안 되어 순옥사자(巡獄使者)[59]가 오신다니 그에게 물어보라."

하더라.

5

아픔도 아픔이어니와 가장 갑갑한 것은 내가 무슨 죄로 이 속에 왔는지를 모름이다.

"순옥사자가 오시면 안다 하니 언제나 오나."

하며 빠지는 눈을 억지로 참고 며칠을 기다리더니 하루는 삼백예순다섯 가지 풍류 소리가 나며,

"신임 순옥 사자 고려 문하시랑동문장사(高麗 門下侍郎同文章事)[60] 강감찬(姜邯贊)[41]이 듭신다."

하더니 온 옥중이 괴괴한데, 한놈이 좌우의 낯을 살펴보니 어떤 사람은,

"나야 무슨 죄가 있나, 설마 순옥사자께서 곧 놓아 보내겠지."

하는 뜻이 있어 기꺼운 낯을 가지며, 어떤 사람은,

"내 죄는 이보다 더 참혹한 지옥에 갇힐 터인데 순옥사자

59 감옥을 순찰하는 사자.
60 고려 시대에, 내사문하서에 둔 정이품 벼슬.

가 오시면 어찌하나."

하는 뜻이 있어 걱정스러운 낯을 가지며, 어떤 사람은

"죄를 지면 지었지 지옥밖에 더 왔겠니."

하는 뜻이 있어 아무렇지도 않은 듯한 낯을 가지며, 어떤 사람은

"아이고, 이제는 큰일났구나. 내 죄야 있는지 없는지 모르겠다만 순옥사자가 아마 덮어놓고 죽이실걸."

하는 뜻이 있어 잿빛 같은 낯을 가지며, 지옥이 무엇인지 천당이 무엇인지 순옥사자가 가는지 오는지도 모르고 앉아 있는 사람도 있으며,

"오냐, 지옥에 가두어라. 가두면 오래 가두겠느냐, 나가는 날에는 또 도적질이나 하자."

하는 사람도 있으며,

"우리 어머니가 내 일을 알면 오죽 울겠느냐? 순옥사자시여! 제발 놓아 주옵소서."

하는 사람도 있으며,

"옥이고 깻묵이고 밥이나 좀 먹었으면."

하는 사람도 있으며,

"순옥사자가 오기만 오너라. 내 죽자사자 해보겠다. 인간에서 하던 고생도 많은데 또……"

하는 사람도 있으며,

"내가 돈이 백만 냥이 있으니 순옥사자의 옆구리만 쿡 지르면 되지."

하는 사람도 있으며,

"나는 계집인데 순옥사자가 밉지 않은 나야 설마 죽이겠니."

하는 사람도 있어, 빛도 각각이오, 말도 각각이더라.

옥중에 상서로운 기운이 돌며 순옥사자 강감찬이 드시는데 키가 불과 오 척[61]이요, 꼴도 매우 작고 볼품없지만 두 눈에는 정기가 어리고 머리 위에는 어사화(御賜花)[62]가 펄펄 난다.

이때에 당하여 사방을 돌아보니 억센 놈도 어디 가고, 다리 긴 놈도 어디 가고, 겁 많은 놈도 어디 가고, 돈 많은 놈도 어디 가고, 얼굴 좋은 아가씨도 어디 가시고, 온 옥중에 있는 사나이나 계집이나 모두 오래 젖에 주린 아이가 어미 몸을 보는 듯하여 콱 엎드려져 흑흑 느끼어 가며 운다.

강감찬이 보시더니 불쌍히 여기사 물으시되,

"왜 처음에 지옥이 무서운 줄 몰랐더냐? 죄를 왜 지었느냐?"

---

61 길이의 단위. 자. 한 자는 약 30.3cm.
62 1. 조선 시대에, 문무과에 급제한 사람에게 임금이 하사하던 종이 꽃. 2. 임금이 베푸는 잔치에서 신하들이 관복 모자에 꽂던, 임금이 내린 꽃.

하니 옥중이 묵묵하여 아무 대답이 없거늘 한놈이 나서며 여짜오되,

"우리가 나가고 싶단 말도 없었는데 님이 우리를 인간에 내시고 우리가 오겠다고 원하지도 않았는데 님이 우리를 지옥에 넣으시니 우리들이 님의 일이 답답하여 우나이다."

강감찬이 웃으시며,

"님이 너희들을 내셨다더냐? 또 지옥에 올 때도 님이 가라고 하시더냐?"

"그러면 누가 내시고 누가 이리 오게 하셨습니까?"

강감찬이 크게 소리를 질러,

"네가 네 일을 모르고 누구에게 묻느냐?"

하고 꾸짖으니 온 감옥이 모두 한놈과 함께 황송하여 일제히 그 앞에 엎드리며,

"미련한 것들이 알지 못하오니 사자님은 크게 사랑하사 미혹(迷惑)[63]을 열어 주소서."

강감찬이 지팡이를 거꾸로 받드시더니 모든 죄수에게 말씀하시되,

"너희들이 죄를 짓지 않으면 지옥이란 이름이 없으리니 그러므로 지옥은 님이 지은 것이 아니라 곧 너희들이 지은 지옥이니라."

63 무엇에 홀려 정신을 차리지 못함.

한놈이 일어서 아뢰되,

"우리가 지은 지옥이면 깨기도 우리 힘으로 깰 수 있습니까?"

강감찬이 가라사대,

"작은 죄는 자기 손으로 깨고 나아갈지나 큰 죄는 제 손은 그만두고 님이 깨어 주려 하여도 깰 수 없나니 천겁(劫)[64]만 겁을 지옥에서 썩을 뿐이니라."

한놈이 묻되,

"어떤 죄가 큰 죄오니까?"

강감찬이 가라사대,

"처음에 단군이 오계를 세우시니, 첫째 나라에 충성하며, 둘째 집에서 효도하고 우애하며, 셋째 벗을 미덥게 사귀며, 넷째 싸움에서 뒷걸음질 말며, 다섯째 생물을 죽이매 골라 죽임이라. 옛적에는 오계에 하나만 범하여도 큰 죄라 하여 지옥에 내리더니 이제 와서는 나라 일이 급하여 다른 죄를 이루다 다스릴 수 없어 오직 나라에 대한 죄만 큰 죄라 하여 지옥에 내리느니라."

한놈이,

"나라에 대한 큰 죄가 몇입니까?"

물으매 강감찬이,

---

64 어떤 시간의 단위로도 계산할 수 없는 무한히 긴 시간.

"네가 앉아 들어라!"

하시더니 하나씩 세신다.

첫째는 나라의 원수를 두는 지옥이 일곱이니,

(ㄱ) 국민의 부탁을 맡아 임금이 되자거나 대신이 되어 나라의 흥망을 어깨에 메인 사람으로, 금전이나 사리사욕만 알다가 적국에게 이용된 바가 되어 나라를 들어 남에게 내어 주어 조상의 역사를 더럽히고 동포의 생명을 끊나니, 백제의 임자(任子)며[42], 고구려의 남생(男生)이며, 발해의 마지막 왕 대인선(大諲譔)이며,[43] 대한 말기의 민영휘(閔泳徽), 이완용(李完用) 같은 무리가 이것이다. 이 무리들은 살릴 수 없고 죽이기도 아까우므로 혀를 빼며 눈을 까고 쇠비로 그 살을 썰어 뼈만 남거든 또 살리고 또 이렇게 죽이되 하루 열두 번을 이대로 죽이고 열두 번을 이대로 살리어 죽으면 살리고 살면 죽이나니 이는 곧 매국 역적을 처치하는 '겹겹지옥'이니라.

(ㄴ) 백성의 피를 빨아 제 몸과 처자를 살찌우던 놈이니 이놈들은 독 속에 넣고 빈대와 뱀 같은 벌레로 그 피를 빨게 하나니 이는 '줄줄지옥'이니라.

(ㄷ) 혓바닥이나 붓끝으로 적국의 정책을 노래하고 어리석은 백성을 몰아 그물 속에 들도록 한 연설쟁이나 신문기자들은 혀를 빼고 개의 혀를 주어 날마다 '컹컹' 짖게 하나니 이는 '강아지지옥'이니라.

(ㄹ) 목구멍이 포도청이라고 해 먹을 것 없으니 정탐질이나 하리라 하여 뜻있는 사람을 잡아 적국에게 주는 놈은 돗(돼지)껍질을 씌워 '꿀꿀' 소리나 하게 하나니 이는 '돼지 지옥'이니라.

(ㅁ) 겉으로 지사(志士)[65]인 체하고 속으로 적 심부름하던 놈은 그 소행이 더욱 밉다. 이는 머리에 박쥐 감투를 씌우고 똥집을 빼어 솔개를 주나니 이는 '야릇지옥'이니라.

(ㅂ) 딸각딸각 나막신을 끌고 걸음걸음 적국 놈의 본을 뜨며 옷 입고 밥 먹는 것도 모두 닮으려 하며, 자식이 나거든 내 말을 버리고 적국 말을 가르치는 놈은 목을 잘라 불에 넣으며 다리를 끊어 물에 던지고 가운데 토막은 주물러 나나리를 만드나니 이는 '나나리지옥'이니라.

(ㅅ) 적국 놈에게 시집가는 년들이며 적국의 년에게 장가가는 놈들은 불 칼로 그 반신을 끊나니 이는 '반신지옥'이니라.

둘째는 망국 노예를 두는 지옥이니,

(ㄱ) 나라야 망하였든 말았든 예수나 잘 믿으면 천당에 간다 하며, 공자의 글이나 잘 읽고 산림에서 남을 돌보지 아니하고 자기 한 몸의 처신만을 온전하게 한다 하여 조상의 역사가 결딴남도 모르며 부모나 처자가 모두 남의 종이 된지는 생

65 나라와 민족을 위하여 제 몸을 바쳐 일하려는 뜻을 가진 사람.

각도 않고 오히려 선과 천당을 찾는 놈들은 똥물에 튀기여 쇠가죽을 씌우나니 이는 '똥물지옥'이니라.

(ㄴ) 정치적 의견을 가진 당파는 있어야 하지만 오직 지방으로 가르며, 종교로 가르며, 사사로운 감정으로 가르며, 한 나라를 열 쪽에 내어 서로 해외로 다니며 싸우고 이것을 일로 아는 놈들은 맷돌에 갈아 없애야 새싹이 날지니 이는 '맷돌지옥'이니라.

(ㄷ) 말도 남의 말만 알고 풍속도 남의 풍속만 쫓고 종교나 학문이나 역사 같은 것도 남의 것을 제 것으로 알아 러시아에 가면 러시아인이 되고 미국에 가면 미국인 되는 놈들은 배알[66]을 빼어 게같이 만드나니 이는 '엉금지옥'이니라.

(ㄹ) 동양의 아무 나라가 잘되어야 우리의 독립을 찾으리라 하며, 서양의 아무 나라가 우리 일을 보아 주어야 무엇을 하여 볼 수 있다 하여, 외교를 남에게 부탁하여 국민의 사상을 약하게 하는 놈들은 그 몸을 주물러 댕댕이덩굴을 만들어, 큰 나무에 감아 두나니 이는 '댕댕이지옥'이니라.

(ㅁ) 의병도 아니요, 암살도 아니요, 오직 할 일은 교육이나 생산 경제에 관한 사업 같은 것으로 차차 백성을 깨우자 하여 점점 더운 피를 차게 하고 산 넋을 죽게 하나니 이놈들의 갈 곳은 '어둥[67]지옥'이니라.

66 창자.
67 모닥불.

(ㅂ) 황금이나 여색 같은 데에 빠져, 있던 뜻을 버리는 놈은 그 갈 곳이 '단지지옥'이니라.

(ㅅ) 지식이 없어도 아는 체하고 열성이 없어도 있는 체하며, 죽기는 싫으나 명예는 차지하려 하여 거짓말로 남 속이고 다니는 놈들은 불로 지져 뜨거움을 보여야 하나니, 이는 '지짐지옥'이니라.

(ㅇ) 머리 앓고 피 토하여 가며, 나라 일을 연구하지 않고, 오직 남의 흉내만 내어 마치니의 『소년 이태리』를 본떠 회(會)의 규칙을 만들며,[44] 손일선(孫逸仙)[45]의 『군정부 약법(約法)』[68]을 번역하여 자기의 주의를 삼아 특유한 나라의 성질이 없이 인판(印板)[69]으로 사업하려는 놈들이 갈 지옥은 '잔나비(원숭이)지옥'이니라.

(ㅈ) 잔꾀만 가득하여 일 없는 때는 칼등에서 춤이라도 출 듯이 나서다가 일 있을 때는 싹 돌아서 누울 곳을 보는 놈은 그 기름을 빼어야 될지라. 고로 가마에 넣고 삶나니 이는 '가마지옥'이니라.

(ㅊ) "아무래도 쓸데없다. 왼손으로 총을 막으며 빈 입으로 군함 깰까 망한 판이니 망한 대로 놀자." 하는 놈은 무쇠 두멍[70]을 씌워 다시 하늘을 못 보게 하나니 이는 '쇠솥지옥'이니

68 중화민국 원년에 제정한 임시 헌법.
69 도장을 찍을 때 종이 밑에 받치는 널조각.
70 물을 많이 담아 두고 쓰는 큰 가마나 독.

라.

(ㅋ) 돈 한 푼만 있는 학생이면 요릿집에 데리고 가며 어수룩한 사람이면 영웅으로 추켜세워 저의 이용물을 만들고 이를 수단이라 하여 도덕 없는 사회를 만드는 놈의 갈 곳은 '아귀지옥'이니라.

(ㅌ) 공자가 어떠하다, 예수가 어떠하다, 나폴레옹이 어떠하다, 워싱턴이 어떠하다, 하며 내 나라의 성현 영웅을 하나도 모르는 놈은 글을 다시 배워야 하나니 이놈들의 갈 곳은 '종아리지옥'이니라.

이 밖에도 지옥이 몇몇이 더 되나 너희들이 알아둘 지옥은 이만하여도 넉넉하니라.

온 죄수가 악머구리 울 듯 하며[71],

"사자님은 크게 어진 마음으로 죄를 용서하시고 이곳을 떠나게 하소서."

강감찬이,

"공은 공대로 가며 죄는 죄대로 간다."

하고 부채로 썩 가리우니 모든 죄수가 어디에 있는지 보지는 못하나 마음에 그 참형(斬刑)[72] 당할 일이 애달파 강감찬의 앞에 나아가 매국적 같은 큰 죄는 할 수 없거니와 그 나머

---

71 악머구리는 잘 우는 개구리 라는 뜻으로, 많은 사람이 모여서 시끄럽게 우는 것을 비유함.
72 목을 베어 죽임. 또는 그런 형벌.

지는 다 놓아 보냄을 청하니 강감찬이 한놈의 등을 만지며,

"그대가 이런 마음으로 님나라에 갈 만하지만 다만 두 사랑이 있으므로 이곳까지 옴이로다."

하거늘 한놈이 그제야 미인의 홀림으로 풍신수길을 놓치던 일을 생각하고 묻자와 가로되,

"나라 사랑하는 사람은 미인을 사랑하지 못하옵니까?"

강감찬이 땅 위에 놓인 칼을 가리키며,

"이 칼 놓은 자리에 다른 것도 또 놓을 수 있느냐?"

"안 될 말입니다. 한 물건이 한 시에 한 자리를 차지할 수가 있습니까?"

강감찬이 이에 손을 치며,

"그러하니라. 한 물건이 한 시에 한 자리를 못 차지할 지며 한 사상이 한 시에 한 머릿속에 같이 있지 못하나니 이 줄로 미루어 보아라. 한 사람이 한평생 두 사랑을 가지면 두 사랑이 하나도 이루기 어려운 고로 이야기에도 있으되 '두 절개가 되지 말라' 하니 그 깨끗하지 못함을 나무람이니라."

한놈이 또 묻되,

"그 줄이 있습니까?"

강감찬이 대답하되,

"소경은 귀가 밝고 귀머거리는 눈이 밝다 함은 한 길로 가는 까닭이라. 그러기에 석가여래가 아내와 아들을 다 버리고

보리수 밑에서 아홉 해를 지내심이니라."

"애국자의 일도 종교가와 같으오리까?"

"하나는 세상을 떠난 수행자의 일이요, 하나는 세상에 간여하는 자의 일이니, 일은 다르지만 종교가가 신앙밖에 다른 사랑이 있으면 종교가가 아니며, 애국자가 나라밖에 다른 사랑이 있어도 애국자가 아니다. 그러므로 사람마다 몸은 안 아끼는 이 없지만 충신이 일에 당하면 열두 번 죽어도 사양치 않으며 누가 처자를 안 어여뻐하리오만 열사가 나라를 위함에는 가족까지 희생하나니 이와 같이 나라밖에는 딴 사랑이 없어야 애국이어늘 이제 나라도 사랑하며 술도 사랑하면 술로 나라 잊을 적이 있을지며, 나라도 사랑하며 미인도 사랑하면 미인으로 나라 잊을 때가 있을지니라."

한놈이 절하며 그 고마운 뜻을 올리고 그러나 지옥에서 나가게 하여 달라 하니 강감찬이 가로되,

"누가 못 나가게 하느냐?"

"못 나가게 하는 사람은 없사오나 몸이 쇠사슬에 묶이어 나갈 수 없습니다."

강감찬이 웃으시며,

"누가 너를 묶더냐?"

하니 한놈이 이 말에 크게 깨달아 번뇌와 의혹이 모두 없어지며

"본래 묶이지 않은 몸을 어디에 풀 것이 있으리오."

하고 몸을 떨치니 쇠사슬도 없고 감옥도 없고 한놈의 한 몸만 우뚝하게 섰더라.

6

천국은 하늘 위에 있고 지옥은 땅 밑에 있어 그 서로 떨어진 거리가 천 리나 만 리인 줄 아는 것은 인간의 생각이라, 실제는 그렇지 않아서 땅도 한 땅이요, 때도 한 때인데 제치면 님나라고 엎치면 지옥이요, 세로로 뛰면 님나라고 가로로 뛰면 지옥이요, 날면 님나라며 기면 지옥이요, 잡으면 님나라며 놓치면 지옥이니, 님나라와 지옥의 그 서로 떨어진 거리가 요것뿐이더라.

지옥이 이미 부서지매 한놈이 눈을 드니 금으로 지은 집에 옥으로 쌓은 담이 어른어른하고, 땅에 깔린 것은 모두 진주와 금강석이요, 맑고 향내 나는 공기가 코를 찔러 밥 안 먹고도 배부르며, 나무마다 꽃이 피어 봄빛을 자랑하며 새는 앵무, 공작, 금계, 백학, 꾀꼬리같이 듣고 보기가 좋은 새들이며 짐승은 사람을 물지 않는 문호(文虎), 문표(文豹)같은 짐승들이요, 거리마다 신라의 만불산(萬佛山)[46]을 벌여 놓고 집집에 고구려의 짐승 털로 만든 요를 깔았으며, 입은 것은 부여의 비단자수와 진한(辰韓)⁴⁷의 겸포⁷³며, 두른 것은 발해의 명주와 신라의 용초(龍綃)⁷⁴며, 들리는 것은 변한(弁韓)⁴⁸의 가야금이며 신라의 만만파파식적(萬萬波波息笛)⁴⁹ 쉬는 피리며 백제의 공후(箜篌)⁷⁵도 있고 고려의 국악도 있더라.

한놈이 기쁨을 이기지 못하여,

"이제는 내가 님나라에 다다랐구나."

하고 기꺼워 나서니 님나라의 모든 물건도 모두 한놈을 보고 반기는 듯하더라.

님을 보이려 하나 하늘같이 높으시고 바다같이 넓으시고 해같이 밝으시고 달같이 둥그시고 봄같이 따뜻하고 가을같이 매우사 한놈의 좁은 눈으론 볼 수가 없다.

그 양옆에 모셔 앉으신 이는

믿고 받드는 것에 굳건하신 동명성제(東明聖帝) · 명림답부(明臨答夫)⁵⁰.

정치제도에 밝으신 백제의 초고대왕(肖古大王)⁵¹, 발해 선왕(宣王)⁵².

이상이 높으신 진흥대왕(眞興大王), 설원랑(薛原郎)⁵³.

역사에 높으신 신지선인(神誌先人), 이문진(李文眞)⁵⁴, 고흥(高興), 정지상(鄭知常)⁵⁵.

73 삼한 시대에 비단실과 삼실로 세밀하게 짠 직물.
74 생 명주.
75 하프와 비슷한 동양의 옛 현악기.

국문에 힘쓰신 세종대왕, 설총[56], 주시경[57].

육군에 능하신 발해 태조, 연개소문[58], 을지문덕.

해군에 용하신 사법명(沙法名), 정지(鄭地)[59], 이순신

강토를 개척하신 광개토대왕(廣開土大王)[60], 동성대제(東城大帝)[61], 윤관(尹瓘)[62], 김종서(金宗瑞)[63].

법전을 편찬한 을파소(乙巴素)[64], 거칠부(居柒夫)[65].

나라가 망해가던 때 두 손으로 하늘을 받들던 백제의 부여(夫餘)·복신(福信), 고구려의 검모잠(劒牟岑).

잘못된 정치로 나라가 어지러운 시대에 한칼로 외적을 물리치고 나라를 편히 하던 고려의 최영, 강감찬, 이조의 임경업[66].

외지에 식민(殖民)[76]한 서언왕(徐偃王)[67], 엄국시조(奄國始祖), 고죽시조(孤竹始朝).

타국에 가서 왕이 된 고운(高雲)[68], 이정기(李正己)[69], 김준(金俊)[70].

사후에 용이 되어 일본을 도륙(屠戮)하려던 신라 문무대왕(文武大王)[71].

계림(鷄林)[77]의 개 되어도 일본의 신하는 아니 된다던 박제상(朴堤上)[72].

76 어떤 나라의 국민 또는 단체가 국경을 넘어 미개발 지역으로 이주하여 경제적으로 개척하며 활동하는 일.
77 신라.

홍건적 이백만을 평정하고 간계에 죽던 정세운(鄭世雲).

본국(本局) 팔성(八聖)⁷³⁾을 제사하고 금나라를 치려던 묘청(妙淸)⁷⁴⁾.

중국 홍수에 오행치수(五行治水)의 줄로 하(夏)나라의 우(禹)임금을 가르친 부루태자(夫婁太子)

하나 거룻배로 대해를 건너 섬나라 야만적인 인종을 개화시킨 혜자 선사(慧慈禪師)⁷⁵⁾, 왕인(王仁)박사.⁷⁶⁾

안시성에서 당태종 이세민(李世民)의 눈을 뺀 양만춘(楊萬春)⁷⁷⁾.

용인읍에서 철례탑(撒禮塔·살리타)의 가슴을 맞추던 김윤후(金允侯)⁷⁸⁾.

교육계의 맹주 되어 온 세상을 쓸리게 하던 영랑(永郞), 남랑(南郞)⁷⁹⁾.

국수(國粹)⁷⁸의 무너짐을 놀래어 화랑을 중흥하려던 이지백(李知白)⁸⁰⁾.

동족에 대한 의분으로 발해를 구원하려던 곽원(郭元)⁸¹⁾, 왕가도(王可道)⁸²⁾.

왕실을 다물(多勿)하려 하여 피 흘리던 이색(李穡)⁸³⁾, 정몽주(鄭夢周)⁸⁴⁾, 두문동(杜門洞) 칠십이현(七十二賢)⁸⁵⁾.

강자를 제재함에는 암살을 유일한 고결하고 거룩함으로

78 한 나라나 민족이 지닌 고유한 정신적·물질적인 장점.

깨달은 밀우(密友)·유유(紐由)⁸⁶⁾, 황창(黃昌)⁸⁷⁾, 안중근(安重根)

넘어지는 대하(大廈)⁷⁹를 붙들려고 의기(義旗)를 잡은 이강년(李康年)⁸⁸⁾, 허위(許蔿)⁸⁹⁾, 전해산(全海山)⁹⁰⁾, 채응언(蔡應彦)⁹¹⁾.

조촐한 진단의 여자 몸으로 어찌 도적에게 더럽혀지리오 하던 낙화암의 비빈(妃嬪)⁸⁰들, 임진년의 논개(論介)⁹²⁾, 계월향(桂月香)⁹³⁾.

출세한 사람으로 나라 일이야 잊을쏘냐 하던 고구려의 칠불(七佛)⁹⁴⁾, 고려의 현린선사(玄麟禪師)⁹⁵⁾, 이조의 서산대사(西山大師)⁹⁶⁾, 사명당(四溟堂)⁹⁷⁾

국학에는 비록 도움이 없지만 불교의 이론적 교리 조직의 부문에 통달하여 조선의 빛을 보탠 불학의 원효(元曉)⁹⁸⁾, 의상(義湘)⁹⁹⁾, 유학의 회재(晦齊)¹⁰⁰⁾, 퇴계(退溪)¹⁰¹⁾

세상에 상관없는 세상의 바깥, 한가하고 일이 없는 사람이지만 맑고 굳건한 절개의 한유한 (韓惟翰)¹⁰²⁾, 이자현(李資玄)¹⁰³⁾, 연진수도(鍊偵修道)의 참시(昆始), 정염(鄭磏).

건축으로 거룩한 임류각(臨流閣), 황룡사(皇龍寺) 등의 건축자.

미술로 신통한 만불산 홍구유(紅氍毹)의 제조자.

79 크고 넓은 집.
80 왕비와 궁녀.

산술로 부도(夫道)¹⁰⁴. 그림으로 솔거(率居). 음률로 우륵(于勒)¹⁰⁵, 옥보고(玉寶高). 칼을 잘 만드는 가락의 공장(工匠). 맹호를 맨손으로 때려잡는 발해의 장사. 성력(星曆)에 오윤부(伍允孚)¹⁰⁶. 이술(異術)⁸¹의 전우치(田禹治)¹⁰⁷. 귀귀래래시(歸歸來來詩)로 물질 불멸의 원리를 말한 화담(花潭) 서경덕(徐敬德)¹⁰⁸. 폭군은 베어도 가하다 하여 '충신은 두 임금을 섬기지 않는다'는 둔한 말을 반대한 죽도(竹島) 정여립(鄭汝立)¹⁰⁹. 철주자(鐵鑄字)⁸² 발명한 바치⁸³. 비행기 시조 정평구(鄭平九)¹¹⁰.

이 밖에도 눈 큰 이, 입 큰 이, 팔 긴 이, 몸 굵은 이, 어느 때 외국과 싸워 이긴 이, 어느 곳에서 백성에게 큰 공덕을 끼친 이, 철학에 밝은 이, 도덕에 높은 이, 물리에 사무친 이, 문학에 잘한 이, 한놈이 듣지도 보지도 못하던 선민들도 많으며, 또 한놈이 그 자리에서 보고 이제 기억하지도 못할 이도 많아 이 책에 올리지 못하거니와 대개 이때 한놈의 마음은 님나라에 온 것이 기쁠 뿐만 아니라 여러 선왕, 선성, 선민들을 뵈옴이 고맙더라.

님나라에는 이렇게 모여서 무슨 일을 하시는가 하고 한놈

---

81 요술이나 마술 따위의 이상한 술법
82 쇠를 부어 만든 활자. 금속활자.
83 '그 명사가 나타내는 물건을 만들거나 또는 그러한 일에 종사하는 사람'의 뜻.

이 눈을 들어 본즉 이상도 하고 아주 신기하고 기이하기도 하다. 다른 것 하는 것은 아무것도 없고 오직 낱낱이 비를 만들더니 긴 막대기에 꿰어 드니 그 길이가 몇천 길 몇만 길인지 모를러라. 그 비를 일제히 들더니 곧 하늘에 대고 썩썩 쓴다. 한놈이 놀라 일어나며,

"하늘을 왜 씁니까? 땅에는 먼지나 있다고 쓸지만 하늘이야 왜 씁니까?"

모두 대답하시되,

"하늘을 못 보느냐? 오늘 우리 하늘은 땅보다도 먼지가 더 묻었다."

하시거늘, 한놈이 하늘을 두루 살펴보니 온 하늘에 먼지가 보얗게 덮이었더라. 몇천 몇만 비들을 들이대고 부리나케 쓸지만 이리 쓸면 저쪽이 보얗게 되고 저리 쓸면 이쪽이 보얗게 되어 파란 하늘은 어디 갔는지 옛 책에서나 옛이야기에나 듣지도 못하던 흰 하늘이 머리 위에 덮이었더라.

"하늘도 보얀 하늘이 있습니까?"

한놈이 소리를 질러 물으니 누구이신지 누런 옷 입고 붉은 띠 띤 어른이 대답하신다.

"나도 처음 보는 하늘이다. 님 나신 지 삼천오백 년경부터 하늘이 날마다 푸른 빛은 날고 보얀 빛이 시작하더니 한 해 지나 두 해 지난 사천이백사십여 년 오늘에 와서는 푸른 빛은

거의 없어지고 소경 눈같이 보얗게 되었다. 그런즉 대개 칠백 년 동안에 난 변이요, 이 앞서는 이런 변이 없었나니라."

하더니, 그만 목을 놓고 우는데 울음소리가 장단에 맞아 노래가 되더라.

하늘이 제 빛을 잃으니 그 나머지야 말할쏘냐
태백산이 높이야 줄어 석 자도 못 되고
압록강이 터를 떠나 오백 리나 이사 갔구나,
아가 아가 우리 아가
네 아무리 어려워도 잠 좀 깨어라
무궁화꽃 핀 가지에 찬바람이 후려친다.

그이가 노래를 마치더니,
"한놈아!"
하고 부르더니 서편을 가리키거늘 한놈이 쳐다보니, 해와 달이 나란히 떠오르는데 테두리가 다 네모가 나고 빛은 다 새까맣거늘 보는 한놈이 더욱 놀래어,
"하늘이 뽀얗고 해와 달이 네모지며, 또 새까마니 이것이 님나라의 인간과 다른 특색입니까?"
한데, 그이가 깜짝 뛰며,
"그게 무슨 말이냐? 하늘이 푸르고 해와 달이 둥글며 흰 것

은 님나라나 인간이 다 한가지인데 지금 이렇게 된 것은 큰 변이니라."

한놈이,

"님의 힘으로 이를 어찌하지 못합니까?"

그이가 눈물을 흘리더니 가라사대,

"님나라에야 무슨 변이 나겠느냐? 때로는 모두 봄이요, 땅은 모두 금이요, 짐승도 사람같이 착하니 무슨 변이 나겠느냐? 다만 이천만 인간이 지은 재앙으로 하늘을 더럽히고 해와 달도 빛이 없게 만들었나니 아무리 님의 힘인들 이를 어찌하리요."

한놈이,

"인간에서 재앙만 안 지으면 해도 옛 해가 되고 달도 옛 달이 되고 하늘도 옛 하늘이 되겠습니까?"

그이가 가라사대,

"암 그 이를 말이냐. 대개 고려 말세부터 별별 하늘이 우리 진단에 들어오는데, 공자 석가는 더 말할 것 없고 심지어 보살의 하늘이며, 황제와 임금의 하늘이며, 관우(關羽)의 하늘이며, 도사의 하늘까지 들어와 님의 하늘을 가리워 이천만 사람의 눈이 한쪽으로 뒤집혀서 보고 하는 일이 모두 딴전이 되어 나라의 문물제도와 나라의 보배가 턱턱 무너지기 시작할새 역사의 제1장에 우리 님 단군을 빼고…… 부여를 제껴놓고 한(漢)나라 반역자 위만(衛滿)으로 정통을 가지게 하며, 고구려의 혈통인 발해를 물리어 북맥(北貊)이라 하며, 백제의 날쌔고 용맹스러움을 싫어하여 이를 인간이 지켜야 할 도리에 어긋난 나라라 하며, 우리의 윤리를 버리고 외국의 문화와 교육으로 대신하고, 만일 국수(國粹)를 보존하려 하는 이 있으면 도리어 악형에 죽을새, 죽도 선생 정여립이 구월산에 들어가 단군에게 제사 지내고 세대의 잔인하고 끔찍한 풍기를 고치려 하여 '충신불사이군'이 성인의 말이 아니라고 외쳤나니, 이는 사상계의 사자후(獅子吼)[84]이어늘 진안(鎭安) 죽도(竹島)에서 무도한 칼에 육장(肉醬)이 되고, 그나마 어진 재상이며, 명장이며, 위인이며, 제자며, 협객이 이 뽀얀 하늘 밑에서 몹쓸 죽음한 이가 얼마인지 알 수 없나니, 이제라도 인간에서 지난 일의 잘못됨을 뉘우쳐 하고 같이 비를 쓸어 주면 이 하늘과 이 해와 이 달이 제대로 되기 어렵지 않으리라."

하며 눈물이 비 오듯 하거늘 한놈이 크게 느끼어 '그러면 한놈부터 내 책임을 다하리라' 하고 곧 비를 줍소서 하여 하늘에 대고 죽을 판 살 판 쓸새 무릇 삼칠은 이십일 일을 지나니, 손이 부풀어 이리저리 터지고, 발이 아파 비를 들 수 없었고, 두 눈이 며칠 굶은 사람처럼 쑥 들어가 힘을 다시 더 쓸 수

---

84 사자의 우렁찬 울부짖음이란 뜻으로, 크게 부르짖어 열변을 토하는 연설을 이르는 말.

없는데, 하늘을 쳐다본즉 여전히 뽀얗더라. 한놈이 이어,

"내 힘은 더 쓸 수 없으나 또 내 뒤를 이어 이대로 힘쓰는 이 있으면 설마 하늘이 푸르러질 날이 있겠지."

하고 이 뜻으로 가갸 풀이를 지었는데,

가갸거겨 가자가자, 하늘 쓸러 걸음걸음 나아가자
고교구규 고되기는 고되지만, 굳은 마음은 풀릴쏘냐
그기가 그믐밤에 달이 나고, 기운 해 다시 뜨도록
나냐너녀 나 죽거든 네가 하고, 너 죽거든 나 또 하여
노뇨누뉴 놀지 않고, 하고 보면 누구라서 막을쏘냐
느니나 늦은 길을 늦다 말고, 이 악물고 주먹 쥐자
다댜더뎌 다 닳은들 칼 아니랴, 더 갈수록 매운 마음
도됴두듀 도령님의 넋을 받아, 두려운 놈 바이[85]없다
라랴러려 나팔 불고 북도 쳤다, 너나 말고 칼을 빼자
로료루류 로동하고 싸움하여, 루만(屢萬)[86] 명에 첫째 되면
르리라 르르릉 아라, 르릉 아리아 자기 아들같이
마먀머며 마마님도 구경 가오 먼동 곳에 봄이 왔소
모묘무뮤 모든 사람, 모두 몰아 무쇠 팔뚝 내두르며
므미마 먼 데든지 가깝든지, 밀어치며 나아갈 뿐
사샤서셔 사람마다 옳고 보면, 서슬 있어 푸르리라

85 아주 전혀.
86 누만. 여러 만(萬)이라는 뜻으로 아주 많은 수를 이르는 말.

소쇼수슈 소름 찢는 도깨비도, 수컷에야 어이하리
스시사 스승님의 뜻을 받아, 세로 가로 뛰고 지고
아야어여 아무런들, 내 아들이 어미 없이 컸다 마라
오요우유 오죽이나 오랜 나라 우리 박달[87] 우리 겨레
으이아 응응 우는 아기라도, 이 정신은 차리리라

막 자쟈저져를 읽으려 하는데 뽀얀 하늘 한가운데에서 새파란 하늘 한쪽이 내다보이며 그 속에서 소리가 난다.

"한놈아, 네 아무리 정성과 힘이 깊지만 한갓[88] 정성과 힘으로는 공을 이루기 어려우리니 그리 말고 님이 시설한 '도령군'을 가서 구경하여라."

한놈이,

"도령군이 무엇입니까?"

물은데,

"아! 도령군을 모르느냐? 역사 본 사람으로……."

하거늘 한놈이 눈을 감고 앉아 역사를 생각하니,

"대개 도령은 신라의 화랑을 말함이라, 『삼국사기』 악지(樂志)에 설원랑이 지었다는 도령(徒領) 노래가 곧 화랑의 노래니, 도령은 도령(徒領)의 음 번역이요, 화랑(花郎)은 그 뜻 번역인데, 화랑의 처음은 신라 때에 된 것이 아니라, 곧 단

---

87 檀·박달나무 단. 단군을 뜻하는 말.
88 다른 것 없이 겨우.

군 시조가 태백산에 내려올 때 삼 랑(三郞)[89]과 삼천 도(徒)[90]를 거느림이 화랑의 비롯이요, 천왕랑(天王郞) 해모수[111]가 도자(徒者) 수백 명을 거느리고 웅심산(熊心山)[91]에 모임도 또한 화랑의 놀음이요, 고구려의 선인(先人)은 곧 화랑의 별명인데, 동맹(東盟)[112]은 선인의 천제(天祭)[92]이며, 백제의 소도는 화랑의 별명인데, 천군(天君)은 또 소도제(蘇塗祭)[113]의 신명(神名)이라. 부르는 이름은 시대를 따라 변하였으나 정신은 한가지로 전하여 모험이며, 상무(尙武)[93]며, 가무며, 학식이며, 애정이며, 단결이며, 열성이며, 용감으로 서로 인도하여 고대에 이로써 종교적 상무정신을 이루어, 지키면 이기고, 싸우면 물리쳐, 크게 나라의 빛냄을 발휘한 것이라. 신라의 진흥대왕이 더 큰 이상과 넓은 배포로 폐단이 될 것을 덜고 미와 굳셈을 더 보태어 화랑사의 신기원을 연 고로 영랑, 남랑의 교육이 사해에 퍼지고, 사다함(斯多含)[114], 김흠춘(金欽春)[115] 등 소년의 피 꽃이 역사에 빛내었나니, 비록 배화노(拜華奴)[94]의 김부식으로도 화랑 이백의 꽃다운 이름을 떨칠 아름다운 일이라고 찬탄함이라.

89 랑:사내, 낭군의 뜻.
90 도:무리, 동아리. 제자, 문하생의 뜻.
91 역사기록에 나오는 백두산의 옛이름.
92 하느님에게 지내는 제사.
93 무예를 중히 여겨 높이 받듦.
94 사대주의의 노예.

그 뒤에 문헌이 완전하지 못하거나 없어지게 되므로 어떻게 쇠하고 어떻게 없어짐을 자세히 알 수 없으나, 『고려사』에 보매 현종(顯宗) 때 거란이 수십만 대병으로 우리에게 덤비매 이지백이 생각하되 화랑은 막을 정신이 있으리라 하며, 예종(睿宗)이 조서(詔書)⁹⁵로 남랑, 영랑 등 모든 화랑의 자취를 보존하라 하며, 의종(毅宗)도 팔관회에 화랑을 뽑아 고풍을 떨칠 뜻을 가졌었나니, 이때까지도 도령군 곧 화랑의 도(徒)가 나라 가운데에 한 자리 가졌던 일을 볼지나 이 뒤로 어떻게 되었느냐."

외우며 생각하고 생각하며 외우더니, 하늘이 다시 소리하기를,

"내가 역사 속에 있는 걸 어려이 생각한다마는 다만 한 가지 또 있다. 『고려사』 「최영」전에 최영이 명태조 주원장(朱元璋)과 싸우려 할새, 고구려가 승군(僧軍)⁹⁶ 삼만으로 당나라 병사 백만을 깨쳤으니, 이제도 승군을 뽑으리라 하였는데, 그 이른바 고구려 승군은 곧 선인군(先人軍)이니, 마치 신라의 화랑을 동경함과 같은 것이라. 그 혼인을 멀리하고, 가사를 돌보지 않음이 승려와 같은 고로 고대에도 혹 그 이름을 승군이라고도 하며, 최영은 더욱 선인이나 화랑의 제도를 회복할 수 없어 승려로 대신하려 하여 참말로 승가의 승려를 뽑음이

95 임금의 명령을 일반에게 알릴 목적으로 적은 문서.
96 승려들로 조직된 군대.

나 만일 최영이 죽지 않고 고려가 망하지 않았다면, 님의 세우신 화랑의 도(道)가 오백 년 전에 벌써 중흥하였으리라."

하시거늘, 한놈이 고마운 마음을 이기지 못하여 땅에 엎드려 절하고,

"한놈이 도령군 곧 화랑이 우리 역사의 뼈요, 나라의 꽃인 줄을 안 지 오래오며, 또 이를 발휘할 마음도 간절하오나, 다만 신지의 『시사(詩史)』나 거칠부의 『선사(仙史)』[97]나 김대문의 『화랑세기(花郞世記)』[98]같은 책이 없어지므로, 그 본래 바탕를 알 수 없어 짝없는 유한[99]을 삼았더니, 이제 님이 도령군을 구경하라 하시니, 마음에 감사함이 닿을 곳 없사오니 원컨대 바삐 길을 인도하사 평생에 보고지고 하던 도령군을 보게 하옵소서."

하며 어린 아기 어미 찾듯 자꾸 님을 부르더니, 하늘에서 붉은 등 한 개가 내려오며, 앞을 인도하여 오색 내를 지나 옥산을 넘어 한곳에 다다르니, 돌문이 있는데 금 글씨로 새겼으되 '도령군 놀음 곳'이라 하였더라.

문 앞에 한 장수가 서서 지키는데 한놈이,

"님나라 서울로부터 구경하러 왔으니 들어가게 하여 주소서."

---

97 화랑의 역사.
98 화랑들의 전기.
99 살아서 뜻을 이루지 못하고 남긴 한.

한즉,

"네가 바칠 것이 있어야 들어가리라."

하거늘,

"바칠 것이 무엇입니까? 돈입니까? 쌀입니까? 무슨 보배입니까?"

"그것이 무슨 말이냐? 돈이든지 쌀이든지 보배이든지 인간에서 귀한 것이요, 님나라에서는 천한 것이니라."

"그러면 무엇을 바랍니까?"

"다른 것 아니라 대개 정이 많고 고통이 깊은 사람이라야 우리의 놀음을 보고 깨닫는 바 있으리니, 네가 인간 삼십여 년에 눈물을 몇 줄이나 흘렸느냐? 눈물 많은 이는 정과 고통이 많은 이며, 이 놀음에 참여하여 상등 손님이 될 것이요, 그 나머지는 중등 손님, 하등 손님이 될 것이요, 아주 적은 이는 들어가지 못 하나니라."

"어려서 젖 달라고 울던 눈물도 눈물입니까?"

"아니다. 그 눈물은 못 쓰나니라."

"열하나 열둘 먹던 때 남과 싸우다가 분하여 운 눈물도 눈물입니까?"

"아니다. 그 눈물도 값 없나니라."

"그러면 오직 나라 사랑이며, 동포 사랑이며, 대적에 대한 의분의 눈물만 듭니까?"

"그러니라. 그 눈물에도 진짜와 가짜를 고르느니라."

이렇게 받고 차기로 말하다가 좌우를 돌아보니, 한놈의 평일 친구들도 어디로부터 왔는지 문 앞에 그득하더라. 이제 눈물의 정구가 되는데 한놈의 생각에는 내가 가장 끝이 되리로다. 나는 원래 무정하여 나의 인간에 대하여 뿌린 눈물은 몇 방울인가 세이랴……(이하 원문 탈락)

『단재신채호전집』 단재 신채호 선생 기념사업회 1975

1) 단군고기(檀君古記). 단군에 관하여 기록한 가장 오래된 책.『삼국유사』권1 고조선조에『고기(古記)』의 기록을 인용하여 단군과 고조선의 건국을 서술하였다. 현재는 전하지 않는다.

2) 김부식 등이 고려 인종23년(1145년) 왕의 명을 받아 편찬한 삼국시대의 역사서.

3) 고려 충렬왕(1236~1308)때 승려 일연이 삼국시대의 유사(遺事)를 모아서 지은 역사서.

4) 김종서, 정인지 등이 세종의 교지로 1449년 편찬하기 시작해 1451년에 완성된 고려시대 역사서.

5) 조선 후기 학자 김려(1766~1822)가 편찬한 야사(野史)전집. 정조때 자신이 편찬한『창가루외사』(倉可樓外史)를 만년에 교정, 필사하여『광사』라고 개칭함.

6) 중국 청나라 때 마 숙이 지은 역사책. 태고 때로부터 진나라 말기까지를 적었음.

7) 고구려의 대신. 고구려 영양왕 23년(612년) 여름과 가을에 걸쳐 터진 수나라와의 전쟁을 승리로 이끌어 강대했던 수나라를 멸망에 이르게 함.

8) 중국의 왕조(581~618). 북주 양견(문제)이 581년 어린 황제인 정제로부터 왕위를 받아 수 왕조를 세움.

9) 612년 주변 나라를 정복한 수양제가 온 국력을 동원하여 30만 5천명의 대군을 이끌고 고구려 정벌에 나섰으나 살수(지금의 청천강)에서 을지문덕에게 대패하여 겨우 2만 5천명의 병사만 살아 돌아갔다.

10) 수나라의 제2대 황제(재위 604~618)인 양제의 본명. 3차례 고구려를 침입하였으나 대패하였고 각지에서 민란이 일어나 수나라가 멸망에 이르게 하였다.

11) 沙法名, ?~?. 백제 동성왕 때 장수. 후위의 대군을 물리침.

12) 조선 영조 때 안정복이 지은 역사책. 단군 조선에서부터 고려 말에 이르기까지의 역사를 주희(1130~1200)가 지은 사서『통감강목』을 참고로 하여 기록하였다.

13) 고구려의 시조(B.C.58~B.C.19). 성은 고(高). 이름은 주몽(朱蒙)또는 추모(鄒牟). 부여의 금와왕이 태백산 남쪽 우발수에서 유화라는 여인을 궁으로 데려왔고 그 여인이 낳은 아들이다. 주몽이 어려서부터 영특하여 왕자들이 이를 시기해 죽이려 하자 남쪽으로 내려와 고구

려를 세웠다.

14) 신라 제24대 왕(534~576). 한강 하류 지역을 빼앗아 삼국 통일의 기반을 마련하였고, 불교 진흥에 힘썼다. 화랑제도를 창시하고 『국사(國史)』를 편찬하고 문화 창달에도 이바지 하였다. 국경지역에 순수비를 세웠다.

15) 충청남도 부여에 있는 부소산에 있는 큰 바위. 백제가 망할 때 삼천 궁녀가 이 바위에서 백마강에 몸을 던져 죽었다는 전설이 있다.

16) 백제 제24대 왕(?~501)인 동성왕때 지어진 대형 건축물. 큰 연못을 파고 기이한 짐승을 길렀다.

17) 신라 26대 왕. 609년에 수나라의 도움을 받아 고구려를 원정하였고, 당나라가 선 뒤에도 계속 친교를 맺어 고구려를 견제하였다.

18) 천사옥대. 신라의 세 가지 보배 가운데 금과 옥으로 만든 띠. 진평왕 1년(579)에 하늘에서 주었다고 한다.

19) 발해의 시조(?~719. 재위 698~719). 시호는 고왕(高王). 고구려의 유민으로, 698년에 진(震)을 세워 왕이 되고, 713년에 고구려의 옛 영토를 회복하여 국호를 발해로 고쳤다.

20) 백제 말기의 장군(?~660). 의자왕 20년에 신라와 중국 당나라의 연합군이 백제로 쳐들어오자, 결사대 오천을 이끌고 황산벌에서 신라 장수 김유신과 네 차례 싸운 끝에 전사하였다.

21) 신라 진흥왕 때의 화가(?~?)

22) 신라 경덕왕 때의 악사. 거문고의 대가.

23) 고조선 시대에 신지(神誌) 발리(發理)가 지었다는 글. 『삼국유사』와 『고려사』에 언급이 되었으나 그 내용에 대하여는 현존하지 않아 알 수 없다.

24) 1396~1478. 조선 전기 문신 겸 학자.

25) 비류, 온조:동명성왕과 소서노 사이의 첫째 아들과 둘째 아들. 동명성왕과 예씨 사이의 아들 유리가 부여에서 내려와 태자가 되자 부하들을 이끌고 남쪽으로 내려왔다. 둘은 의견이 맞지 않아 헤어져 비류는 미추홀(인천)에 도읍을 정했다. 온조는 위례성(지금의 한강 유역)에 도읍을 정한 뒤 나라 이름을 '십제'라 하였다. 이후 비류가 죽자 비류의 백성들이 온조에게 갔고 나라의 규모가 커지자 온조는 나라 이름을 '백제'라 고쳤다.

26) 차대왕. 고구려 제 7대 왕(71~165). 이름은 수성. 자신의 왕위 계승을 반대하던 우보 고복장과 태조왕의 아들 막근을 살해하여 왕권을 굳히었으나, 횡포와 학정을 일삼다가 명림답부에게 살해되었다.

27) 고구려 시대의 왕족으로 13대왕인 서천왕의 아우(?~292년). 고구려가 예족의 침입으로 어려움을 겪자 출전하여 예족을 물리치고 복속시켰다. 서천왕이 죽고 아들인 봉상왕이 즉위한 후 봉상왕의 시기심으로 인해 죄목을 만들어 사형에 처했다.

28) 백제의 위사좌평을 역임한 귀족. 신흥귀족세력을 대표하는 인물로 왕권과 친밀관계에 있었다. 그러나 동성왕의 구조개편이 중앙귀족의 이해관계와 배치가 되자 동성왕을 살해하고 반란을 일으켰다. 새로 즉위한 무령왕의 공격을 받아 죽었다.

29) 고국천왕(고구려 제9대 왕) 때의 재상. 왕비의 친척으로 집안이 교만하고 남의 자녀, 토지나 집을 마구 빼앗아 사람들의 원망이 높았다. 고국천왕이 그를 죽이려하자 190년에 고구려 정치세력집단체의 하나인 연나부의 일부세력과 함께 모반하였으나 진압되었다.

30) 고구려 말의 재상. 천남생. 연개소문이 죽자 맏아들인 남생이 대막리지가 되었다. 재임 초기 고구려의 여러 성을 순시하러 간 사이 동생인 남건, 남산이 남생의 아들 헌충을 죽이고 남건이 스스로 대막리지가 되어 군사를 일으켰다. 쫓겨간 남생은 당나라에서 벼슬을 얻고 668년 당나라 이적과 함께 고구려를 쳐서 마침 합세한 신라군과 함께 고구려를 멸망시켰다.

31) 백제 무왕의 조카이자 무장인 복신(?~663)은 백제가 망하자 승려 도침, 왕자 부여 풍과 함께 백제 부흥을 꾀하고 풍을 왕으로 추대하였다. 내분으로 도침을 죽이고 부여 풍에게 피살되었다.

32) 검모잠이 고구려 유민을 모아 안승을 왕으로 옹립하여 한성(지금의 황해도 재령)을 근거지로 고구려 부흥운동을 일으켰다. 신라와 협조하여 당나라 세력을 몰아내기에 힘썼으나 안승에게 피살되었다.

33) 원나라 말기의 도둑의 무리. 머리에 붉은수건을 쓴 까닭에 이렇게 불렸다. 두 차례에 걸쳐 고려에까지 침범하였다. 홍건적과 백련교도가 종교적 농민 반란을 일으키고 1368년에 홍건적 출신인 주원장이 원나라를 물리치고 명나라를 세웠다.

34) 고려 공민왕 때의 무신(?~1362). 홍건적의 난때 왕을 모시고 피난하였으며 압록강 변에서 홍건적을 물리쳐 공을 세웠으나, 이를 시기하던 안우에게 살해 되었다.

35) 고려 말기 무신(1316~1388). 홍건적과 왜구 등을 물리치고 고려왕실을 보호하였다. 1388년 명나라가 철령위를 설치하려 하자, 요동 정벌을 계획하고 출정을 명하였으나 이성계의 위화도 회군으로 좌절되었고 그에게 피살되었다.

36) 조선 중기 문신(1565~1624). 임진왜란 때 회령의 국경인 등이 적군에 투항하자 의병대장이 되어 경성을 수복하고 회령으로 진격하여 두 왕자를 왜군에게 넘겨준 국경인의 숙부 세필을 죽이고 반란을 평정하였다. 또한 길주에 주둔한 왜군을 물리친 장덕산대첩을 이끌었다. 인조때 이괄의 난에 연루되어 고문받다 사망했다.

37) 중국 주나라의 형제성인. 주나라 무왕이 은나라 주왕을 멸망시키자 주나라의 곡식을 거부하고 서우양산에서 굶어 죽었다.

38) 고구려 11대 왕. 어질고 용감한 왕으로 주변에 밀우, 유옥구, 유유 같은 많은 충신이 있었고 백성의 사랑을 받았다.

39) 224년 위나라가 선비족, 부여국의 도움을 받아 고구려를 쳐들어왔고 동천왕은 계속 승리를 하였다. 이에 교만해진 왕이 소수병력으로 적군을 맞서 싸우다 크게 패하여 충신들의 도움으로 겨우 도망갔다. 이후 다시 위나라 군대와 맞서 이겼다.

40) 조선의 무신(1562~1622). 임진왜란 때에 수많은 왜군을 격파하였고 정유재란 때에도 큰 공을 세웠다.

41) 고려 초기의 명장(948~1031). 현종 9년(1018)에 거란이 쳐들어왔을 때에, 홍화진에서 적군을 대파하였다. 이듬해에는 회군하는 적을 귀주에서 크게 격파하였다.

42) 백제 의자왕때의 대신. 김유신과 내통하여 백제의 사정을 신라에 알려주었다.

43) 926년 부여성에서 거란에게 항복하였다.

44) 주세페 마치니. 이탈리아 혁명가, 통일 운동 지도자. '청년 이탈리아 당'을 만들어 국내외에서 민족주의 통일 운동을 펼쳤다.

45) 쑨원. 중화민국의 정치가. 삼민주의를 주장함.

46) 신라 경덕왕이 당나라 대종에게 선물했던 향나무로 만든 산모양의 공예품.

47) 삼한 가운데 경상북도 지역의 12국. 일본 문화 발전에 큰 영향을 주었으나 후에 신라에 병합되었다.

48) 삼한 시대의 정치 집단체.

49) 만파식적을 잃어버렸다가 다시 찾으면서 붙인 이름. 신라 때의 전설상의 피리. 이것을 불면 모든 걱정, 근심이 사라졌다고 한다.

50) 고구려 신대왕 때의 재상. 중국 한나라 경림이 대군을 이끌고 쳐들어 왔을 때, 크게 이겼다.

51) 근초고대왕(近肖古大王). 백제 제13대 왕(?~375). 기록마다 이름이 달라 조고왕(照古王), 초고왕(肖古王), 여구(餘句)등으로 표기되어 있다. 남쪽으로 마한을 병합하고 북쪽으로 고구려의 평양성을 점령하여 강력한 국가의 기반을 마련하였고, 해상무역을 발전시켰으며, 지방을 나누어 지방 통치 조직을 만들어 지방관을 파견하는 담로제를 실시하였다. 아직기와 왕인을 일본에 파견하였고 박사 고흥에게『서기(書記)』를 편찬하게 하였다.

52) 발해 제 10대 왕(?~830). 고구려의 옛 땅의 대부분을 회복하고 행정구역을 개편하여 발해의 전성기를 이룩하였다.

53) 신라 최초의 화랑.

54) 고구려 영양왕 때의 학자. 태학박사를 지냈으며 고구려의 역사 실록『유기(留記)』100권을 재편찬하여『신집(新集)』5권을 만들었으나 현재 전하지 않는다.

55) 고려 인종 때의 문신. 뛰어난 시인이자 철학자. 개혁을 주장하였고 묘청의 난에 연루되어 유교적 사대적인 성향의 김부식에게 피살 되었다.

56) 신라의 학자(655~?). 한자의 음과 뜻을 빌려 우리말을 적은 표기법인 이두를 집대성하였다.

57) 국어학자이자 독립운동가(1876~1914). 국문 연구소의 연구 위원이 되어 국어학을 중흥하는 데 선구적 역할을 하였다.

58) 고구려의 장군(?~665). 당태종의 중국 중심 질서 정책에 따라 고구려 또한 왕과 신하들이 저자세 외교로 일관했고 조공까지 바쳤다. 자부심 강한 고구려의 무장들은 연개소문을 중심으로 642년 영류왕을 죽이고 보장왕을 세워 자신은 막리지에 올랐다. 이를 빌미로 당태종은 명분을 세워 고구려를 침략했으나 실패했다. 퇴각하는 길에 병을 얻은 당태종은 결국 죽었고 당나라는 이후 계속 고구려를 침입했으나 연개소문이 이끄는 고구려군은 번번이 이를 물리쳤다.

59) 고려 말기의 무신(1347~1391). 부패한 수군을 쇄신하였고 여러

번 왜구의 침입을 막았다. 위화도 회군에 동조하여 이등 공신이 되었다.

60) 고구려 제19대 왕(374~412). 수차례의 백제 정벌, 왜구 격파 그리고 북쪽 연(燕)나라 지역과 동부여, 북부여 등을 정복하였다. 남북으로 영토를 크게 넓혀 만주와 한강 이북을 차지하는 등 고구려의 전성시대를 이룩하였다.

61) 백제 제24대 왕(?~501). 고구려의 남하에 대비하여 신라, 중국의 남제 등과 화친을 맺고 498년에는 탐라국(제주도)을 복속시켰다.

62) 고려의 문관(?~1111). 여진 정벌, 9성 설치와 함께 고려의 영토를 확장하였다.

63) 조선 전기의 문신(1383~1453). 세종대왕 때 두만강 유역의 6진 개척을 주도한 인물. 계유정난 때 수양대군(세조) 세력에 의해서 살해되었다.

64) 고구려의 재상(?~203). 농민 구제책인 진대법을 실시하였다.

65) 신라 진흥왕 때의 장군·상대등(502~579). 『국사(國史)』를 편찬하고 백제와 연합하여 고구려 영토 일부를 점령하였다.

66) 조선 인조 때의 무신(1594~1646). 이괄의 난에 공을 세움. 청천강 북쪽 성곽을 수축했으며 정묘호란, 병자호란을 통하여 청나라를 물리치는 데 집중하였다.

67) 고대 중국에 나라를 세운 우리나라 사람이다. B.C.30세기경 양쯔강 북방 장쑤성 근방에서 대서제국(大徐帝國)을 세우고 국력을 길러 주나라 일부를 쳐 주나라 왕이 땅을 갈라 주고 항복의 맹세를 했으며, 주변 50여개 국으로부터 조공을 받았다.

68) 고구려 멸망 후 당나라에 끌려간 유민의 후손으로 대연(大燕)의 왕(?~409). 전연(前燕)의 태자 모용보의 양자가 되었기에 중국 사서에는 모용운(慕容雲)으로 쓰고 있다.

69) 이회옥. 고구려 멸망 후 당나라 땅으로 끌려간 고구려 유민의 후손으로 지방세력가(732~781). 안녹산의 난 때 고구려 유민을 세력으로 한 정벌군을 조직하고 당나라의 인정을 받고 이정기라는 이름을 받았다. 치세에 능하여 백성들과 부하들의 지지로 당나라 최강의 번진을 건설하였다. 번진의 세력이 강해지자 당나라가 억압정책을 시도했고 이정기는 당나라와 싸워 크게 이겼다. 이때 이정기가 갑자기 죽자 아들 이납이 지위를 계승하고 국호를 제(濟)라 칭하고 왕위에 올라 4대 55년간 제나라가 유지되었다.

70) 김인준. 고려의 무신(?~1268). 고종 45년(1258) 최의를 살해하여 최씨의 무단정치를 타도하고 왕권을 회복시키는 공을 세우고 실세에 오른다. 왕권 강화를 위해 몽골과의 강화를 도모하던 원종은 몽골 사신을 반대하는 김준과의 마찰이 생기자 참살하였다.

71) 신라 30대 왕(?~681). 김유신과 함께 삼국 통일을 이루었다. 자신이 죽으면 유골을 동해에 묻으면 용이 되어 동해로 침입하는 왜구를 막겠다는 유언을 남겼다. 경주시 감은사지 앞 동해 대왕암에 특이한 수중 경영 방식으로 안장되었다.

72) 신라 눌지왕 때의 충신. 고구려에 볼모로 가 있던 왕의 아우 복호를 데려왔으며, 왜에 볼모로 간 왕의 아우 미사흔을 돌려보내고 자신은 체포되었는데 왜의 협박과 회유에도 굴하지 않고 충절을 지키다가 피살되었다. 부인은 그를 기다리다 망부석이 되었다는 전설이 있다.

73) 팔성당. 묘청이 국태민안을 위한 제사를 위해 서경의 임원궁안에 세운 사당.

74) 고려 인종 때의 승려(?~1135). 수도를 서경(평양)으로 옮기는 등의 개혁 정치와 금나라 정벌론을 주장하다 반대에 부딪치자 난을 일으켰으나 실패하였다.

75) 고구려 때의 승려. 595년에 일본에 건너가 쇼토쿠 태자의 스승이 되었으며 백제의 승려 혜총과 함께 포교에 힘썼다.

76) 백제 때의 학자. 397년에 일본의 오진(應神) 천황의 초청으로 『천자문』과 『논어』 10권을 가지고 일본에 건너가 한학을 알리는 한편 태자의 사부가 되었다.

77) 고구려 시대의 명장. 보장왕 때 안시성의 성주. 당태종이 고구려의 성들을 함락하고 안시성을 공략하자 병사와 주민들이 완강히 저항하여 당나라 군사를 물리쳤다. 이때 당태종은 거대한 흙산을 쌓아 안시성을 공략하였으나 실패하였다. 고구려 멸망후 끝까지 당나라에 저항하였다.

78) 고려 때의 무신이자 승려. 고종때 몽골군이 침입하자 처인성(용인)의 피란민들을 지휘하여 몽골군을 퇴각시켰다.

79) 신라 제32대 효소왕 때의 화랑들. 술랑, 안상과 더불어 네 명의 신선으로 꼽혔다. 중국이 아니라 우리나라 고유의 선풍을 계승한 인물..

80) 고려 전기의 문신. 998년 거란이 쳐들어오자, 이북의 땅을 내어주자는 많은 관료들에 반대하였다. 또한 앞의 임금들이 실시했던 좋은 제도들을 행하여 국가를 보존하자고 주장하였다.

81) 고려 초기 문신(?~1029). 청렴하고 행정실무능력이 뛰어났다. 압록강 동쪽의 거란을 쳤으나 이기지 못하자 분에 못 이겨 죽었다.

82) 본명은 이자림. 고려 초기 문신(?~1034). 적극적인 북진파의 한 사람으로 왕가도의 몰락 후 보수세력의 문신들이 등장했다고도 한다

83) 호는 목은. 고려 말기 문신, 학자(1328~1396). 여러 가지 개혁에 관한 건의문을 적극적으로 올렸고 학문에 큰 발자취를 남겼다. 조선 개국 후 태조가 여러 번 불렀으나 나가지 않았다.

84) 고려 말기의 문신겸 유학자(1337~1392). 호는 포은. 오부학당와 향교를 세워 교육진흥을 꾀했고 성리학의 기초를 닦았다. 여진 토벌, 왜구 토벌에 참가하고 왜구에 잡혀간 고려인 수백 명을 귀국시켰다. 이성계를 추대하려는 음모를 알고 제거하려 하였으나 이방원의 부하에게 선죽교에서 죽임을 당하였다.

85) 조선 초기 새 왕조를 섬기는 것을 부끄럽게 여기어 경기도 광덕산에 들어가 절개와 의리를 지켰던 고려의 충신 72인.

86) 고구려 시대의 용사(?~244 또는 245). 조위 유주지사 관구검의 두 번의 침략으로 동천왕은 크게 밀려 피신하였고 심각한 위기에 봉착하였다. 이에 밀우는 결사대로 적을 막아 왕을 피신시켰고 유유는 위군 진영에서 항복을 하는 척하면서 위의 지휘관을 살해하고 함께 죽음으로써 고구려가 위군에 대한 일대 반격을 가하여 위군이 싸움에 져 달아나는 계기를 만들었다.

87) 신라 시대 무동. 검무에 뛰어났다. 백제 궁중에 들어가 검무를 추다가 왕을 죽인 뒤 붙잡혀 죽었다.

88) 대한 제국 때의 의병장(1858~1908). 고종 때 무과에 급제하였으나 동학에 가담하였다. 을미사변 때 문경에서 의병을 일으켜 활약하다 체포되어 사형되었다.

89) 대한 제국 때의 의병장(1855~1908). 을미사변 때 의병을 일으켜 싸우던 중 고종이 해산 명령에 의해 의병을 해산하고 귀향하였다. 이후 조정의 부름을 받아 관직에 올랐으나 계속 일본의 죄상을 발표하자 체포되었다 석방되었다. 을사조약이 체결되자 의병을 모집하였고 군사장이 되었다. 이후 일본군과 싸우던 중 일본군 헌병에 체포되어 서대문 감옥에서 순국하였다.

90) 대한 제국 말기 의병장(1879~1910). 1907년 의병부대에 참가하면서 본격적인 활동을 시작하였다. 호남 지역에서 소부대로 혹은 합동작전으로 일본 군인, 경찰과 수십 차례 교전을 벌였다. 의병활동이

어려움을 겪고 순종황제의 의병 해산령이 내리자 남원으로 와 서당을 열었다. 의병 진영을 출입하던 자의 밀고로 일본군에게 붙잡혀 교수형으로 순국하였다.

91) 대한 제국 말기 의병장(1883~1915). 1907년 윤인석 계열의 의병에 가담하여 활동을 시작하였다. 1910년 일제강점기에 접어들어 극도로 힘든 형세에서도 지속적으로 항일전을 이어 나갔다. 일제는 1914년 대대적인 의병 탄압을 시작하였고 1915년 일본 헌병에게 체포되어 교수형으로 순국하였다.

92) 조선 선조 때의 기생(?~1593). 임진왜란 때 진주성이 함락되자 술자리에서 일본 장수 에이무라 후미스케를 껴안고 남강에 떨어져 함께 죽었다.

93) 조선 선조 때의 기생(?~1592). 임진왜란 때 적장을 유인하여 김응서로 하여금 목을 베게 한 후 자결하였다.

94) 을지문덕이 살수에서 싸울 때 일곱명의 승려가 옷을 입은 채 강을 쉽게 건너가자 수나라 군사가 속아 모두 물에 빠져 죽었다고 한다.

95) 고려 말기 우왕 때의 승려(?~?). 요동 정벌 때 승병을 출정시켜 이를 도왔고 위화도 회군 때 최영을 도와 이성계와 맞서 싸웠다.

96) 조선 선조 때의 승려(1520~1604). 다른 이름은 휴정 대사. 임진왜란 때 승병의 총수로 서울 수복에 공을 세웠다.

97) 조선 중기의 승려(1544~1610). 임진왜란 때 승병을 이끌고 왜군과 싸워 공을 세우고, 이후 사신으로 일본에 건너가 3,000여 명의 포로를 구해서 돌아왔다.

98) 신라의 승려(617~686). 불교의 대중화에 힘썼으며, 불교 사상의 융합과 그 실천에 노력하였다.

99) 통일 신라 시대의 승려(625~702). 당나라에 건너가 화엄을 공부하고 귀국 후 화엄종을 강론하여 우리나라 화엄종의 창시자가 되었다.

100) 이인적. 조선 중종 때의 성리학자(1491~1553)

101) 이황. 조선 시대의 유학자(1501~1570). 성리학 체계를 집대성하여 이기 이원론, 사칠론을 주장하였다.

102) 고려 인종 때의 기인. 처음에는 벼슬을 하였으나 이자경의 횡포가 날로 심해지자 가족을 데리고 지리산에 숨어 살았다. 조정에서 그를 쓰고자 찾았으나 도망가서 세상에 나오지 않았다.

103) 고려 때의 학자(1061~1125). 과거에 급제하였으나 관직을 버리고 춘천 청평산에 당과 암자를 지어 나물밥과 베옷으로 생활하였다. 왕이 그를 불렀으나 사양하고 평생을 수도생활로 일관하였다.

104) 신라 12대 첨해니사금 5년(251) 한지부 사람으로 글과 셈을 잘하므로 불러서 아찬을 삼고 나라에 필요한 물품을 보관하던 창고(물장고(物藏庫))의 사무를 맡기었다.

105) 신라 진흥왕 때의 가야금 명인.

106) 고려 후기의 점술가(?~1304).

107) 조선 중기의 기인·환술가.

108) 조선중기의 학자(1489~1546). 독자적인 기일원론을 완성하여 주기론(主氣論)의 선구자가 되었다.

109) 조선 중기 문신 겸 사상가(1546~1589.) 조선시대 당쟁의 중심적 사건으로 3년에 걸쳐 1,000여명이 사망한 기축옥사(己丑獄事, 선조 22년)의 중심인물. 동인의 인물로 서인등과도 교류하였으나 벼슬을 그만두고 진안 죽도로 내려가 대동계를 조직하였다. 1587년에는 전라도에 침입한 왜구를 격퇴하기도 하였다. 1589년 황해감사 한준등이 정여립이 대동계를 이끌고 반란을 꾀한다고 고변했고 체포령이 내려진 상태에서 정여립은 죽도에서 갑작스럽게 죽었다. 지금까지 조작과 진실의 양론이 팽팽하게 맞서고 있다.

110) 조선 중기 발명가. 임진왜란 당시 대나무와 소가죽으로 비거(飛車)라는 기계를 만들어 왜군들 진영위를 날면서 화약을 뿌렸다.

111) 북부여의 시조. 고구려 건국신화에 등장하는 인물. 천제의 아들로 서기전 58년 지상으로 내려와 인간세상을 다스렸고 세상에서는 그를 천왕랑이라 하였다. 하백의 딸 유화와 정을 통하여 주몽을 낳았다고 한다.

112) 고구려 때에, 해마다 10월에 지내던 제천 의식. 추수에 대한 감사로 하늘에 제사하고 춤과 노래로 즐기었다.

113) 삼한 때에, 천신에게 제사를 지내던 성지인데 죄인이 이곳으로 달아나더라도 잡아가지 못하였다. 솟대의 기원.

114) 신라의 화랑. 가야국 정벌에 큰 공을 세웠다. 밭과 포로를 상으로 받았으나 밭은 병사에게 나누어주고 포로는 모두 풀어주었다.

115) 김흠순이라고도 한다. 김유신의 동생으로 삼국 통일 전쟁에서 많은 공을 세웠다.

나도향
은화 · 백동화 / 벙어리 삼룡이

나도향(羅稻香). 본명 나경손(羅慶孫).
1902-1926. 서울 출생.
소설가.

나도향의 소설은 등장인물의 치밀한 성격 창조를 기반으로 한국 농촌의 현실과 풍속을 보였다는 관점에서, 1920년대 한국 소설의 한 전형으로 꼽히기도 한다.
의사의 아들로 태어나 1919년 경성의학전문학교에 입학하였으나 문학에 뜻을 두어 할아버지 몰래 일본으로 갔으나 학비가 송달되지 않아서 귀국하였고, 1920년 경상북도 안동에서 보통학교 교사로 근무하였다. 1922년 『백조(白潮)』 동인으로 참여하여 창간호에 「젊은이의 시절」을 발표하면서 작가 생활을 시작하였다. 초기에는 일종의 습작기 작품들을 발표하였고 「행랑자식」· 「자기를 찾기 전」 등을 고비로 차츰 냉혹한 현실과 정면으로 대결하여 극복의지를 드러내는 주인공들을 내세움으로써 사실주의로 변모한 모습을 보여준다. 1926년 다시 일본에 갔다가 귀국한 뒤 얼마 되지 않아서 요절하였다.

주요작품 「벙어리 삼룡이」 「물레방아」 「뽕」 「환희」 「젊은이의 시절」 「별을 안거든 우지나 말걸」 「옛날의 꿈은 창백하더이다」 「은화백동화」 「17원50전」

은화 · 백동화

인력거꾼 김첨지가 동구 모퉁이 술집으로 웅숭그리고 들어가기는 아직 새벽 전깃불이 꺼지기 전이었다.

동짓달에 얼어붙은 얼음장이 사람 다니는 한길 면을 번지르르하게 하여 놓고 서리 바람은 불어 가슬가슬한 회색 지면을 핥고 지나간다.

옆의 반찬가게 주인이 채롱[1]을 둘러메고 아침 장을 보러 가는지 기다란 수염에 입김이 어리어 고드름이 달린 입을 두어 번 쓰다듬으며 으스스 떨면서 나온다. 길모퉁이 담배 가게에서는 빈지[2] 떼는 소리가 덜그럭덜그럭 나고 학교 갈 도령님의 아침 먹을 팥죽을 사러 가는 행주치마 입은 큰대문집 어멈은 시뻘건 팔뚝을 하나는 겨드랑이에 팔짱 찌르고 한 손에는 주발을 들고 동리 죽집으로 간다. 저편 양복점과 자전거포는 여태까지 곤하게 자는지 회색 칠한 빈지가 쓸쓸히 닫히었다. 선술집에는 노동자 두엇이 막걸리 잔을 들고 서서 무슨 이야기

---

1 껍질을 벗긴 싸릿개비나 버들가지 따위로 함처럼 만든 채 그릇.
2 한 짝씩 끼웠다 떼었다 할 수 있게 만든 문.

인지 흥치있게 떠들고 있다. 국자를 든 더부살이 하나는 새까만 바지저고리를 툭툭 털면서 더 자고 싶은 잠을 쫓아 보내느라고 긴 하품을 두서너 번 하였다.

떠오는 햇빛은 켜놓은 전깃불을 희미하게도 무색하게 한다. 희고 푸르던 탄소선은 웬일인지 유난히 붉다. 눈에 눈곱이 붙고 씻지 않은 얼굴에 앙괭이[3]를 그린 술집 아들이 막걸리 잔을 새까만 행주로 씻어놓고 술 항아리 뚜껑을 붙잡은 채 멀거니 앉아 있다.

김 첨지는 생선토막 하나를 갓 피어놓은 숯불 위 석쇠에다 올려놓았다. 같이 간 동간 인력거꾼은 젓가락으로 김치만 뒤적거리고 있다.

김 첨지가,

"막걸리 두 잔만 노ㅡ"

할 때이었다. 떨어진 남루에 부대조각을 두른 거지 하나가 힘없이 들어오더니 때 묻은 두 손을 벌리고 화롯불 가에 가서 덜덜 덜덜 떤다. 아편중독이 되어 노랗다 못해 푸른 얼굴에는 인생의 비참한 말로의 축도[4]를 여지없이 그려놓았다. 노출된 종아리는 추위에 얼고 상하여 시퍼런 피가 어리고 맺혔다.

3 음력 섣달 그믐날 밤에, 잠을 자는 사람의 얼굴에 먹이나 검정 등으로 함부로 그려 놓는 일.
4 원형보다 작게 그림. 또는 그런 그림.

손을 다 녹인 그 거지는 정거장에 나가려는지 가죽가방을 든 젊은 상인에게 가까이 가며 관성(慣性)에서 나오는 죽어가는 듯한 소리로,

"나으리, 한 푼만 적선합쇼. 날은 춥고 배는 고프고 큰일 났습니다."

하며 허리를 굽실굽실하고 신음하는 소리를 한다.

그 사람은 구운 안주를 썰려고 거지의 소리는 들었는지 말았는지 저쪽으로 가버린다. 옆에 서 있는 김 첨지가 이것을 보고는,

"흥 요새도 찌르나? 찌르지를 말지"

하며 아편 침 맞는 그 거지를 조소하는 것이 무슨 취미나 깨닫는 듯이 혼자 떠든다.

거지는 하는 수 없는 듯이 술 파는 그 아이에게로 갔다. 다른 때 같으면 술청 앞에도 가까이 가지 못할 것이지만 나이 어린 아이 주인이 앉아 있으니까 만만한 듯이 쳐다보며,

"여보서요."

하였다. 술국[5]이를 들고 술을 붓던 어린 주인은,

"무어야."

하고 소리를 질렀다. 거지는 으레 들을 꾸지람으로 아는 듯이 꼼짝도 아니하고서,

5 술집에서 안주로 주는 된장국.

"저— 안주 하나만 주시구려."

하며 안주 채판을 돌아다보았다. 어린 주인은,

"무어야 번번이!"

하며 흘겨본다. 거지는 굽실하며,

"언제 제가 번번이 그랬읍니까?"

"일전에도 주었지."

"언제요?"

"그저께 말이야."

거지는 그제야 하는 수 없는 듯이,

"그저께요? 네. 그때 한 번밖에 더 달랬습니까."

"몰라 저리 가."

하며 어린 주인이 소리를 지를 때 다른 손님이 술청으로 가까이 서며,

"술 석 잔만 내우."

하였다. 어린 주인은,

"네"

하고 술을 담는 양푼을 끓는 물 위에다 빙그르르 돌리면서,

"주인어른 나오시면 큰일 나."

하며 의미 있는 웃음을 빙그레 웃었다. 옆에 물러섰던 그 거지도 따라서 웃었다. 그 가고 오는 웃음 속에는 무슨 승낙과 긍정이 있었다.

주인은 산적 꼬치에 끼어놓은 떡 한 개를 집어 주었다. 거지는 기뻐서 그것을 받아 들고 화롯불에 갖다 놓고 춤을 추는 듯이 부채질을 하였다. 김 첨지는 어느 틈에 막걸리 석 잔을 먹었다. 주머니 속에 착착 접어 넣은 50전짜리 지화 한 장이 있나 없나 만져 보았다. 그리고 동간하고 저하고 먹은 것을 계산하여 보고는 20전이 남는구나 하였다. 그리고 그것은 이따가 느지막해서 나 혼자 와서 꼭 석 잔만 더 — 먹고 남은 것은 5전짜리 담배를 사 먹으리라 하였다. 그리고 그렇게 하면 자기 주머니 속이 빈 탕이 될 것이 어쩐지 아까워 못 견디었다. 그러나 오늘 하루 또 인력거를 끌면 또 돈이 생길 터이니까 걱정 없다 하였다.

그때였다. 자다 일어난 머리를 빗지도 못하고 쬐쬐 흐른 행주치마에 다 떨어진 짚세기를 신은 주인 마누라쟁이가 나왔다. 무엇이 그리 열이 나든지 나오던 맡에,

"에 화나."

하며 방정스럽게 두 손을 톡톡 턴다. 옆에 섰던 더부살이 한 놈이,

"안주 다 익었습니다."

하고 소리를 크게 질르고는 주인 마누라를 향하여 무슨 동정이나 하는 듯이,

"무슨 화가 그렇게 나셔요?"

하며 혼자 빙그레 웃는다. 마누라는,

"그것을 알아 무엇해."

하고 소리를 지르니까 더부살이는 하려는 말이 쑥 들어가며 혓바닥을 내밀었다 다시 잡아다니며 아무 소리 없다.

주인 마누라가 나온 뒤에 술집의 공기는 웬일인지 근신하듯이 조용하다.

그리고 우글우글 끓어오르는 국솥의 물김까지 입을 딱 담은 듯이 아무 소리가 없다.

옆에서 떡을 굽던 거지는 얼른 떡을 집어 먹고 아무 소리 없이 밖으로 나갔다. 이것을 본 주인 노파는,

"저것 봐라. 거지가 안주 도적질 해 먹고 달아난다."

하고 소리를 지르며 쫓아나간다.

술청에 앉은 어린 주인은 이 꼴을 보고서,

"아녜요. 내가 준 것이예요"

하며 따라나가는 자기 어머니를 불렀다. 이 소리를 들은 주인 마누라는 나가던 걸음을 멈추며 기가 막힌 듯이 자기 아들을 바라보고,

"무어야?"

하며 눈을 흘긴다. 아들은 아무 소리가 없다.

"그것은 왜 주었니?"

"달라는 것을 어떻게 해요."

"무어야 달란다고 아무 소리도 없이 주어."

"그럼 어떻게 해요?"

"어떻게 해요라니. 달래는 대로 자꾸 주었다가는 장사 거덜나겠다. 너 요새 돈이 어떻게 귀한지 아니? 떡 한 꼬챙이도 2전 5리야."

어린 주인은 얼굴이 불그레하여 아무 소리 없이 앉아 있다. 나 어린 마음속에도 어린 주인은 거지에게 떡 한 꼬챙이 준 것이 잘못이 아닌 줄은 알았으나 그것이 자기 자신에게 굳고 굳은 자신을 주지는 못하였다. 불쌍한 거지를 보고 불쌍한 마음이 나서 주었다는 것보다도 거지의 졸라대고 떠드는 것이 귀찮아서 떡 한 꼬챙이를 준 나 어린 마음은 지금 자기 어머니에게 꾸지람을 듣기 시작할 때 공연히 가슴이 불안하고 달아난 그 거지가 원망스러웠다.

그러나 그의 어머니가 떠드는 소리는 무슨 도덕의 설교나 듣는 듯이 조금 옳은 말이 아니요 참으로 진리 있는 말 같이 들린다. 한번 듣는 설교가 아니지마는 나 어리고 마음 약한 어린 주인의 머리로 어머니의 설교가 옳고 옳은 줄 알기는 알면서도 거지가 와 서서 무엇을 구할 때마다 어쩐지 마음이 불안한 가운데에도 아니 줄 수 없는 충동을 깨달았다.

"얘 너 같아서는 집안 망하겠다. 그래 어린 녀석이 무엇을 아까운 줄을 알아야지. 그리고 어른이 장만해 놓고 영업하는 것을 네 마음대로 해. 글쎄 그게 무슨 철없는 짓이냐. 무엇을 물어나 보지. 너 거지에게 좋은 일 해서 네게 무엇이 이로우냐. 엥, 참 기가 막혀 사람이 못 살겠네, 내 그놈의 깍쟁이 녀석 또다시 오거든 주둥이를 훑어서 내쫓을 터이야."

하며 떠들어대는 자기 어머니의 불쾌한 책망을 여러 사람 앞에서 듣는 것이 아주 부끄럽고 가슴이 불안한 가운데 분한 생각이 났다. 그래서 붉은 피가 얼굴에 오르고 정신이 흐리어 잡은 술국이가 마음대로 되지 않고 이리 갔다 저리 갔다 한다.

이때였다. 김 첨지는 주인 마누라의 이 떠드는 꼴을 보고서,

"아따, 고만두십쇼. 그까짓 것을 왁자하실 게 무엇이야요. 고만두셔요."

하며 얼큰한 얼굴로 고개를 내저으며 한 손을 흔들어댄다. 그리고 돈을 꺼내 어린 주인을 주며,

"여보 돈이나 받으시우."

하였다. 어린 주인은 아무 소리 없이 그 돈을 받았다. 그의 얼굴은 이때까지 불그레하다. 그는 돈 둥금이를 집었다. 그리고 되는대로 하얀 10전짜리 두 개를 집어 주었다. 인력거꾼은 10전짜리 두 개를 받으면서 혹 적게 거슬러주지나 않나 하고 받은 돈을 내려다보았다.

자기 손 위에는 20전짜리 은화 한 개와 10전짜리 백동화 한 개가 놓여 있었다. 김 첨지는 얼른 그 돈 놓여 있는 주먹을 쥐었다. 그리고 뒤도 돌아다보지 않고 바깥으로 나오며 혼자 속으로,

"싸움도 할 것이야. 그 덕분에 내가 횡재를 하였네그려."

하며 10전 백동화 하나 더 받은 것이 그날 재수를 점치는 것 같이 기뻤었다. 그리고 하루 종일 그의 마음은 웬일인지 기뻤었다.

1923년 1월 『동명』 18호

벙어리 삼룡이

1

내가 열 살이 될락 말락 한 때이니까 지금으로부터 십 사오 년 전 일이다.

지금은 그곳을 청엽정(靑葉町)이라 부르지만 그때는 연화봉(蓮花峰)이라고 이름하였다. 즉 남대문에서 바로 내려다보면은 오정포(午正砲)[1]가 놓여 있는 산등성이가 있으니 그 산등성이 이쪽이 연화봉이요, 그 새에 있는 동네가 역시 연화봉이다.

지금은 그곳에 빈민굴이라고 할 수밖에 없이 지저분한 촌락이 생기고 노동자들밖에 살지 않는 곳이 되어 버렸으나 그때에는 자기네 딴은 행세한다는 사람들이 있었다.

집이라고는 십여 호 밖에 있지 않았고 그곳에 사는 사람들은 대개 과목밭[2]을 하고, 또는 채소를 심거나, 아니면 콩나물을 길러서 생활을 하여 갔었다.

1 정오를 알리던 대포.
2 과수원.

여기에 그중 큰 과목밭을 갖고 그중 여유 있는 생활을 하여 가는 사람이 하나 있었는데, 그의 이름은 잊어버렸으나 동네 사람들이 부르기를 오생원(吳生員)이라고 불렀다.

얼굴이 동탕[3]하고 목소리가 마치 여름에 버드나무에 앉아서 길게 목늘여 우는 매미 소리같이 저르렁저르렁하였다.

그는 몹시 부지런한 중년 늙은이로 아침이면 새벽 일찍이 일어나서 앞뒤로 뒷짐을 지고 돌아다니며 집안일을 보살피는데 그 동네에는 그가 마치 시계와 같아서 그가 일어나는 때가 동네 사람이 일어나는 때였다. 만일 그가 아침에 돌아다니며 잔소리를 하지 않으면 동네 사람들이 이상하여 그의 집으로 가 보면 그는 반드시 몸이 불편하여 누웠었다. 그러나 그와같은 때는 일 년 삼백육십일에 한 번 있기가 어려운 일이요, 이태나 삼 년에 한 번 있거나 말거나 하였다.

그가 이곳으로 이사를 온 지는 얼마 되지는 아니하나 언제든지 감투를 쓰고 다니므로 동네 사람들은 양반이라고 불렀고, 또 그 사람도 동네 사람들에게 그리 인심을 잃지 않으려고 섣달이면 북어쾌, 김톳을 동네 사람에게 나눠 주며 농사 때에 쓰는 연장도 넉넉히 장만한 후 아무 때나 동네 사람들이 쓰게 하므로 그 동네에서는 가장 인심 후하고 존경을 받는 집인 동시에 세력 있는 집이다.

3 얼굴이 토실토실하게 잘 생기다.

그 집에는 삼룡(三龍)이라는 벙어리 하인 하나가 있으니 키가 본시 크지 못하여 땅딸보로 되었고 고개가 빼지 못하여 몸뚱이에 대강이를 갖다가 붙인 것 같다. 거기다가 얼굴이 몹시 얽고 입이 크다. 머리는 전에 새 꼬랑지 같은 것을 주인의 명령으로 깎기는 깎았으나 불밤송이 모양으로 언제든지 푸하고 일어섰다. 그래 걸어 다니는 것을 보면, 마치 옴두꺼비[4]가 서서 다니는 것같이 숨차 보이고 더디어 보인다. 동네 사람들이 부르기를 삼룡이라고 부르는 법이 없고 언제든지 '벙어리' '벙어리'라고 하든지 그렇지 않으면 '앵모' '앵모' 한다. 그렇지만 삼룡이는 그 소리를 알지 못한다.

그도 이 집 주인이 이리로 이사를 올 때에 데리고 왔으니 진실하고 충성스러우며 부지런하고 세차다. 눈치로만 지내가는 벙어리지마는 듣는 사람보다 슬기로운 적이 있고 평생 조심성이 있어서 결코 실수한 적이 없다.

아침에 일어나면 마당을 쓸고, 소와 돼지의 여물을 먹이며, 여름이면 밭에 풀을 뽑고 나무를 실어 들이고 장작을 패며, 겨울이면 눈을 쓸며 장 심부름과 진일 마른일 할 것 없이 못하는 일이 없다.

그럴수록 이 집 주인은 벙어리를 위해 주며 사랑한다. 혹시 몸이 불편한 기색이 있으면 쉬게 하고, 먹고 싶어하는 듯한

---

4 몸이 옴딱지 붙은 것같이 보이는 데서 '두꺼비'를 일컫는 말.

것은 먹이고, 입을 때 입히고 잘 때 재운다.

그런데 이 집에는 삼대독자로 내려오는 그 집 아들이 있다. 나이는 열일곱 살이나 아직 열네 살도 되어 보이지 않고 너무 귀엽게 기르기 때문에 누구에게든지 버릇이 없고 어리광을 부리며 사람에게나 짐승에게 잔인 포악한 짓을 많이 한다.

동네 사람들은,

"후레자식! 아비 속상하게 할 자식! 저런 자식은 없는 것만 못해."

하고 욕들을 한다. 그래서 그의 어머니는 아들이 잘못할 때마다 그의 영감을 보고,

"그 자식을 좀 때려 주구려. 왜 그런 것을 보고 가만두?"

하고 자기가 대신 때려 주려고 나서면,

"아뇨, 아직 철이 없어 그렇지. 저도 지각이 나면 그렇지 않을 것이 아뇨."

하고 너그럽게 타이른다.

그러면 마누라는 왜가리처럼 소리를 지르며,

"철이 없긴 지금 나이가 몇이오. 낼모레면 스무 살이 되는데, 또 며칠 아니면 장가를 들어서 자식까지 날 것이 그래가지고 무엇을 한단 말이오."

하고 들이대며,

"자식은 꼭 아버지가 버려 놓았습니다. 자식 귀여운 것만

알았지 버릇 가르칠 줄은 모르니까……."

이렇게 싸움만 시작하려 하면 영감은 아무 말도 하지 않고 바깥으로 나가 버린다.

그 아들은 더구나 벙어리를 사람으로 알지도 않는다. 말 못하는 벙어리라고 오고 가며 주먹으로 허구리를 지르기도 하고 발길로 엉덩이도 찬다.

그러면 그 벙어리는 어린것이 철없이 그러는 것이 도리어 귀엽기도 하고 또는 그 힘없는 팔과 힘없는 다리로 자기의 무쇠 같은 몸을 건드리는 것이 우습기도 하고 앙증하기도 하여 돌아서서 방그레 웃으면서 툭툭 털고 다른 곳으로 몸을 피해 버린다.

어떤 때는 낮잠 자는 벙어리 입에다가 똥을 먹인 때도 있었다. 또 어떤 때는 자는 벙어리 두 팔 두 다리를 살며시 동여매고 손가락과 발가락 사이에 화승[5]불을 붙여 놓아 질겁을 하고 일어나다가 발버둥질을 하고 죽으려는 사람처럼 괴로워하는 것을 보고 기뻐하였다.

이러할 때마다 벙어리의 가슴에는 비분한 마음이 꽉 들어찼다. 그러나 그는 주인의 아들을 원망하는 것보다도 자기가 병신인 것을 원망하였으며 주인의 아들을 저주한다는 것보다 이 세상을 저주하였다.

5 불이 붙게 하는 데 쓰는 노끈. 화약심지.

그러나 그는 결코 눈물을 흘리지 않았다. 그의 눈물은 나오려 할 때 아주 말라붙어버린 샘물과 같이 나오려 하나 나오지를 아니하였다. 그는 주인의 집을 버릴 줄 모르는 개 모양으로 자기가 있어야 할 곳은 여기밖에 없고 자기가 믿을 것도 여기 있는 사람들밖에 없을 줄 알았다. 여기서 살다가 여기서 죽는 것이 자기의 운명인 줄밖에 알지 못하였다. 자기의 주인 아들이 때리고 지르고 꼬집어 뜯고 모든 방법으로 학대할지라도 그것이 자기에게 으레 있을 줄밖에 알지 못하였다. 아픈 것도 그 아픈 것이 으레 자기에게 돌아올 것이요, 쓰린 것도 자기가 받지 않아서는 안 될 것으로 알았다. 그는 이 마땅히 자기가 받아야 할 것을 어떻게 해야 면할까 하는 생각을 한 번도 하여 본 일이 없었다.

그가 이 집에서 떠나가려거나 또는 그의 생활환경에서 벗어나려는 생각은 한 번도 해보지 못하였다 할지라도 그는 언제든지 그 주인 아들이 자기를 학대하고 또는 자기를 못살게 굴 때 그는 자기의 주먹과 또는 자기의 힘을 생각하여 보았다. 주인 아들이 자기를 때릴 때 그는 주인 아들 하나쯤은 넉넉히 제지할 힘이 있는 것을 알았다.

어떠한 때는 아픔과 쓰림이 자기의 몸으로 스미어들 때면 그의 주먹은 떨리면서 어린 주인의 몸을 치려 하다가는 그것을 무서운 고통과 함께 꽉 참았다.

그는 속으로,

'아니다, 그는 나의 주인의 아들이다. 그는 나의 어린 주인이다.'

하고 꾹 참았다.

그리고는 그것을 얼핏 잊어버렸다. 그러다가도 동네 집 아이들과 혹시 장난을 하다가 주인 아들이 울고 들어올 때에는 그는 황소같이 날뛰면서 주인을 위하여 싸웠다. 그래서 동네에서도 어린애들이나 장난꾼들이 벙어리를 무서워하여 감히 덤비지를 못하였다. 그리고 주인 아들도 위급한 경우에는 언제든지 벙어리를 찾았다. 벙어리는 얻어맞으면서도 기어드는 충견 모양으로 주인의 아들을 위하여 싫어하지 않고 힘을 다하였다.

2

벙어리가 스물세 살이 될 때까지 그는 물론 이성과 접촉할 기회가 없었다. 동네의 처녀들이 저를 '벙어리' '벙어리' 하며 괴상한 손짓과 몸짓으로 놀려먹음을 받을 적에 분하고 골나는 중에도 느긋한 즐거움을 느끼어 본 일은 있었으나 그가 결코 사랑으로써 어떠한 여자를 대해 본 일은 없었다.

그러나 정욕을 가진 사람인 벙어리도 그의 피가 차디찰 리는 없었다. 혹 그의 피는 더욱 뜨거웠을는지도 알 수 없었다.

뜨겁다 뜨겁다 못하여 엉기어 버린 엿과 같을지도 알 수 없었다. 만일 그에게 볕을 주거나 다시 뜨거운 열을 준다면 그의 피는 다시 녹는지도 알 수 없었다.

그가 깜박깜박하는 기름 등잔 아래에서 밤이 깊도록 짚신을 삼을 때면 남모르는 한숨을 아니 쉬는 것도 아니지마는 그는 그것을 곧 억제할 수 있을 만큼 정욕에 대하여 벌써부터 단념을 하고 있었다.

마치 언제 폭발이 될는지 알지 못하는 휴화산 모양으로 그의 가슴속에는 충분한 정열을 깊이 감추어 놓았으나 그것이 아직 폭발될 시기가 이르지 못한 것이었다. 비록 폭발이 되려고 무섭게 격동함을 벙어리 자신도 느끼지 않는 바는 아니지마는 그는 그것을 폭발시킬 조건을 얻기 어려웠으며 또는 자기가 여태까지 능동적으로 그것을 나타낼 수가 없을 만큼 외계의 압축을 받았으며, 그것으로 인한 이지가 너무 그에게 자제력을 강대하게 하여 주는 동시에 또한 너무 그것을 단념만 하게 하여 주었다.

속으로 '나는 벙어리다', 자기가 생각할 때 그는 몹시 원통함을 느끼는 동시에 나는 말하는 사람들과 똑같은 자유와 똑같은 권리가 없는 줄 알았다. 그는 이와 같은 생각에서 언제든지 단념 않으려야 단념하지 않을 수 없는 그 단념이 쌓이고 쌓이어 지금에는 다만 한 개의 기계와 같이 이 집에 노예가 되어 있으면서도 그것을 자기의 천직으로 알고 있을 뿐이요, 다시는 자기가 살아갈 세상이 없는 것같이 밖에 알지 못하게 된 것이다.

3

그해 가을이다. 주인의 아들이 장가를 들었다. 색시는 신랑보다 두 살 위인 열아홉 살이다. 주인이 본시 자기가 언제든지 문벌이 얕은 것을 한탄하여 신부를 구할 때에 첫째 조건이 문벌이 높아야 할 것이었다. 그러나 문벌 있는 집에서는 그리 쉽게 색시를 내놓을 리가 없었다. 그러므로 하는 수 없이 그 어떠한 영락한[6] 양반의 딸을 돈을 주고 사오다시피 하였으니, 무남독녀의 딸을 둔 남촌 어떤 과부를 꿀을 발라서 약혼을 하고 혹시나 무슨 딴소리가 있을까 하여 부랴부랴 성례식을 시켜 버렸다.

혼인할 때의 비용도 그때 돈으로 삼만 냥을 썼다. 그리고 아들의 처갓집에 며느리 뒤 보아 주는 바느질삯, 빨랫삯이라는 명목으로 한 달에 이천오백 냥씩을 대어 주었다.

신부는 자기 아버지가 돌아가기 전까지 상당히 견디기도 하고 또는 금지옥엽같이 기른 터라, 구식 가정에서 배울 것 읽힐 것 못 하는 것이 없고 게다가 또는 인물이라든지 행동거

---

6 세력이나 살림이 줄어서 아주 보잘것없이 됨.

지에 조금도 구김이 있지 아니하다.

신부가 오자 신랑의 흠절이 생기기 시작하였다.

"신부에게다 대면 두루미와 까마귀지."

"아직도 철딱서니가 없어."

"색시에게 쥐여 지내겠지."

"신랑에겐 과하지."

동넷집 말 좋아하는 여편네들이 모여 앉으면 이렇게 비평들을 한다. 어떠한 남의 걱정 잘 하는 마누라님은 간혹 신랑을 보고는 그대로 세워 놓고,

"글쎄, 인제는 어른이 되었으니 셈이 좀 나요, 저리구 어떻게 색시를 거느려 가누. 색시 방에 들어가기가 부끄럽지 않담."

하고 들이대다시피 하는 일이 있다.

이럴 적마다 신랑의 마음은 그 말하는 이들이 미웠다. 일부러 자기를 부끄럽게 하려고 하는 것 같아서 그 후에 그를 만나면 말도 안 하고 인사도 하지 아니한다. 또 그의 고모 되는 이가 와서 자기 조카를 보고,

"인제는 어른이야. 너도 그만하면 지각이 날 때가 되지 않았니. 네 처가 부끄럽지 아니하냐."

하고 타이를 적마다 그의 마음은 그 말하는 사람이 부끄럽다는 것보다도 자기를 이렇게 하게 한 자기 아내가 더욱 밉살

머리스러웠다.

"여편네가 다 무엇이냐? 저 빌어먹을 년이 들어오더니 나를 이렇게 못살게들 굴지."

혼인한 지 며칠이 못 되어 그는 색시 방에 들어가지를 않았다. 집안에서는 야단이 났다. 마치 돼지나 말 새끼를 혼례 시키려는 것같이 신랑을 색시 방으로 집어넣으려 하나 막무가내였다. 그럴 때마다 신랑은 손에 닥치는 대로 집어 때려서 자기의 외사촌 누이의 이마를 뚫어서 피까지 나게 한 일이 있었다. 집안 식구들이 하는 수가 없어 맨 나중에는 아버지에게 밀었다. 그러나 그것도 소용이 없을뿐더러 풍파를 더 일으키게 하였다. 아버지께 꾸중을 듣고 들어와서는 다짜고짜로 신부의 머리채를 쥐어 잡아 마루 한복판에 태질을 쳤다.

그리고는,

"이년, 네 집으로 가거라. 보기 싫다. 내 눈앞에는 보이지도 마라."

하였다. 밥상을 가져오면 그 밥상이 마당 한복판에서 재주를 넘고, 옷을 가져오면 그 옷이 쓰레기통으로 나간다.

이리하여 색시는 시집오던 날부터 팔자 한탄을 하고서 날마다 밤마다 우는 사람이 되었다.

울면 요사스럽다고 때린다. 또 말이 없으면 빙충맞다[7]고 친

---

7 똘똘하지 못하고 어리석으며 수줍다.

다. 이리하여 그 집에는 평화스러운 날이 하루도 없었다.

이것을 날마다 보는 사람 가운데 알 수 없는 의혹을 품게 된 사람이 하나 있으니 그는 곧 벙어리 삼룡이였다.

그렇게 예쁘고 유순하고 그렇게 얌전한, 벙어리의 눈으로 보아서는 감히 손도 대지 못할 만큼 선녀 같은 색시를 때리는 것은 자기의 생각으로는 도저히 풀 수 없는 의심이었다.

보기에도 황홀하고 건드리기도 황홀할 만큼 숭고한 여자를 그렇게 하대한다는 것은 너무나 세상에 있지 못할 일이다. 자기는 주인 새서방에게 개나 돼지같이 얻어맞는 것이 마땅한 이상으로 마땅하지마는, 선녀와 짐승의 차가 있는 색시와 자기가 똑같이 얻어맞는 것은 너무 무서운 일이다. 어린 주인이 천벌이나 받지 않을까 두렵기까지 하였다.

어떠한 달밤, 사면은 고요 적막하고 별들은 드문드문 눈들만 깜박이며 반달이 공중에 뚜렷이 달려있어 수은으로 세상을 깨끗하게 닦아낸 듯이 청명한데, 삼룡이는 검둥개 등을 쓰다듬으며 바깥마당 멍석 위에 비슷이 드러누워 하늘을 쳐다보며 생각하여 보았다.

주인 색시를 생각하면 공중에 있는 달보다도 더 곱고 별들보다도 더 깨끗하였다. 주인 색시를 생각하면 달이 보이고 별이 보이었다. 삼라만상을 씻어 내는 은빛보다도 더 흰 달이나 별의 광채보다도 그의 마음이 아름답고 부드러운 듯하였다. 마치 달이나 별이 땅에 떨어져 주인 새아씨가 된 것도 같고 주인 새아씨가 하늘에 올라가면 달이 되고 별이 될 것 같았다. 더구나 자기를 어린 주인이 때리고 꼬집을 때 감히 입 벌려 말은 하지 못하나 측은하고 불쌍히 여기는 정이 그의 두 눈에 나타나는 것을 다시 생각할 때 그는 부들부들한 개 등을 어루만지면서 감격을 느꼈다. 개는 꼬리를 치며 자기를 귀여워하는 줄 알고 벙어리의 손을 핥았다.

삼룡이의 마음은 주인 아씨를 동정하는 마음으로 가득 찼다. 또는 그를 위하여서는 자기의 목숨이라도 아끼지 않겠다는 의분에 넘치었다. 그것은 마치 살구를 보면 입속에 침이 도는 것같이 본능적으로 느껴지는 감정이었다.

4

새댁이 온 뒤에 다른 사람들은 자유로운 안 출입을 금하였으나 벙어리는 마치 개가 맘대로 안에 출입할 수 있는 것같이 아무 의심 없이 출입할 수가 있었다.

하루는 어린 주인이 먹지 않던 술이 잔뜩 취하여 무지한 놈에게 맞아서 길에 자빠진 것을 업어다가 안으로 들여다 누인 일이 있었다. 그때에 아무도 안에 있지 않고 다만 새색시 혼자 방에서 바느질을 하고 있다가 이 꼴을 보고 벙어리의 충성

된 마음이 고마워서, 그 후에 쓰던 비단 헝겊 조각으로 부시[8] 쌈지 하나를 만들어 준 일이 있었다.

이것이 새 서방님의 눈에 띄었다. 그래서 색시는 어떤 날 밤 자던 몸으로 마당 복판에 머리를 푼 채 내동댕이가 쳐졌다. 그리고 온몸에 피가 맺히도록 얻어맞았다.

이것을 본 벙어리는 또다시 의분의 마음이 뻗쳐 올라왔다. 그래서 미친 사자와 같이 뛰어들어가 새 서방님을 내어던지고 새색시를 둘러메었다. 그리고 나는 수리와 같이 바깥사랑 주인 영감 있는 곳으로 뛰어가 그 앞에 내려놓고 손짓과 몸짓을 열 번 스무 번 거푸 하며 하소연하였다.

그 이튿날 아침에 그는 주인 새 서방님에게 물푸레로 얼굴을 몹시 얻어맞아서 한쪽 뺨이 눈을 얼러서 피가 나고 주먹같이 부었다. 그 때릴 적에 새서방의 입에서 나오는 말은,

"이 흉측한 벙어리 같으니, 내 여편네를 건드려!"

하고 부시 쌈지를 빼앗아 갈가리 찢어서 뒷간에 던졌다.

"그러고 이놈아! 인제는 주인도 몰라보고 막 친다. 이런 것은 죽여야 해!"

하고 채찍으로 그의 뒷덜미를 갈겨서 그 자리에 쓰러지게 하였다.

벙어리는 다만 두 손으로 빌 뿐이었다. 말도 못 하고 고개

8 부싯돌을 쳐서 불이 일어나게 하는 쇳조각.

를 몇백 번 코가 땅에 닿도록 그저 용서해 달라고 빌기만 하였다. 그러나 그의 가슴에는 비로소 숨겨 있던 정의감이 머리를 들기 시작하였다. 그는 아픈 것을 참아 가면서도 북받치는 분노(심술)를 억제하였다.

그때부터 벙어리는 안방에 들어가지 못하였다. 이 들어가지 못하는 것이 더욱 벙어리로 하여금 궁금증이 나게 하였다. 그 궁금증이라는 것이 묘하게 빛이 변하여 주인 아씨를 뵈옵고 싶은 심정으로 변하였다. 뵈옵지 못하므로 가슴이 타올랐다. 몹시 애상의 정서가 그의 가슴을 저리게 하였다. 한 번이라도 아씨를 뵈올 수가 있으면 하는 마음이 나더니 그의 마음의 넋은 느끼기를 시작하였다. 센티멘틀한 가운데에서 느끼는 그 무슨 정서는 그에게 생명 같은 희열을 주었다. 그것과 자기의 목숨이라도 바꿀 수 있을 것 같았다. 어떤 때는 그대로 대강이로 담을 뚫고 들어가고 싶도록 주인 아씨를 뵈옵고 싶은 것을 꾹 참을 때도 있었다.

그 후부터는 밥을 잘 먹을 수가 없었다. 일도 손에 잡히지 않았다. 틈만 있으면 안으로만 들어가고 싶었다.

주인이 전보다 많이 밥과 음식을 주고 더 편하게 하여 주었으나 그것이 싫었다. 그는 밤에 잠을 자지 않고 집 가장자리를 돌아다녔다.

5

하루는 주인 새서방님이 술이 취하여 들어오더니 집안이 수선수선하여지며 계집 하인이 약을 사러 갔다 들어오는 것을 보고 그 계집 하인을 붙잡았다. 그리고 무엇이냐고 물었다.

계집 하인은 한 주먹을 뒤통수에 대고 얼굴을 쓰다듬으며 둘째손가락을 내밀었다. 그것은 그 집 주인은 엄지손가락이요, 둘째손가락은 새서방이라는 뜻이요, 주먹을 뒤통수에 대는 것은 여편네라는 뜻이요, 얼굴을 문지르는 것은 예쁘다는 뜻으로 벙어리에게 쓰는 암호다.

그런 뒤에 다시 혀를 내밀고 눈을 뒤집어쓰는 형상을 하고 두 팔을 싹 벌리고 뒤로 자빠지는 꼴을 보이니, 그것은 사람이 죽게 되었거나 앓을 적에 하는 말 대신의 손짓이다.

벙어리는 눈을 크게 뜨고 계집 하인에게 한 발자국 가까이 들어서며 놀라는 듯이 멀거니 한참이나 있었다.

그의 가슴은 무섭게 격동하였다. 자기의 그리운 주인 아씨가 죽었다는 말이나 아닌가, 그는 두 주먹을 마주치며 한숨을 쉬었다. 그리고는 자기 방에서 무엇을 생각하는 것처럼 두어 시간이나 두 눈만 껌벅껌벅하고 앉았었다.

그는 밤이 깊어 갈수록 궁금증 나는 사람처럼 일어섰다 앉았다 하더니 두시나 되어서 바깥으로 나가서 뒤로 돌아갔다.

그는 도둑놈처럼 조심스럽게 바로 건넌방 뒤 미닫이 앞 담에 서서 주저주저하더니 담을 넘었다. 가까이 창 앞에 서서 문틈으로 안을 살피다가 그는 진저리를 치며 물러섰다.

어두운 밤에 그의 손과 발이 마치 그 뒤에 서 있는 감나무 잎같이 떨리더니 그대로 문을 박차고 뛰어들어갔을 때, 그의 팔에는 주인 아씨가 한 손에는 기다란 명주 수건을 들고서 한 팔로 벙어리의 가슴을 밀치며 뻗디디었다. 벙어리는 다만 눈이 뚱그래서 '에헤' 소리만 지르고 그 수건을 뺏으려 애쓸 뿐이다.

집안이 야단났다.

"집안이 망했군!"

"어디 사내가 없어서 벙어리를!"

"어떻든 알 수 없는 일이야!"

하는 소리가 이 구석 저 구석에서 수군댄다.

6

그 이튿날 아침에 벙어리는 온몸이 짓이긴 것이 되어 마당에 거꾸러져 입에서 피를 토하며 신음하고 있었다. 그 곁에서는 새서방이 쇠줄 몽둥이를 들고서 문초를 한다.

"이놈!"

하고는 음란한 흉내는 모조리 하여 가며 건넌방을 가리킨

다. 그러나 벙어리는 손을 내저을 뿐이다. 또 몽둥이에는 살점이 묻어 나왔다. 그리고 피가 흘렀다.

벙어리는 타들어 가는 목으로 소리도 못 내며 고개만 내젓는다. 그는 피를 토하며 거꾸러지며 이마를 땅에 비비며 고개를 내흔든다. 땅에는 피가 스며든다. 새서방은 채찍 끝에 납뭉치를 달아서 가슴을 훔쳐 갈겼다가 힘껏 잡아 뽑았다. 벙어리는 그대로 거꾸러지며 말이 없었다.

새서방은 그래도 시원치 못하였다. 그는 어제 벙어리가 새로 갈아 놓은 낫을 들고 달려왔다. 그는 그 시퍼렇게 날선 낫을 번쩍 들었다. 그래서 벙어리를 찌르려 할 때 벙어리는 한 팔로 그것을 받았고, 집안사람들은 달려들었다. 벙어리는 낫을 뿌리쳐 저리로 내던졌다.

주인은 집안이 망하였다고 사랑에 누워서 모든 일을 들은 체 만 체 문을 닫고 나오지를 아니하며, 집안에서는 색시를 쫓는다고 야단이다. 그날 저녁에 벙어리는 다시 끌려 나왔다. 그때에는 주인 새서방이 그의 입던 옷과 신짝을 주며 눈을 부릅뜨고 손을 멀리 가리키며,

"가! 인제는 우리 집에 있지 못한다."

하였다. 이 소리를 듣는 벙어리는 기가 막혔다. 그에게는 이 집 외에 다른 집이 없다. 살 곳이 없었다. 자기는 언제든지 이 집에서 살고 이 집에서 죽을 줄밖에 몰랐다. 그는 새서방

님의 다리를 껴안고 애걸하였다. 말도 못 하는 것을 몸짓과 표정으로 간곡한 뜻을 표하였다. 그러나 새서방님은 발길로 지르고 사람을 불렀다.

"이놈을 좀 내쫓아라."

벙어리가 죽은 개 모양으로 끌려나갔다. 그리고 대갈빼기를 개천 구석에 들이박히면서 나가 곤드라졌다가 일어서서 다시 들어오려 할 때에는 벌써 문이 닫혀 있었다. 그는 문을 두드렸다. 그의 마음으로는 주인 영감을 찾았으나 부를 수가 없었다. 그가 날마다 열고 날마다 닫던 문이 자기가 지금은 열려 하나 자기를 내어쫓고 열리지를 않는다. 자기가 건사하고 자기가 거두던 모든 것이 오늘에는 자기의 말을 듣지 않는다. 어려서부터 지금까지 모든 정성과 힘과 뜻을 다하여 충성스럽게 일한 값이 오늘에는 이것이다.

그는 비로소 믿고 바라던 모든 것이 자기의 원수란 것을 알았다. 그는 모든 것을 없애 버리고 자기도 또한 없어지는 것이 나은 것을 알았다.

그날 저녁 밤은 깊었는데 멀리서 닭이 우는 소리와 함께 개 짖는 소리만이 들린다. 난데없는 화염이 벙어리 있던 오생원 집을 에워쌌다. 그 불을 미리 놓으려고 준비하여 놓았는지 집 가장자리 쪽 돌아가며 흩어 놓은 풀에 모조리 돌라붙어 공중에서 내려다보면 집의 윤곽이 선명하게 보일 듯이 타오른다.

불은 마치 피 묻은 살을 맛있게 잘라 먹는 요마(妖魔)[9]의 혓바닥처럼 날름날름 집 한 채를 삽시간에 먹어 버리었다. 이와 같은 화염 속으로 뛰어들어가는 사람이 하나 있으니 그는 다른 사람이 아니라 낮에 이 집을 쫓겨난 삼룡이다. 그는 먼저 사랑에 가서 문을 깨뜨리고 주인을 업어다가 밭 가운데 놓고 다시 들어가려 할 제 그의 얼굴과 등과 다리가 불에 데어 쭈그러져 드는 것을 알지 못하였다.

그는 건넌방으로 뛰어들었다. 그러나 색시는 없었다. 다시 안방으로 뛰어들었다. 그러나 또 없고 새서방이 그의 팔에 매달리어 구원하기를 애원하였다. 그러나 그는 그것을 뿌리쳤다. 다시 서까래에 불이 시뻘겋게 타면서 그의 머리에 떨어졌다. 그러나 그는 그것을 몰랐다. 부엌으로 가보았다. 거기서 나오다가 문설주가 떨어지며 왼팔이 부러졌다. 그러나 그것도 몰랐다. 그는 다시 광으로 가보았다. 거기도 없었다. 그는 다시 건넌방으로 들어갔다. 그때야 그는 색시가 타죽으려고 이불을 쓰고 누워 있는 것을 보았다. 그는 색시를 안았다. 그리고는 길을 찾았다. 그러나 나갈 곳이 없었다. 그는 하는 수 없이 지붕으로 올라갔다. 그는 비로소 자기의 몸이 자유롭지 못한 것을 알았다. 그러나 그는 자기가 여태까지 맛보지 못한 즐거운 쾌감을 자기의 가슴에 느끼는 것을 알았다. 색시를 자

[9] 요망하고 간사스러운 마귀.

기 가슴에 안았을 때 그는 이제 처음으로 살아난 듯하였다. 그는 자기의 목숨이 다한 줄 알았을 때, 그 색시를 내려놓을 때는 그는 벌써 목숨이 끊어진 뒤였다. 집은 모조리 타고 벙어리는 색시를 무릎에 뉘고 있었다.

  그의 울분은 그 불과 함께 사라졌을는지! 평화롭고 행복스러운 웃음이 그의 입 가장자리에 엷게 나타났을 뿐이다.

1925년 7월 『여명』

이익상
흙의 세례 / 쫓기어 가는 이들

이익상[李益相]
1895년 ~ 1935년. 전라북도 전주 출생.
소설가, 언론인, 친일반민족행위자

그의 생활이나 작품은 주로 사회주의에 대한 지향적 성격을 나타내고 있으나 사회주의자로서 뚜렷한 활동을 하지 않았으며, 이상적 사회주의를 지향하려 했던 지식인 작가로 평가된다.
1921년 5월 『개벽』에 「예술적 양심을 결여한 우리 문단」을 발표하며 문필활동을 시작했다. 1923년 파스큘라를 만들고, 1925년 파스큘라 동인들과 함께 조선프롤레타리아예술동맹(KAPF)의 발기인으로 참여하는 등의 활동을 하였다. 이무렵에 많은 작품들을 여러 잡지에 발표 하였다. 1930년 2월 동아일보사를 사직하고 조선총독부 기관지인 『매일신보』편집국장(대리)이 되었다. 이후 1935년 사망할 때까지 『매일신보』 편집국장과 학예 부문 사무를 관장하면서 조선총독부의 일제의 침략정책과 식민통치정책을 선전하는 데 앞장섰다. 1935년 4월 19일 동맥경화증이 악화되어 사망하였다.

주요작품 「어촌」「젊은 교사」「흙의 세례」「길 잃은 범선」「짓밟힌 진주」「쫓기어가는 사람들」「광란」「만주기행」

흙의 세례

1

명호(明浩)의 아내 혜정(慧貞)은 앞 마루에서 아침을 먹은 뒤에 설거지를 하다가 손을 멈추고, 방 안을 향하여

"저 좀 보셔요."

하고, 자기 남편을 불렀다.

명호는 담배를 피워 물고 앞에다 신문을 놓고 쪼그리고 앉아서 들여다보다가, 혜정의 부르는 소리에 재미스럽게 보던 흥미를 잃어버린 것같이 얼굴에 조금 불쾌한 빛이 나타나 보이었다. 그리하여 그는 허리를 굽혀 앞 미닫이를 소리가 나게 열고는 조금 퉁명스러운 소리로

"왜 그리우?"

하였다.

이와 같이 불쾌한 뜻이 섞이어 들리는 "왜 그리우?"하는 대답에 혜정은 어느덧 그다음에 하려던 말의 흥미를 절반 이상이나 잃어버리고 말았다. 그리하여 "저 보셔요."라 부르기만 하여두고 한참 동안이나 남편의 얼굴을 바라다보았다. 그리

고 혜정은 남편이 또 무슨 생각에 열중한 것을 짐작하였다. 명호는 어떠한 생각에 열중할 때에는 아무리 불러도 대답할 줄도 모르고, 또는 대답을 한다 하여도 퉁명스러운 소리가 나오던 것이었다. 이와 같이 퉁명스러운 대답이 이 마을로 이사 온 뒤로는 더욱 많아진 것은 명호가 무슨 생각에 열중하는 기회가 많다는 것을 의미한 것이었다.

그리고 또한 이러한 생각하는 기회가 주어졌다는 것이 혜정에게 대하여는 불쾌한 생각을 느끼는 때가 더 붙었다는 것이었다. 그들의 이전 생활도 그다지 긴장한 생활이라 할 수 없으나, 이러한 시골로 내려오게 된 것은 조금 장유(長悠)[1]한 시일을 보내어보자는 것이 동기가 되었었다. 그러나 유장(悠長)과 흐리멍덩한 것은 이 명호에게서 거의 구별할 수 없는 형용사가 되고 말았다.

"이걸 어떻게 하면 좋아요? 오늘은 밭을 좀 갈아야 할 것이 아니에요. 앞집 칠봉 아범을 하루 동안만 삯꾼으로 얻어볼까요?"

혜정은 얼굴에 수심스러운 빛을 띠워 가지고 이렇게 말하였다.

그런데 이 칠봉 아범이란 것은 명호 부부가 이 동리로 이사 오던 그 날부터 서로 친하게 상종하는 다만 하나의 이웃 사람

1 급하지 않고 느릿하다.

이었다. 집안에 조금 하기 어려운 일이 생길 때이면, 흔히 칠봉 아범에게 부탁하게 되었다. 그는 젊은 명호 부부를 위하여는 자기 집 볼 일이 있어도 그것을 제쳐놓고 명호의 일을 보살필 만큼 충실한 이웃 사람이었다. 그러므로 오늘에도 바깥일이 급한 것을 걱정하는 혜정이 칠봉 아범을 삯꾼으로 얻고자 한 것은 자연한 일이었다.

"글쎄…… 어떻게든지 해보아야지……."

명호는 겨우 이만한 대답을 하고는 미닫이 바깥으로 담배 연기를 내뿜었다.

혜정은 이러한 흐리멍덩한 대답에 조금 병이 났다. 그리하여 그의 말소리는 자연히 조금 높았다.

"글쎄, 글쎄라 말만 하면 됩니까? 어떻게든지 일을 시작하도록 하셔야지요. 그러면 제가 가서 칠봉 아범을 불러올까요?"

명호도 아침 일어날 때부터 밭을 갈아야 하겠다는 생각이 물론 없었던 것은 아니로되, 매양 무슨 일이든지 생각만 하고 바로 착수하지 못하는 것이 거의 병적으로 버릇이 되고 만 그가 아내에게 재촉을 다시 당하면서도 속이 시원하도록 대답 한마디조차 오히려 하지 못한 것은 어떤 특별한 이유가 있음 직도하였다.

그러나 물론 아내에게 대한 감정으로 나오는 것은 아니었다. 그 바깥에도 별다른 이유가 있는 것도 아니었다. 큰 의문으로 있는 것은 이렇게 생활을 하여야만 할 필요가 어디 있을까 라고 생각하는 것이었다.

명호는 한참 있다가 앞 마루로 나오며 겨우 입을 떼어 말하였다.

"글쎄, 그러면 불러오구려!"

하고, 그는 다시 두 활개를 벌리고 기지개를 켰다. 소리를 높이어 하품을 크게 하였다.

혜정은 기지개 켜며 하품하는 남편의 얼굴을 유심히 흘겨보고는 숨을 한 번 크게 내쉬었다. 이 숨은 그 찰나의 그의 감정을 가려움 없이 표시한 것이었다. 그리고는 아무 말 없이 앞 토방[2]을 돌아 부엌으로 들어갔다.

"한숨은 왜 쉬오?"

명호는 부엌으로 들어가는 아내의 뒤를 바라보며 조금 불쾌한 말로 이렇게 물었다.

"생각해보셔요. 한숨이 아니 나올까. 어쩌면 모든 것을 그렇게 흐리멍덩하게 하십니까?"

혜정은 부엌에서 자숫물통[3]에 물을 떠 부으면서 이렇게 말하였다.

"무엇이 흐리멍덩하다우? 속 모르는 말은 이 담부터는 하

2 마루를 놓을 수 있는 처마 밑의, 좀 높이 편평하게 다진 흙바닥.
3 개수통. 설거지통.

지도 마오."

하고, 명호는 마루에서 마당으로 내려왔다. 이때에 혜정은 자숫물 그릇을 들고, 다시 부엌에서 앞 마루로 나왔다.

"좀 생각해보셔요. 지금이 언제인지 알으십니까? 벌써 사월이 가까워 왔답니다. 다른 사람들의 농사짓고 사는 것을 좀 보시지요. 지금까지 아직도 밭을 그대로 둔 집이 어디 있는가……. 이왕에 이러한 생활을 하신다면은, 이것이나마 좀 의의 있게 하여야 할 것이 아니에요?"

명호는 가만히 듣고만 섰었다. 그에게 대답할 말이 없었다. 혜정은 남편의 대답을 기다리다가 실망한 듯이 다시 입을 열었다.

"그런데 어떻게 그리 모든 일에 등한하셔요? 밭 갈아야 할 것 말씀한 지가 언제인지 알으십니까? 벌써 일주일이나 되었어요. 저는 농사가 어떠한 것인지 자세히 알 수도 없다마는 때를 잃으면 안 된다는 것은 알았어요. 다른 사람들의 밭에는 벌써 싹이 나지 않았어요? 그런데 우리 밭은 아직 괭이 맛도 보지 못하였지요. 어떻게 되겠습니까? 밭이 잘되고 못 되는 것은 그만두고라도 남이 부끄럽지 않아요?"

혜정은 이렇게 숨도 쉬지 않고 한참 동안을 지껄이다가 숨이 차올라 겨우 말을 그치었다.

그러나 또다시 명호에게는 대답할 말이 없었다. 대답할 만한 무엇이 있다 하면, 그것은 말할 것도 없이 어떠한 폭군이 충실한 신하의 간하는 말을 들을 때에 취하는 조폭(粗暴)[4]한 태도나 언사 같은 것이었을 것이다.

혜정은 다시 말을 내었다. 이번에는 애원하듯이 말하였다.

"저 보세요. 이러한 농촌에서 무엇을 하려고 고생할 필요가 있어요. 이런 생활—불철저한 생활은 그만두고, 우리에게 적당한 도회로 가는 것이 어때요? 손발이 희고 고운 사람에게는 이러한 생활을 하겠다는 것이 벌써 틀린 수작이라고 합니다. 암만해도 당신 성격에는 농촌 살림은 적당치 못해요……."

이것은 명호에게는 참을 수 없는 실망과 비애를 주는 말이었다.

"여보! 그런 쓸데없는 말은 그만하구려! 지금에 와서 이러한 말을 하면 무슨 소용이 있소? 그만두려거든 당신이나 그만두고 이전처럼 가서 다시 지내구려!"

혜정은 이러한 최후의 말에는 무엇이라 대답할 수 없었다. 명호 부부는 이러한 말다툼이 일어날 때에 두 편이 다 같이 흥분한 태도를 가지는 일은 이전부터 있었다. 그리하여 어디까지든지 자기를 주장함이 자기들 생활에 얼마만 한 영향을 주는지, 그것을 그들은 알았으므로 한편이 격앙할 때에는 한

4 거칠고 사납다.

편은 누그러져 버렸다. 이것이 그들로 하여금 오늘까지의 결혼 생활을 파멸로 인도치 않은 가장 큰 원인이었다. 말하자면 이 부부의 사이를 떨어지지 않도록 꼭 붙게 한 거멀못[5]이었다.

그리하여 혜정은 두말하지 않고 바깥으로 칠봉 아범을 부르러 나갔다.

명호는 아무 대답 한마디도 못 하고 초연히 바깥을 향하여 나아가는 혜정의 그림자가 싸리문 밖으로 사라질 때에 그는 기침을 크게 한 번 하였다. 명호의 이러한 기침은 그가 어떠한 충동을 받거나 또는 흥분할 때에 보통 사람의 한숨이나 눈물을 대신하는 한 표정이었다.

그러나 이제에 한 기침은 싸리문 밖으로 나아간 아내에게 대한 것이 아니요, 말하자면 그가 스스로 인정하는 자기의 약한 성격에 대한 것이었다.

명호는 항상 자기가 자신의 행동을 조종할 만한 의지의 힘이 박약하여 필경은 아무 긴장한 맛이 없는 생활조차 마음대로 얻을 수 없는 것을 부끄럽게 생각하였다. 그러나 이것은 자기 의지가 박약한 것만이 원인이 아니라, 시시각각으로 일어나는 일과 또는 귀와 눈에 활동이 있는 이상에는 반드시 아니 보이고, 아니 들리면 아니 될 여러 가지 사상이 도리어 자

---

5 나무 그릇 등의 금 간 데나 벌어질 염려가 있는 곳에 거멀장처럼 걸쳐 박는 못.

기라는 육(肉)과 영(靈)의 화합이 아니오, 혼합인 덩어리를 절망의 구렁으로 떠미는 것이 생에 대한 권태를 일으키고, 이 권태가 다시 얼마 남아있지 못한 기력을 소모함인 것이라 하였다.

그리하여 많은 다른 소위 승리자와 같이 무엇이든지 이기고 나아가지 못하는 이 섬약한 의욕에는 증오를 아니 느낄 수 없었다.

이러한 증오를 느끼게 됨도 그가 어떠한 동기로든지 무슨 충동을 받을 때의 일이오, 평상시에는 염두에 올리지도 않은 것처럼 태연해 보였었다. 그러므로 이러한 흐리멍덩한 것은 결코 그 자신이 스스로 원하는 것이 아니요, 자기의 힘으로는 어찌할 수 없는 것은 아니었다. 어떠한 때에 냉정히 자신을 비판할 때에는 자신에 반드시 두 가지의 다른 형식으로 표현된 이중성격이 있음을 부인할 수는 없었다. 결국은 자기 자신의 불순을 느끼는 동시에, 다른 모든 것이 불순하여 보였다.

따라서 모든 것을 부정하는 처지에서 바라보고 싶었다. 모든 것을 부정하는 그에게는 제왕도 없었다. 모든 권력도 없었다. 이상도 없었다. 있다 하면 그것은 자기의 힘으로도 어찌할 수 없는 생활의 힘이었다. 날카로운 비수를 가슴에 댄다 하여도 그의 전 인격이 그것을 두려워함이 아니요, 다만 생활하겠다는 본능이 그것의 위협에 전율할 뿐이었다. 이렇게 대담하면서도 어떠한 때에 곁에서 보는 사람이 웃을 만큼 쉽게 그는 희로의 감정을 나타내었다. 또는 자기와 친한 친구나 친척이 죽었다는 말을 들을 때에 오히려 눈썹 하나를 까딱하지 않고

"사람이란 죽는 것이니 할 수 없지. 언제든지 반드시 죽을 터이니까…… 그가 사람인 이상에는……."

이라고, 다른 사람들이 저 사람에게는 뜨거운 피가 있는지 없는지 그것을 의심할 만큼 냉혹해 보였다. 그러한 대신에 어떠한 때이면, 소설 같은 것을 보다가도 눈물을 흘리게 되어 보드라운 감정을 가진 것도 보였다.

지금에 이러한 명호가 초연히 싸리문 밖에로 나간 아내를 바라보고 아무 느낌이 없을 수는 없었다. 여러 가지 복잡한 감정 가운데에 무엇이던지 한 가지가 정히 나타날 때였다. 그는 아내를 언제까지든지 그러한 고통에 두어서는 안 될 것을 더욱 간절히 느끼었다.

그는 사랑으로 들어갔다. 낡은 의복을 가려 입고 다시 바깥으로 나왔다. 그가 사랑에서 옷을 갈아입는 동안에 아내는 칠봉의 집을 다녀서 벌써 돌아왔다. 혜정은 헌 옷을 갈아입고 사랑방에서 나오는 남편을 보고 이상스러운 생각을 하며 말하였다.

"칠봉 아범은 벌써 다른 데로 일 나갔어요. 그러면 오늘도

할 수 없이 틀렸습니다그려!"

"여보! 칠봉 아범이 없어도 염려 말구려. 오늘은 내가 일을 좀 시작해 보겠소."

하며, 명호는 앞 마루 밑에서 헌 짚신을 내어 발에 끼고 마당으로 나왔다.

혜정은 남편의 차림이 하도 서툴러 보여서 한편 손으로 입을 가리고 웃었다. 남편의 하는 일이 갈수록 우습게 생각되었다. 일주일 전부터 밭을 갈아야 하겠다 하여 그와 같이 혀가 닳도록 말할 때에는 글쎄, 글쎄 하던 그때의 남편으로는 생각할 수 없었다.

그러나 그는 어떠한 충동을 받을 때에는 의외의 일을 대담하게 하는 일도 없는지는 아니하였으나, 그것은 일 년이나 이 년에 한 번 볼는지 말는지 한 일이라 기괴히 아니 여길 수 없었다.

그리고 어쨌든 혜정에게는 반가운 일이었다. 그는 도리어 먼저 남편에게 성나는 대로 함부로 말한 것을 뉘우쳐 생각하였다. 또 한 가지 마음에 적이 의심치 아니할 수 없는 것은 '나는 밭 갈 수 없어. 귀찮아……' 하고, 밭 파던 괭이를 내던지고 흙 묻은 발로 방으로 뛰어들어가지나 아니할까 하는 것이었다.

"정말이세요……"

"정말이야!"

"그러면 저도 가서 조력해드리리까?"

하고, 혜정은 안방으로 들어가 끄나풀로 허리를 단단히 졸라매고 수건으로 머리를 덮어썼다. 그리고 바깥으로 나왔다.

명호는 괭이를 메었고, 혜정은 호미를 들었다. 그리하여 부부는 자기 집 뒷밭으로 나갔다.

2

봄날 아침 하늘빛은 엷은 망사와 같은 아지랑이를 통하여 희푸르게 흐릿해 보였다. 그 사이로 흘러내리는 광선은 오히려 호듯호듯[6] 하였다. 이따금 불어 가는 바람은 미지근한 손으로 봄볕에 호듯해진 그들 부부의 뺨을 문질러주었다. 며칠 전 비에 젖은 아직 물기 있는 흙덩이를 밟을 때에 그들은 이상스러운 촉감을 느끼었다. 담 밑의 양지에 파릇파릇한, 인제야 움 나는 풀과 울타리 밖에 자줏빛 페인트를 칠한 듯이 붉고도 윤택해 보이는 포플러 가지 빛은 봄 하늘빛과 조화되어 보드라운 자극을 주었다.

그들은 신발을 밭도랑 언덕에 벗어놓고 맨발로 밭 위로 올라섰다. 그들의 희고 파리한 발 빛과 흙의 거무충충한 빛과는

6 내리쬐는 햇볕이 따뜻하고 포근한 모양.

너무나 부조화해 보였다. 모래와 돌멩이 섞인 껄끄럽고 단단한 밭 흙 위에 그들의 희고도 연한 살이 닿을 때에 그들은 반사적으로 발을 움츠렸다. 발바닥 밑에는 무너진 길이 뚫렸다.

그들은 다만 발뒤꿈치와 앞부리로만 땅을 디뎠다. 비로소 이 땅을 밟는 데에 어떠한 경건한 마음을 느낀 것처럼, 그리하여 그들은 될 수 있으면 뒤꿈치나 그렇지 않으면 앞부리의 하나로만 땅을 디디려 하였으나, 대지의 힘은 그들의 전체를 흙 속으로 깊이깊이 끄집어 당기려 함인지, 발바닥의 전 면적을 요구하였다.

혜정은

"아이구! 따가워요. 간지러워요."

하며 명호를 바라보았다. 명호 역시 괴상스럽게 찡그린 얼굴로 혜정을 바라보았다. 명호는

"에기! 얼른 시작합시다······."

하고, 괭이를 들어 밭 한편 구석에부터 파기 시작하였다. 그러나 팔에 힘을 잔뜩 들인 괭이는 그렇게 깊이 그 날이 흙에 파묻히지 않았다. 혜정은 남편이 파놓은 흙덩이를 호미로 깨뜨리고 골랐다.

그들의 흰 발등에는 어느덧 검은 흙이 덮이었다. 그리고 발에 간지러움과 따가운 것을 느낄 만한 신경은 벌써 마비되고 말았다. 혜정의 고운 손가락 끝은 흙투성이가 되고 말았다.

그들은 봄날의 따뜻한 광선과 흙냄새에 취하였다. 두 가슴에는 아침에는 뜻도 못 하였던 행복감을 다 각각 품게 되었다. 그들이 봄바람이나 흙냄새에 취하였다는 것보다는, 차라리 이러한 순간의 행복감에 취한 것이었다. 혜정은 언제든지 남편이 이처럼 용기를 내어 일하는 용사와 같이 여기었다. 그리고 영원히 무슨 일이든지 용맹을 내이는 일꾼이 되기를 바랐다. 또 자기는 언제든지 남편의 뒤를 따라다니며 그 뒤를 추종하는 사람이 되고 싶었다.

그러하는 데에서 자기의 행복을 발견하고 싶었다.

명호는 자기가 평일에 동경한 생활의 세례를 오늘에야 처음으로 받은 듯하였다. 그러한 경건조차 그는 느끼었다. 그리고 자기의 발밑에서 그의 괭이로 파 뒤쳐 놓은 흙덩이를 아무도 없이 호미로 깨뜨리고 앉아 있는 혜정을 내려다 볼 때에, 지금까지에 얻을 수 없던 서로 이해하는 반려를 얻은 듯하였다. 어느 때까지든지 변함없이 저와 같이 괴로움을 나누는 착실한 동무가 되기로 마음으로 원하였다.

이러한 행복스러운 생각으로 손이나 발과 같이 머리를 활동시키면서 그들은 일을 이어 하였다.

명호의 팔에는 힘이 풀어졌다. 그는 괭이로 땅을 짚고 뒤에서 흙덩이를 깨뜨리며 골라 오는 처를 돌아다보며 더운 숨을 한 번 내쉬었다.

"여보! 정말 되구려[7]! 암만해도 손발이 흰 사람은 이러한 일은 못 해 먹겠소!"

이렇게 말하고 명호는 바른 팔 소매로 이마의 땀을 씻었다. 혜정은 흙투성이가 된 두 손을 남편의 눈앞으로 높이 들고 말하였다.

"이걸 좀 보셔요. 손가락이 다 닳았나 봐요. 몹시 아픈데요!"

이와 같이 말할 때에는 흰 수건 밑으로 일하느라고 상기한 얼굴이 더욱 아름다워 보였다. 그의 이마와 입모습에는 땀이 가늘게 구슬처럼 맺혔다.

명호는 아내의 반작거리는 눈을 수건 밑으로 바라보다가, 다시 괭이질을 시작하였다. 그리고 말하였다.

"여보! 우리 같은 사람은 이런 것은 못 해먹을 팔자인 모양이야! 정말 되어서 못 견디겠는걸! 팔이 아프고, 숨이 차서 할 수 없는걸! 어떻게 할까요!?"

"그러면 좀 쉬어가며 하시지요."

"쉬기야 쉬겠지마는……."

"그렇지마는 누구든지 이러한 일을 어렸을 때부터 하여야만 하겠습니까? 어찌할 수 없으면 누구든지 다 하게 되겠지요."

7 힘에 벅차다.

"게 누가 이런 것을 꼭 좋아서만 하겠소마는, 먹고살려니까 하지요."

명호는 괭이로 큰 돌멩이를 파서 밭도랑 위로 올려놓으며 말하였다.

"누구든지 이러한 일을 하면 먹고살 수 있을까요?"

"그러면 당신이 지금 밭을 파고 있으니까, 이러한 일을 한 것만으로 얻어먹고 살겠습니까? 다른 사람에게는 이러한 일 하는 것이 생명을 얻으려는 노력이지오마는, 우리들에게는 이것이 유희나 위안거리밖에 아니 되는 것 같은데요. 그렇지 않습니까?"

혜정은 가쁜 숨을 쉬어가며 이렇게 말하였다. 이 말에 명호의 가슴은 무슨 비수로나 찔린 것처럼 아팠다.

"그러면요. 지금 하는 일은 장래에 생활을 얻으려고 미리부터 준비하여두는 노동의 연습이라 하면 어떠할까요. 그러면 우리의 지금 하는 일은 다른 사람들이 일평생 사업으로 여기고 노력하는 사업의 신성을 더럽히는 일이 없게 되겠지요. 그리고 자기가 생활에 대한 어떠한 기능을 얻게 되는 셈이겠지요."

명호의 말이 끝나매 혜정은 빙그레 웃으며,

"그러면 다른 사람들의 신성한 직업을 유희로 아는 것과 같은 모독은 없겠지요. 우리의 태도를 변호하는 말만이 물론 아니겠지요."

하였다.

명호도 따라 웃었다.

명호는 농촌으로 돌아오던 날부터 마음속에 여러 가지 갈등과 모순을 느끼었다. 이것은 자기의 일한 보수가 넉넉히 생활을 지탱치 못하고, 다만 부모의 약간 유산으로 그날을 지낸다 하면, 도리어 다른 사람의 생존을 위하여 일하는 직업의 신성한 것을 모독함이 아닌가 생각함이었다. 처음에는 자기가 농촌으로 돌아간다는 것은 무모한 일이라 하였다. 농촌에 파묻히는 그것보다도 자기에게는 적당한 다른 무엇이 반드시 있으리라고 생각하였다.

핼쑥한 살 밑에서 새파란 심줄이 줄기줄기 비치는 손을 들여다볼 때에 또는 아내의 고운 얼굴빛과 연약한 태도를 바라볼 때에, 그러한 느낌이 더욱 간절하였다.

그리고 또 그 사상으로써 톨스토이의 참회 생활 가운데에 농부 노릇한 것과 또는 일본의 어떠한 장군이 농부를 모방하여 똥통을 매었다는 것을 다른 사람의 직업을 유희시한 것이라 하여 위선이라 단정을 내린 자신으로, 이러한 모독을 다시 하게 된 것을 인생의 어떠한 보복이라 하였다.

그런데 자신의 이 사회에 대한 조그만 불평, 또는 여러 사람 가운데에 뜻을 얻지 못하였다는 실망 그것만으로 온 인생에 대한 자기의 인생관이 변하여, 이러한 농촌을 찾게 된 것은 냉정한 생각이 그를 에워쌀 때에는, 그러한 소극적인 행위를 그의 양심은 부인하였다. 그리고 또는 자신으로—어떠한 개념 생활에 열중하였던 그로서, 한편 호주머니에 폭탄을 넣고 다니는 테러리스트가 되지 못한 것은 큰 유감이었다. 그의 천연의 부드럽고 약하며 겁이 많은 성격이 그것을 허락지 아니하였다. 그는 항상 혼돈한 사회에서 몹시 자극받을 때에는 어떠한 테러리스트가 되든지, 그렇지 않으면 극단이라 할 만한 은둔적 생활을 하는 것이 자신에 배태(胚胎)[8]한 생명력을 신장시킴이라 하였다.

명호는 이 두 가지를 두고 오랫동안 생각한 결과, 그는 T라는 남쪽 나라의 따뜻한 지방으로 돌아오게 된 것이었다. 이러한 의견에 대하여는 처도 찬성하였었다. 이와 같이 테냐 퇴(退)냐 하는 갈림길에서 퇴를 취한 그로서도 오히려 다른 사람의 직업 모독함이라 하는 데에서 그동안 오래 괭이 잡기를 주저하게 된 것이었다.

그러다가 오늘 아침의 우연한 기회에 혜정의 흐리멍덩하다고 충동이 한 말이 오랫동안 생각하느라고 피곤한 명호의 신경에 자극을 주어 그를 이 밭으로 끄집어내게 된 것이었다.

그리하여 그들은 여러 시간을 두고, 여러 가지로 장래에 대

8 어떤 일이 일어날 원인을 속에 지님.

한 생활을 꿈꾸면서 일을 계속하였다.

낮이 조금 지났을 때에 그들은 밭을 거의 다 갈았다. 새삼스럽게 기쁨을 느끼었다. 자기들의 미미한 힘에 오히려 이러한 땅을 갈고, 에너지가 잠재한 것을 느끼었다. 그리하여 거의 몸이 피곤한 것을 잊어버릴 만큼 기뻐하였다.

"벌써 다 되었어요. 인제는 씨를 뿌려야 하지요."

이렇게 말하고 혜정은 씨앗을 가지러 갔다.

명호는 괭이자루를 짚고 우두커니 서서 파놓은 밭의 흙을 들여다보았다. 이때에 뛰어노는 흙냄새는 몹시 향기로웠다. 그이는 흙을 두 손으로 담숙히 쥐어 온몸에 뿌리고 싶었다.

혜정은 바쁜 걸음으로 씨앗 주머니 넣은 상자를 가지고 왔다. 상자를 밭도랑 위에 내려놓고, 씨앗 주머니를 하나씩 펴보며 남편을 향하여

"이것은 파 씨! 이것은 아욱 씨! 이것은 상추 씨!"

하고, 일일이 그 씨앗의 이름을 일렀다. 그리고 다시 혜정은 밭도랑으로 다니며 그 씨앗을 뿌렸다.

명호는 담배를 피워 물고 우두커니 서서 바라보았다.

"당신은 씨를 잘 뿌리는구려! 언제 그렇게 배웠소! 우리는 암만해도 그렇게 고르게 뿌리지 못할 것 같은데……."

"저는요. 어렸을 때에 이런 것 하기를 퍽 좋아하였어요. 그래서 학교 다닐 때에도 제집 넓은 데에 씨는 제가 다 뿌렸어

요."

하며, 혜정은 허리를 굽히고 이리로 저리로 돌아다니며 줄줄이 뿌렸다. 다시 그 위에 흙을 엷게 손으로 흩으려 덮었다. 그는 이렇게 하여 갈은 밭에 거의 다 씨를 뿌리고, 겨우 한 평쯤 되는 데를 밭 한편에 남겨두었다. 그리고 손을 털고 숨을 길게 쉬고 나왔다.

이것을 보고 섰던 명호는 이상스러웠던지 물었다.

"거기는 왜 그대로 남겨두오? 뿌리려면 아주 다 뿌려버리지 그러오?"

혜정은 웃으며 대답하였다.

"꽃 심으려고요!"

"꽃은 심어 무엇 하오?"

명호는 속으로 여자란 것은 역시 언제이든지 이러한 것인가 라고 생각하였다.

"꽃은 심으면 못씁니까? 입으로 먹는 것도 좋지마는, 눈으로 보는 것도 좋지 않아요?"

혜정은 이렇게 말하고, 남편의 얼굴을 바라보았다.

해는 낮이 훨씬 지났다. 볕은 그러나 아직 훗훗하였다. 흙냄새는 그들을 취하게 하였다.

3

밤이 되었다. 처음으로 하여본 하루 동안 일에 명호 부부는 대단히 피곤하였다. 팔다리가 뻣뻣하였다. 굴신할 수 없이 아팠다.

그러나 그들은 바로 자지 않고 사랑방에서 이야기를 하였다. 명호와 혜정은 책상을 한가운데에 두고 앉았다. 혜정은 그날 서울서 온 신문을 보고, 명호는 일기책을 앞에 놓고 오늘 일기를 썼다. 사랑방이라 하여도 이름이 좋아 사랑방이오, 실상은 도회지에 있는 행랑방만도 못하였다. 천정이 낮아서 키가 조금 큰 사람은 방안에서 허리나 다리를 굽혀야 걸어 다닐 만하였다.

그러나 도배한 지가 얼마 아니 되는 고로, 다른 시골 방같이 그렇게 어두컴컴한 기운은 적었다. 방 안의 넓이가 좁고 도배한 지가 얼마 아니 되었다는 것이 조그마한 램프 불도 오히려 더욱 밝아 보이게 하였다. 방안에 늘어놓은 것은 다만 책을 가지런히 넣은 책장과 흰 보로 덮은 책상이었다.

그러나 이와 같이 비교적 정결한 방에 손님으로 온 다른 동리 사람들이 이 방에서 서로 쓸데없는 이야기나 독서로 날을 보내던 터이었다. 그리하여 명호는 흔히 저녁이면 자기 아내와 함께 밤이 깊도록 웃음 짓는 일도 많았다. 실상은 이 방이 내실인지, 사랑인지 알 수 없었던 것이었다. 더욱 혜정이 이 방으로 나오게 된 것은 안방보다는 등불이 훨씬 밝은 까닭이었다. 그리하여 일할 것만이 있고, 다른 찾아온 사람이 없으면 반드시 사랑방으로 나왔다.

혜정은 신문 들은 손을 등불에다 비추어 보더니,

"이것 보세요. 손이 부르텄습니다그려!"

하고, 명호의 앞으로 내밀었다.

"안되었구려! 그대로 가만두려오. 건드리면 안 되오."

명호는 이렇게 말하고는 자기의 손바닥을 들여다보았다. 그리하여 자기 손도 부르터 물이 잡힌 것을 발견하였다. 그는 손을 아내가 자기 앞에 내어 보이듯이 자기의 아내에게로 내어 보였다.

"나는 두 군데나 물이 잡혔는걸!"

"이제는 일만 하면 손이 부르트겠지요!"

혜정은 걱정스러운 듯이 말하였다.

"물론 그럴 터이지! 부르터지다 못하면 나중에는 칠봉이 어머니 손같이 되겠지요……."

명호는 웃으면서 이렇게 말하였다.

혜정은 칠봉 어멈의 손을 생각하였다. 그 손을 무엇이라고 형용하여 말할 수도 없었다. 그 장작개비같이 굵은 손가락! 왜호박같이 쭈글쭈글한 손등! 주먹같이 툭툭 나불거진 손가락 마디! 그는 몸을 떨었다. 그리고 다시 그 곱게 흘는 선과 선으로 된 자기 손을 내려다보았다. 그 토실토실한 살비듬![9] 잘 쑥잘쑥 들어간 손가락 마디! 수정처럼 얼굴이 비칠 듯한 고운 손톱! 아! 이 모든 것이 그렇게 변한다 생각할 때에 그는 다시 몸을 떨었다. 또다시 남편을 바라보았다. 곱슬곱슬한 머리와 총기가 듣는 듯한 눈이며, 패리운[10] 듯하나 그래도 고상하여 보이는 얼굴빛이 더욱 귀엽게 생각났었다.

"그러면 당신도 필경은 칠봉 아범과 다름없이 되겠지요. 이렇게 십 년이고, 이십 년이고 지내면 말이에요?"

"그렇게 되겠지요! 사람은 다 같은 사람이니까, 똑같은 환경에 있어서 나 혼자만 변치 말라는 법이 어디 있겠소? 그렇게 변하는 것이 당연한 일이지!"

혜정은 머리가 다시 횡횡 내둘리었다. 그리고 앞이 캄캄한 듯하고 정신이 아찔하였다.

칠봉 아범의 험상궂은 얼굴! 비굴하여 보이는 웃는 입! 썩은 생선 눈깔 같은 희묽은 영기 없는 눈! 손가락처럼 보기 싫게 나붉어진 손과 다리에 보이는 심줄! 모든 것이 눈앞에 떠올랐다. 그는 다시 나직이 한숨을 획 내쉬었다.

명호는 쓰던 일기의 끝을 막고 혜정을 향하여

"여보! 내 일기를 읽을 터이니 들어보구려."

하고, 가늘게 명료하게 읽었다.

9 살이 오른 모양새.
10 파리하다. 몸이 마르고 낯빛이나 살 색이 핏기가 전혀 없다.

"나는 테러리스트가 되지 못하였다. 그러한 모험할 성격이 없는 것은 큰 유감이다. 명예와 공리만을 위하여 인간의 참생활에서 거리가 너무나 먼 단적 문제에만 구니(拘泥)[11] 하는 온갖 도깨비와는 언제까지든지 길을 같이할 수 없다. 나는 그러한 비열한 생활 수단을 취하여 사회적으로 성공자가 되는 것보다, 차라리 자기 야심을 속이지 않고 진실한 내면의 요구에 응하기 위하여 사회적으로 실패자가 됨을 도리어 기뻐한다.

나는 이 첫 시험으로 다른 사람의 직업의 신성을 더럽혔다. 그러나 나는 나의 생을 개척하는 길은 다만 여기에 있음을 믿은 까닭에, 때의 늦음을 돌아보지 않고 살아가는 첫 연습을 하였다. 첫걸음을 배웠다! 그러나 이것이 또한 영원히 우리의 시달린 영(靈)을 잠재워줄 것으로 믿을 수는 없다. 나는 이 세상에 믿는 것이 없는 까닭이다. 그때가 되면, 우리 생활을 다시 핍박하는 그때가 오면, 나는 다시 이곳에 불을 놓고 밭을 헤뒤치고 논을 내버리고 표랑[12]의 길을 떠나자! 그러할 때에 같이 갈 이 없으면, 나는 혼자 가자! 끝없는 곳으로. 그러다가 들 가운데에 거꾸러져 죽어도 좋고, 바다에 빠져도 좋다! 나는 그때를 무서워하지는 않는다. 그때를 도리어 반겨 맞이하자! 그때야말로 안과 밖, 모든 문제를 해결하여줄 터

11 어떤 일에 필요 이상으로 마음을 쓰거나 얽매임.
12 뚜렷한 목적이나 정한 곳이 없이 이리저리 떠돌아다님.

이니까……. 그러나, 그러나 오늘의 흙냄새는 사향(麝香)[13]보다도 더 향기로웠다. 나는 언제든지 그러한 흙냄새를 맡고 싶다……. 나는 비로소 흙의 세례를 받았다. 흙의 세례를 받았다."

여기까지 읽고, 그는 일기책을 접어 책상 장에다 놓으면
"그다음은 읽을 것 없소."
하였다.

혜정은 일기를 한 마디도 빼놓지 않고 들으려고 매우 주의를 하는 듯하였다. 그의 눈에는 눈물이 그렁그렁해 뵈었다.

명호는 다시 처를 향하여 고적[14]에 쌓인 듯한 웃음을 웃으며 말하였다.

"여보, 알겠소! 이러한 생활이 당신에게 맞지 않거든 언제든지 당신 좋을 대로 하시오. 나는 당신이 어떻게 하든지, 그것을 조금도 원망치 않을 터이니까……"

혜정은 아무 말 않고 가만히 남편의 얼굴을 쳐다보다가 원망스러운 듯한 빛으로 말하였다.

"지금에 와서 그러한 말씀을 할 것이 무엇이오. 물론 그래요. 내가 언제든지 이러한 살림에 싫증이 나고, 또는 당신과 서로 나눠야 할 필요가 생기면, 당신의 말씀을 듣지 않고라도 내 마음대로 할 것이 아니에요? 그것은 우리가 처음에

13 사향노루의 사향샘을 건조하여 얻는 향료.
14 외롭고 쓸쓸함.

서로 만날 때부터 서로 약속한 것이니까요. 당신도 언제든지 이 혜정이 주체스럽거나[15], 또 혜정 때문에 당신의 참으로 하여야 할 일을 못 하게 되거든 말씀하여주세요. 그때에 나는 당신을 위하여 눈물을 머금고라도 당신에게서 떠나갈 터이에요……."

명호는 다시 천정을 한참이나 쳐다보았다.

혜정은 눈물이 고인 눈으로 다시 신문을 들여다보았다. 그들 새에는 잠깐 동안 침묵이 계속하였다.

혜정은 신문을 한참 아무 말 없이 굽어보다가 남편을 불렀다.

"이것 보세요. 정숙이가 벌써 시집을 가서 훌륭한 가정의 주부가 될 모양입니다!"

이렇게 말하고 혜정은 신문을 자기 남편 앞으로 내놓았다. 명호는 아내가 가리키는 곳을 내려다보았다.

S신문의 가정란에 서양식으로 꾸민 서재를 배경으로 삼고 박은정의 부처 사진이 있었다. 그리고 기사에는 두 사람이 다 사회적으로 의의 있는 사업을 한다는 것이 조금 과장적으로 쓰였었다.

그리고 특별히 정숙은 여류 문학가라는 것을 기재하였다.

"벌써 정숙이가 사회에 명망 있는 여류 작가가 되었어요.

---

15 처리하기 어려울 만큼 짐스럽고 귀찮은 데가 있다.

사회적으로 성공한 사람들은 근본이 다른 것이에요!"

"왜요?"

"정숙이는 저보다 나이도 어리지마는, 학교를 졸업할 때까지 그 사람의 참속은 모르고 지내왔어요. 졸업한 뒤에는 물론 서로 그뿐이었지요."

명호는 이와 같은 처의 말에는 어떠한 의욕이 이것을 말하게 한 것을 알았다. 그의 마음에도 아직도 자기 명망이란 것을 무엇보다도 좀 더 날리어보자는 본능이 대단 굳센 것을 짐작하였다. 이것을 상상할 때에 명호의 마음을 점령한 고적은 그 두 동갑 되는 힘으로 그를 괴롭게 하였다. 명호는 다시 눈을 감았다.

혜정은 가만히 앉아 신문을 보다가,

"우리가 이대로 여기에서 늙어 죽을 때까지 아무 알 사람이 없겠지요. 이 동리 사람 외에는, 그리고 알려고 하는 사람도 없겠지요? 그저 어떠한 늙은이와 늙은이가 살다가 죽었다고 하겠지요? 혹 자손이 생긴다면 그것들이 조금 섭섭한 생각을 하다가 얼마 지내면 그대로 잊어버리겠지요, 네?"

명호는 아무 말 없이 있었다.

그들은 정신이나 육체에 한가지로 피로를 느끼었다. 어둠의 장막이 고적과 싸우는 두 혼을 덮었다.

1925년 5월 『개벽』

쫓기어 가는 이들

 닭이 거의 울 때가 되었다. 이렇게 깊은 밤에 — 더욱이 넓은 들 한가운데의 외로운 마을에 사는 사람 기척이 있을 리는 없으나, 그래도 득춘(得春)은 귀를 기울여 사람 기척이 있나 없나 가끔가끔 바깥을 살핀다. 그러나 바깥은 한결같이 고요할 뿐이요, 다만 이웃 마을의 개 짖는 소리가 멀리 들릴 뿐이다.

 득춘은 이와 같이 한참 동안이나 두 팔로 무릎을 에워싼 채 펑퍼짐하게 앉아 무엇인지 생각하다가, 문득 무슨 생각이 난 듯이 세운 무릎을 아래로 내려놓으며 조끼 호주머니에서 궐련 한 개를 끄집어낸다. 그것을 대물부리[1]에 찔러 사기 등잔불에 대고 뻑뻑 빨기 시작한다. 대추씨 만한 석유 불은 궐련과 대물부리를 통하여 전부가 그의 입으로 빨려 들어가는 듯하다. 그리하여 그다지 밝지 못한 방 안이 더욱 어두컴컴 해 버린다. 그 궐련 끝에서 등불 빛보다도 더 붉은빛이 희멀건 연기 가운데에서 두세 번 반짝거리더니 꺼질 듯한 불이 다시

1 대로 만든 담배를 끼워서 빠는 물건.

살아나며 방 안이 환하게 밝아진다.

득춘은 궐련을 한참 동안 뻐끔뻐끔 빨다가 등잔 밑에다 비비어 끄고 방 아랫목에 벽을 향하고 드러누운 아내를 부른다.

"여봐! 웬 잠을 그리 자?"

아내는 아랫목 벽으로 향하였던 얼굴을 남편 있는 편으로 돌이킨다. 그의 아내가 잠을 잘 리가 없다. 그다지 밝지도 못한 등불에, 더구나 담배 연기가 꽉 차서 윗목에 쪼그리고 앉은 남편이 봄날 아지랑이 속에 들어있는 산처럼 희미하게밖에 아니 보인다.

조금 날카로운 소리로 대답한다.

"자기는 누가 자!"

득춘은 비벼 꺼버린 궐련에 다시 불을 붙여 들고, 조심성스러운 낮은 소리로

"잠만 자지 말고, 옷이나 좀 챙겨보지그래?"

아내는 이와 같이 조심스럽게 하는 말을 듣고는 몸을 일으키어 해진 치맛자락으로 앞을 가리고 윗목으로 앉아서 걸어온다. 득춘 있는 곳까지 오더니, 그는 뒤에 내려진 머리를 다시 고쳐 쪽지며,

"챙겨볼 만한 무엇 하나 변변한 것이 있어야 하지!"

라 중얼댄다.

득춘의 아내는 겨우 스물한 살밖에 아니 되었다. 그러나 언

뜻 보면 스물 사오 세나 되어 보였고, 거기에다 좀 더 에누리하면 거의 서른이 되어 보였다. 그는 열일곱 살 되는 해에 득춘에게로 시집을 왔다. 그때에 득춘은 스물두 살이었다. 두 사람의 혼인이 성립될 때에 여러 가지 어려운 문제도 있었으나, 여자의 부모에게 득춘의 똑똑한 것이 다만 마음에 들어서 혼인이 되고 말았다. 그러나 이 믿음직한 똑똑도 그들에게는 아무러한 행복을 주지 못했다. 이 똑똑이란 것이 도리어 그들의 생활을 곤경으로 이끌어 넣는 일이 많았다.

같은 동리에서 돈푼이나 있는 사람 또는 땅마지기나 가진 사람, 다른 사람의 토지를 관리하여 세력을 부리는 마름, 세금 같은 것을 받으러 다니는 군청과 면청의 관리 양반들, 이러한 사람들에게 귀여움을 받지 못하였다. 이러한 사람들에게 귀여움을 받지 못하는 동시에, 자기 동무들 가운데에서도 돌려놓은 사람이 결국은 되고 말았었다. 따라서 사회적으로 압박을 받아온 일도 많았었다.

득춘은 결혼한 지 이태 뒤에 오랫동안 살아오던 황해안에 있는 D어촌을 떠나 조선서 제일가는 보고[2]란 이름이 있는 전북평야의 외로운 마을 C촌으로 이사 오게 되었었다. 이와 같이 C어촌으로 이사하기를 결정하기까지에는 여러 가지로 어려운 사정이 있었다. 득춘이 여러 가지로 동리 사람들에게 아

2 귀중한 물건을 간수해 두는 창고.

니꼬운 일을 당할 때마다, 그는 하루라도 빨리 그 지방을 떠나갈까 하였으나, 첫째 삼 년 전에 죽은 어머니가 그것을 허락하지 않았다.

어머니는

"암만해도 살던 고장이 좋으니 이사는 무슨 일이냐?"

하며 반대하여왔었다.

이것이 원인이 되어 마음에 마땅치 못한 꼴을 당하면서도 바로 그곳을 떠나지 못하였었다.

그러다가 득춘이 결혼한 그 이듬해에 그 어머니는 이 세상을 떠나게 되었다. 그 뒤 얼마 아니 되어 득춘은 얼마 되지 못한 살림을 뭉뚱그려가지고 오랫동안 잔뼈가 굵어진 고향을 떠나게 되었다. 그때에 아내는 비록 어릴망정 시어머니의 삼년상이나 지난 뒤에 이사를 하자고 남편에게 권하였으나, 득춘은 이것을 당연히 거절하고 그대로 이사를 하여버렸다.

득춘이 이 C촌으로 오게 된 동기로 말하면 그의 팔촌 형 되는 이가 서울에서 유명한 어느 귀족의 마름이 되어 C촌 부근에 있는 토지를 관리하고 있는 까닭에 이것을 연줄 삼은 것이었다.

그러나 득춘은 오던 해에는 땅마지기도 변변한 것을 얻어 짓지 못하였다. 비록 좋은 땅마지기의 소작을 얻어 하게 되었다 할지라도, 득춘과 같이 타관에서 떠들어온 사람으로는 같은 마을이나 이웃 마을 사람들과 서로 도와주는 사이가 될 수 없었다. 더욱이 그 인근 마을 사람들에게는 득춘이란 사람이 떠들어온 것이 큰 불안이었다. 득춘은 근방 토지를 관리하는 마름과 친척의 관계를 가졌으므로, 자기들 짓는 토지가 어느 때에 득춘의 수중으로 들어가게 되는지 알지 못하는 것이 항상 득춘을 시기하고 위험성있게 보이는 것이다. 그리하여 첫해에 농사는 거의 자기 한 손으로 지었다고 할 수도 있었다.

득춘은 이러한 눈치를 차리지 못한 것은 아니나, 억지로 그들과 사귀려고 하지 않았다. 결국은 너는 네 떡 먹고 나는 내 떡 먹는 셈이니. 서로 상관할 것 무엇이냐 하는 것처럼 서로 냉랭하게 지내었다. 또한 이렇게 서로 데면데면히 지내는 한편에는 득춘과 친하려는 사람들도 많았다. 친하려는 그들은 대개가 득춘의 팔촌 되는 사람의 관리하는 토지를 소작으로 얻지 못한 이들이었다. 그들 심중에는 그 토지 마지기나 얻어 지어볼까 하는 것이 자연히 득춘을 친하게 된 것이었다. 그러나 사실 득춘은 다른 사람이 위험스럽게 여길 만큼 넉넉한 토지도 가지지 못하였고, 다른 사람이 친하려는 그것만큼 토지에 대한 권리도 없었다. 다만 팔촌이란 친척 관계가 마름과 있을 뿐이었다.

득춘은 이러한 가운데에서 삼 년 동안을 지내었다.

지금으로부터 한 달 전에 득춘의 근근이 지내어 가는 집에 큰 사건이 생기었다. 이것은 팔촌 되는 사람의 마름이 떨어지게 된 것이었다. 그리하여 새로 나온 마름이 그 토지를 전부 관리하게 되었다. 득춘의 팔촌이 마름 노릇 할 때에 토지를 여러 해 소작을 하여오던 작인들 사이에는 큰 공황이 일어났다.

이 공황은 물론 득춘이 이사를 올 때에 여럿이 느낀 불안보다도 몇 배나 더 큰 불안을 그들로 하여금 느끼게 하였다. 이 중에서도 가장 큰 불안을 느낄 처지에 있는 이는 전날에 마름과 특별히 친근한 관계를 두고 지내오던 사람들이었다.

득춘은 자기 팔촌의 마름 떨어졌다는 소문을 듣고는 인제는 또다시 이 마을을 떠나게 되었다고 생각하였다. 그리하여 미리부터 준비하고 있었다. 그래도 팔촌이 마름으로 있을 때에는 아무러한 시기와 질투가 자기에게 모여들었다고 할지라도 그의 생활을 직접으로 위험하지는 못하였으며, 또 한편에는 여러 가지로 자기를 위하여 편의를 도모하여주는 사람도 있었다.

그러므로 삼 년 동안을 무사히 생활하여온 것도 어쨌든 간접으로 팔촌 마름의 힘을 입었던 것이다. 득춘은 이 C촌으로 이사 올 때에 농사 밑천이란 것도 물론 없었다. 그러나 마름의 친척이라 하여 동리에서 다른 이들에게도 돈 십 원, 색깔이섬(이 지방에서는 지주나 또는 조금 넉넉한 소작인들은 곡식을 변을 놓아 봄철이나 여름철에 곤란한 소삭인들에게 꾸어주고, 그해 가을에 와서 한 섬에 대한 반 섬 혹은 한 섬씩 변을 쳐서 받는 곡식을 색깔이라 함)이나 얻어먹기는 용이하였다. 그리고 가을에 와서 조금 기한이 지나도 갚을 날짜를 얼마만큼은 연기할 수도 있었던 터이다.

그러나 오늘 득춘에게는 물론 그러한 융통도 없어질 것이요, 그뿐만 아니라 이삼 년 동안 미루어 내려온 빚도 이번 가을에는 아니 갚고는 배겨낼 수 없을 형편이라 그동안 첫 살림하기에 걸머진 빚이 득춘의 한 해 농사 진 것으로는 갚을 수 없을 만큼 많았다. 아무리 형편은 이러하다 할지라도 이 C촌에서 살려면 이 빚 마감을 아니 하고는 견딜 수 없게 되었다. 그동안에 대개는 빚으로 막아왔다. 그러나 오늘에 와서는 빚을 막아야 할 곳은 많았으나, 막을 빚을 내어 올 곳은 하나도 없다.

그리하여 득춘 부부는 이러한 곤란을 어떻게 하면 피할 수 있을까 하여 여러 날을 두고 생각할 결과, 이 C촌을 슬그머니 도망하는 수밖에 없다고 마음에 작정하고 말았다. 아무리 생각하여도 눈앞에 닥쳐오는 곤란을 피할 도리가 없었고, 또는 그런 곤란을 어떻게든지 마감한다 해도 장래에 엄습하여 오는 생활 곤란을 방비할 계책이 막연하였다. 이러한 여러 가지 타산이 이 C촌을 도망하도록 결심하게 한 것이었다. 그리하여 득춘은 농사지어놓은 것을 한꺼번에 매갈잇간[3]에다 팔아버리고, 오막살이집도 다른 사람에게 넘기어버리었다. 이렇게 전 재산을 바꾼 돈 이백 원이 그 푸닥진[4] 호주머니에 깊이 들어있었다. 세간 집 물이란 것도 솥단지 몇 개와 장독대에 있는 항아리 같은 것과 사기그릇 나부랭이뿐이었다. 이것이 득춘 떠난 뒤에 뭇 빚쟁이들이 나누어 갈 다만 하나의 재산이었다.

득춘이 이 일을 계획하면서도 처음에는 몇 번이나 주저하였다. 만일 자기들이 떠난 뒤에라도 도적놈이나 무지한 자니 하는 그런 소리가 반드시 일어날 것을 생각하매, 차마 그 일을 실행할 수 없었다. 또는 이러한 것이 자기의 장래 일에도 큰 방해나 끼치지나 아니할까 하는 두려움 없는 것도 아니었지마는, 그가 그대로 C촌에 머물러 있도록 할 희망과 믿음직한 것이 그에게로는 하나도 없었다.

또 한 가지 득춘으로 하여금 용단을 내어 결국 이 일을 실행케 한 것은 득춘이 방금 실행하려는 그러한 일 같은 것이 이 전북평야 지방에는 비교적 많은 것이었다.

많은 가난한 사람들은 도조(稻租)[5]도 치를 수 없고, 다른 얻어 쓴 빚도 갚을 수 없어 집을 지니고 살 수 없는 경우이면 그

---
3 벼를 매통에 갈아서 현미를 만드는 일을 하는 곳.
4 비꼬는 뜻으로, 꽤 많다.
5 남의 논밭을 빌려서 부치고 그 세(稅)로 해마다 내는 곡식.

대로 농사진 것을 얼마 되든지 뭉뚱그리어가지고 다른 먼 지방으로 도망을 하던지, 그렇지 않으면 집안 식구가 다 각기 흩어져 바가지를 들고 걸식을 하였다.

그것이 그들의 이 세상을 살아가는 계책의 하나이었던 것이다. 그리하여 그들은 그와 같은 정처 없이 유랑 생활을 하는 것을 자기네의 운명처럼 여기던 것이다.

평일에는 득춘이 이러한 무리를 볼 때에 한 경멸과 조소로 대하였었다. 그리하던 득춘 자신이 이러한 일을 자기 스스로 실행하게 되었다. 이것을 생각하매 이러한 파멸에 갇힌 운명에 우는 자기 자신을 동정하는 동시에, 평일에 업수이여기는 눈초리로 그런 유랑 가족을 대한 것이 도리어 부끄러운 생각이 난다.

그러나 부끄러운 생각만으로 이 계획을 중지할 수는 없었다. 세상에는 자기 같은 짓을 하는 이가 하나 뿐이 아니란 생각이 도리어 이 일을 실행하도록 힘을 주고 있었다. 그리하여 오늘 저녁에는 이 계획을 실행하려고 밤이 깊기를 기다리고 있는 중이다.

득춘의 아내는 남편 시키는 대로 방 윗목으로 나와 먼지가 보얗게 앉은 행담[6]을 열고 의복을 집어내어 보로 싼다. 옷을 집어내는 손은 조금씩 떨리고, 눈에는 눈물이 괸다.

6 길 가는 데 가지고 다니는 작은 상자.

득춘은 아내의 그 모양을 물끄러미 바라본다. 하도 민망하고 조급한 듯이,

"그렇게 꾸무럭거릴 것이 무엇이여!"

하고 재촉한다.

"별로 입을 만한 것이 있어야지……. 모두 걸레밖에 안 되는 것뿐인데……."

하고, 아내는 다 해진 치마를 하나 끄집어내어 남편 앞에 펴 보인다.

"그런 것을 지금 보면 무슨 수가 있어? 그런 건 내버리고 가지."

이렇게 득춘은 말을 하기는 하였으나, 몇 해 동안 같이 살면서도 의복 한 벌을 변변히 해주지 못한 것이 새삼스럽게 부끄러운 생각이 났다.

그가 시집올 때에는 그네들은 그렇게 값 많은 좋은 것은 아니었지만, 그래도 장롱 속에서 옷을 내 입었다. 그리고 장롱 안에는 사철 입을 의복이 들어있었다. 또 C촌을 남몰래 떠나가는 오늘에는 두 식구의 의복이 부담상자[7] 하나에 차지 못했다. 그리하여 상자에 들었던 의복이 다시 보따리 속으로 들어가게 되었다. 이것을 생각할수록 오늘이 오히려 행복스러웠던 것이라 하였다. 장래에는 이보다도 더 불행하게 되면 그때

7 옷·책 따위를 담아서 말에 싣는 상자.

에 자기네는 어떻게 될까 하는 어떠한 호기심에 기끼운 두려움도 일어났다.

"우리는 이보다 더 못 되면 어떻게 될까요?"

하고, 아내는 눈물 머금은 눈으로 득춘을 바라본다.

"글쎄, 그런 말을 해서 무얼 해……. 잔말 말고 행장이나 차려……."

득춘은 미안한 듯이 이렇게 말한다.

"이렇게 가면은 어디로 간단 말이여?"

"잔말 말아! 다 작정이 있으니……. 여기서 굶어 뒤져도 부등가리살림[8]만 붙들고 있으면 그만이람! 굶어 죽는데야 누가 쌀 한 알 줄 터이야! 빨가벗고 얼어 꼬드러진데야 누가 옷 한 벌을 줄 터이야? 잔말 말고 어서 참아보아! 내둥[9] 간다고 하더니 지금 와서 앞이 어떻게 될 것을 물어서 무엇 할 터이야!"

하고, 옷 행담에서 옷 몇 가지를 가지고 방 아랫목으로 가서 갈아입기 시작한다.

떨어진 행주치마와 기름때에 묻은 저고리를 벗고, 분홍 명주 저고리에 옥색 명주 치마를 갈아입었다. 이것은 그에게는 깊이깊이 간수하여 두었던 다만 한 벌의 나들이옷이다. 동릿집 혼사 구경이나 또는 읍내에 볼일이 있어 출입할 때에는 반

8 부등가리(오지그릇이나 질그릇의 깨진 조각으로 만든 부삽 대신으로 쓰는 물건.)나 있는 정도의 살림. 매우 쪼들리는 어려운 살림.
9 내내.

드시 입던 귀중한 의복이었다. 평상복 입은 그대로 이 밤중에 도망가게 되면 더운 행색이 수상하게 보일까 그것을 염려하여 아끼고 아끼는 다만 한 벌의 나들이옷을 입게 된 것이었다.

옷을 갈아입은 아내는 딴사람처럼 어여뻐 보인다. 득춘은 저의 아내라고는 생각할 수 없을 만큼 어여쁘다고 생각하였다. 이러한 어여쁜 아내의 얼굴을 본 적은 결혼한 지가 사오 년이나 되었으나, 열 손가락을 다 꼽지 못할 만큼 그 횟수가 적었다. 일 년에 한두 번밖에는 볼 수 없었다. 이것은 아내가 새 의복 입는 때가 한두 번밖에는 아닌 까닭이다.

득춘은 컴컴한 등잔불에 은근히 보이는 아내의 아름다운 태도에 취한 듯이 물끄러미 바라보았다. 풀머리로 쪽진 것이며, 희멀건 얼굴 빛깔이며, 분홍 저고리며 옥색 치마며 모든 것이 빈틈없이 조화된 것 같았다.

그는 아내를 바라보며 '우리 여편네도 의복 치장이나 잘 시키고 화장이나 좀 하였으면 훌륭한 미인이 되리라.' 하는 생각이 자기가 방금 어떠한 길을 떠나는지를 전혀 잊어버리게 한 것처럼 나온다. 그는 이렇게 생각하는 순간에는 모든 불행에서 구원을 받은 듯 어떠한 행복을 느끼었다. 그리고 장가들던 시절의 모든 기억이 꿈결처럼 생각되었다. 그때는 지금보다도 더 아름다웠다. 이러한 기억이 문득 지나가매 결국

은

'너도 남편을 잘못 만나 이런 밤중에 도망까지 하게 되었구나!'

하는 탄식만이 입가에 떠돌았다.

이렇게 곱게 보이는 아내의 얼굴에는 암만하여도 사오 년 동안을 두고 가난과 싸운 흔적이 역력히 보인다. 다만 얼굴의 고운 모습이며, 눈과 코, 입과 귀가 꼭 놓일 곳에 놓인 것만이 옛날의 아름다운 것을 변함없이 그대로 내어 보일 뿐이다. 어쨌든 보는 사람을 끄는 어떠한 알 수 없는 힘이 있었다.

한참 동안이나 넋을 잃고 아내를 바라보던 득춘은 그 앞으로 가까이 가서

"이슬 내리는 밤에 명주 치마는 그만두지!"

한다

"다른 입을 것이 있어야지!"

하고 아내는 잠깐 생각하더니, 입은 명주 치마를 벗고 해진 무명 치마 하나를 앞에 내어놓았다.

득춘의 집안은 부부의 말소리조차 끊기었다. 컴컴한 등불만이 고요히 움직였다. 먼 마을에서 울기 시작한 닭 소리가 C촌까지 길고 가늘게 울리어왔다. C촌의 모든 닭도 울기 시작한다. 득춘은 아내를 앞세우고 가만히 싸리문 밖으로 나왔다. 득춘의 뒷등에는 보따리가 매달려있고, 그 아내의 머리 위에

는 보퉁이가 놓였다. 그들은 조심스럽게 마을 앞으로 통한 큰길로 나간다. 동릿집 개는 이상스러운 두 발소리를 듣고 짖기 시작한다. 몹시 짖던 개는 다시 수상한 남녀 두 그림자를 보고 내달았으며 악착스럽게 짖는다.

득춘은 가슴이 덜렁하였다. 아내도 그러하였다. 득춘은 하다 못하여 내닫는 개를 보고 손을 치며 "쉬!" 나무랐다. 개들은 "쉬!" 소리가 듣던 소리던지 짖던 것을 그치고 그대로 슬금슬금 제 집으로 돌아간다. 개와는 이만한 친함이 있었던 것이다. 그들은 큰길 위에 서서 자기 집을 다시 한 번 바라보았다.

때는 벌써 늦은 가을밤이라 찬 이슬은 곧 두 사람의 의복을 후줄근하게 적신다. 찬 기운이 엷은 의복을 뚫고 사이로 숨어드는 듯하다. 몸이 절로 웅크러진다. 하늘에는 구름 한 점 보이지 않는다. 수없이 반짝거리는 별만이 밤의 한울을 완전히 점령하였다. 가던 발을 멈추고 다시 집을 돌아다본다. 그러나 컴컴한 지붕만이 무슨 괴물같이 보일 뿐이다. 마을 앞에 늘어선 포플러나무의 찬바람에 흔들리는 것이 괴물의 맘을 전하는 것처럼 들린다. 그들에게는 이것이 마치 그대로 저를 내버리고 간다 하여 원망함을 표시함이나 다름없이 생각된다. 아내는 뒤를 돌아다보며 눈물을 흘린다. 어쩐지 걸음이 걸리지 않는다. 떼어놓은 발은 그 밑에다가 천 근이나 되는 납덩이를 달아 논 것처럼 무거웠다.

  그들은 생활에 시달리어 편한 날이 없이 이 땅에서 지낸 것을 잊어버린 것처럼 도망의 길을 떠나는 오늘 밤에는 전날에 상상치도 못하던 섭섭한 설움을 느끼었다. 그대로 내버린 몇 개 아니 되는 살림 기구도 모조리 그들을 원망하고 있는 듯 생각난다. 그들의 흥분된 신경에는 그 원망한 소리가 확실히 들린다. 득춘은 몸을 떨었다. 아내도 몸을 떨었다. 그들의 마음은 몸보다 더 떨었다. 그들은 눈에 눈물을 머금었다. 그러나 그들의 마음눈에는 피가 괴었다. 그리하여 득춘의 아내는 몇 번이나 가던 발길을 다시 돌이켜 집으로 들어갈까 생각하였으나, 무서운 결심이 영영 그를 붙들어 매지는 못하고 말았다. 그들은 잘 걸리지 않는 걸음을 억지로 걸었다.

  삼 년 전의 D어촌을 떠나 올 때와도 확실히 그 느낌이 달랐다.

  D를 떠나 C촌으로 올 때에는 아무리 자기네가 잔뼈가 굵었으며, 부모의 뼈다귀가 묻힌 곳이라 할지라도, 그다지 섭섭하지는 아니하였었다. 그러나 오늘에는 눈물이 절로 흐른다. 이전 D를 떠날 때에는 잠깐 볼일이 있어 어느 곳에 다니러 가는 듯한 느낌이 있었다.

  그러나 오늘 밤은 다시 돌아올 수 없는 길을 떠나는 듯한 느낌이 있다. 이전에는 떠나가던 느낌이 있었으나, 오늘 밤은 다른 사람에게 쫓기어 가는 듯한 느낌이 있다. 그 괴물 같은 지붕도 어느덧 어둠에 싸여버리고 말았다. 찬바람에 움직이는 포플러나무도 흐르는 별빛과 같이 사라지고 말았다. 그들은 인제는 틀림없이 자기의 집을 하직한 사람이 될 것을 다시 깨닫게 되었다.

득춘은 아내를 돌아보며 말한다.

"인제는 집도 안 보이네……. 참 팔자를 잘못 타고나면 별 고생을 다 해보는 것이야……."

아내는 아무 말도 없다. 두 사람은 발밑만 찬찬히 굽어보며 걸어간다. 그들의 집을 떠나는 지독한 슬픔은 옮기어 가는 발자취를 따라 차차 엷어지는 듯하다. 그 대신에 그들의 마음에는 자기들의 수상한 행색이 아는 다른 이에게 들키면 어찌할까 하는 염려가 점점 깊어간다. 그들은 발밑을 주의하여 급히 걸음을 걸을 수 있는 대로 급히 걸어간다.

어두운 가운데에도 신작로만은 희미하게 비치어 보인다. 그러나 수레 지나간 우둘투둘한 자국과 가끔 가다가 우뚝 솟은 돌부리에 그들 발부리가 툭툭 걷어차인다. 이러할 때마다 그들의 울렁거리는 가슴이 더욱 울렁거린다.

한참 동안은 아무 말 없이 걸었다. 득춘은 허둥지둥한 아내의 팔목을 이끌어준다. 아내는 한편 팔에 힘을 주어 남편이 끄는 대로 따라갈 뿐이다. 끌리어 따라가는 아내는 자기의 한

평생이 그이 손목을 붙들려 가는 것이나 다름없이 생각난다. 모든 장래에 대한 불안이 일어났다. 그리하여 '우리는 장차 어떻게 되겠느냐?' 물어보고자 하였으나, 다른 사람이 자기네의 뒤를 밟아 오는 듯하여 말을 끄집어내었다가도 멈추고, 몇 번이나 뒤를 돌아다보았다.

이와 같이 동편을 향하여 허둥지둥 서너 시간을 걸은 뒤에야 비로소 동편 하늘이 밝아온다. 처음에 남빛 유리를 대고 보는 듯이 모든 것이 여명이 푸른 놀에 쌓여 있다. 들 건너 희미하게 둘러서서 보이는 죽 잇대어 있는 산이 더욱 짙은 남색으로 보인다. 이러한 검푸른 하늘빛이 동편 하늘에서부터 차차 익은 수박 속같이 붉어 온다.

호남선 선로가 눈앞에 달아난다. 그리고 멀리 보이는 정거장 구내의 신호등이 하늘의 약간 남아 있는 별과 함께 반짝거린다. 득춘은 이제야 숨을 겨우 내려 쉬었다. 여러 시간을 두고 밤길 걸은 것이 꿈결처럼 생각난다. 그러나 명랑한 일기를 미리 일러주는 것같이 들 가운데에서 서편으로부터 한편 구석이 안개에 잠기기 시작한다.

아침 해가 훨씬 올라왔을 때에 북행 열차는 K역에 당도하여 밤길 걷기에 온몸이 피로하여진 득춘 부부를 싣고 북으로 북으로 달아났다.

득춘이 아내를 데리고 C어촌을 떠나 도망해 온 곳은 경부

선과 호남선이 접속하는 T역이었다. 이곳으로 온 목적은 돈을 한 번 흠씬 모아서 고생하던 옛날을 말하여가며 잘살아보자는 것이었다. 이것이 다만 그들의 이 세상을 살아가게 되는 큰 바람이었다.

그는 그러한 것을 꿈꾸지 않을 때가 별로 없었다. 그가 자기 고향에 있을 때에 다른 발이 넓게 돌아다니는 어느 친구에게서 이 세상에서는 돈벌이하는 데는 음식 장사가 제일이란 것을 들었고, 또 이런 장사를 하는 데는 철로의 승객이 많이 내리고 타는 정거장 근처가 가장 마땅하다는 것도 들었다. 그리고 여러 정거장 가운데에서 제일 유망한 것은 T역이란 것도 친구는 말하였었다. 그리하여 이 T역을 오게 된 것이다.

득춘은 T역에 도착하여 여관에서 수일을 머문 뒤에, 이 지방의 자세한 형편을 여관 주인에게 물었다. T여관 주인은 득춘을 볼 때부터 시골 농촌의 부부가 이러한 데 와서 머무르게 된 것을 심히 의심하였으나, 그들은 딴 사람끼리 몰래 도망하여 온 것도 같지 아니한 까닭에 그대로 두고 보던 터이라, 그리하여 모든 것을 친절히 일러준다.

득춘은 C어촌에서 생각한 바와 같이 돈 모으기가 그렇게 용이한 일이 아닌 것을 주인의 말을 듣고 깨달았다. 그러나 한 번 내놓은 걸음이라 어찌할 수 없이 주인에게 부탁하여 정거장에서 조금 떨어져 있는 곳에 가게를 한 채 세로 얻었다.

그 집 바로 앞에는 호남 지방으로 통하여 가는 일등로(一等路)[10]가 놓였었다. 그 길에는 날마다 자동차, 짐차, 인력거, 말, 소 같은 것이 끊임없이 지나간다. 음식 영업을 하기는 참으로 좋은 장소라고 생각하였다.

그는 약간 살림 기구를 장만한 뒤에, 바로 그곳에 술 가게를 열었다. 영업 허가니 무엇이니 하여 여러 가지 절차를 차리느라고 며칠 동안은 그대로 보내었으나, 별다른 고장 없이 허가도 쉬이 나오고, 기구 같은 것도 손쉽게 손에 들어와 바로 영업을 시작하게 되었다.

시작하는 며칠 동안에는 손이 그다지 많지 못하였다. 그러나 날이 갈수록 술꾼이 불어 왔다. 이것은 새로 술집이 생기었다는 소문을 듣고 술맛이 어떠한가 맛보러 오는 주객도 있었으나, 대개는 주모의 얼굴이 어여쁘다는 소문을 듣고 보러 오는 이들이었다. 물론 득춘의 가게에는 아직 양조 허가를 받지 못하여 다른 곳에서 사다 파는 술인즉 그 맛이 특별히 좋을 것도 없었고, D같은 마을에서 자란 여자의 솜씨인즉 안주 맛이 별달리 맛날 것도 없었다. 그러나 그 얼굴만은 이러한 주막에서 쉽게 볼 수 없는 어여쁜 얼굴이다.

득춘은 자기 아내를 이러한 곳에서 술을 팔게 하는 데에는 적지않은 불안을 느끼었다. 그리하여 여러 번 주저하였다. 첫

10 조선시대, 전국의 역로를 아홉 등급으로 나눈 가운데의 첫째 등급의 도로.

째, 본인 되는 아내가 그것을 기뻐하지 않았다. 그리고 큰 수치로 여기었다. 이것이 도리어 득춘으로 하여금 아내의 마음에 대하여는 안심하게 된 것도 사실이나, 술 먹으러 게걸대고 모여드는 중에는 사람다운 자가 하나도 보이지 않는 것을 볼 때에 장래에 대하여 알 수 없는 어떤 위험과 불안을 아니 느낄 수 없다. 어떤 때에는 이런 짓을 그만두고 문제가 일어나기 전에 다시 고향으로 돌아가는 것이 도리어 좋지나 아니한가 하는 생각도 났다.

그러나 그들에게는 그대로 C촌이나 예전 고향으로 돌아갈 면목이 없다. 그런 것을 도무지 모른 체할 용기도 없다. 또는 이런 영업은 그만두고 다른 것이나 하여볼까도 하였으나, 그들 부부에 상당하다고 할 직업은 없다.

이 일 저 일 생각할수록 득춘의 마음은 미칠 듯싶었다. 그러나 기왕에 일이 이렇게 된 이상에는 몇 년 동안 혀를 깨물고라도 참아보는 수밖에는 없다는 부르짖음이 절로 나왔다.

그러고는 이따금 공중누각을 그려본다. 이것은 자기의 고향에다 좋은 토지를 몇 섬지기 장만하여 두고, 그 토지에서 멀지 아니한 곳에 정결한 집을 지은 뒤에, 그 집에서 충실한 머슴이나 두엇 부리어 농사나 착실히 지어가며, 아내와 함께 어떻게 재미스러운 날을 보내게 됨이라 하는 것이다. 이런 생각만이 그의 마음의 전부일 때에는, 그는 뛰고 놀듯이 기뻤다. 이러한 공상과 불안과 번뇌로 그들은 며칠 동안을 보내었다.

술꾼도 다 돌아가고 밤은 이슥히 깊었다. 이 밤이라야만 그들은 비로소 부부답게 얼굴을 대하여왔다. 이 밤은 그들에게 몹시 기다리는 것의 하나이었다. 지금까지 밤이 이다지 그리운 일이 없었다. 그러나 술을 팔게 된 이후로 참으로 밤이 그리웠다. 밤이라야만 자기네 천지에 노는 듯하였다. 그리고 득춘은, 그 아내는 언제든지 자기의 것이란 의식이 이 밤에라야만 비로소 난다.

그러나 밤이 되면 더욱 적막한 생각이 났다. 아는 사람 없는 타관에 외로이 있다는 것을 새삼스럽게 느끼는 일도 많았다.

술을 판 지 그럭저럭 10여 일이 지난 뒤의 밤이다.

C촌을 떠나올 때보다 일기도 훨씬 추워졌다. 문틈으로 새어드는 바람은 바늘같이 사람을 찌른다. 득춘은 안방 아랫목에 목침을 베고 드러누워서 가만히 생각하여보았다. 자기 신세가 이렇게 될 줄은 몰랐다 하였다. 그래도 자기는 자기 고향에서 똑똑하단 말을 들었다…… 하는 조소가 한없이 귀에 울리어 온다. 그는 벌떡 일어났다. 방 안으로 두루두루 걸었다. 가겟방에서 술 취한 사람의 탁한 목소리가 가끔 들린다. 그리고 너털웃음 소리도 가끔 들린다. 이따금 무엇이라 대답

하는 자기 아내의 가는 목소리도 들린다. 그는 가슴이 뛰놀았다. 다시 목침을 베고 드러누워 담배를 피웠다.

한참 지난 뒤에 손들이 돌아가는 소리가 들리더니, 아내가 피곤한 기색으로 들어온다. 그는 원망하는 듯한 얼굴로 득춘의 앞 가까이 와 앉는다.

"여봐요, 이런 짓은 인제 그만두고 바가지라도 들고 나서서 차라리 빌어라도 먹지!"

아내는 눈물이 그렁그렁하며 말한다.

득춘은 아무 말 없이 한참 바라보다가 겨우 입을 연다.

"누가 이따위 짓을 하고 싶어서 허나! 참으로 창피한 일이지!"

"인제야 창피한 것을 알아……. 제 여편네를 끌고 와서 주막쟁이를 만들 생각이 날 때에는 그런 창피한 일이 있을 것도 짐작 못 하였던 것이로구만……."

이렇게 말하고는 아내는 눈물을 씻는다.

득춘은 오늘 저녁에 심상치 않은 일이 있었던 것을 알았다.

"무슨 일이야? 말을 하고 울든지 불든지 하지, 알 수가 있어야지!"

아내는 아무 대답도 없다.

"그러면 어떻게 하자는 말이야! 조금만 참아보지. 정 하다가 할 수 없으면 달리 어떤 방략을 내보세. 그렇게 짜증만 낼

것이 무어야! 걱정 마소……."

 득춘은 이와 같이 아내를 위로한다.

 "그런 말은 그만두어! 주막 질을 해서 돈을 모으면 얼마나 모으며, 모은들 그 돈이 무슨 소용이 있다드람! 아무리 좀 뻔뻔한 생각을 가지고 장사를 해 보려도 되어야지 말이지! 나는 날이 새면 죽을 날이 가까운 것 같더만……."

 "그만해두고 잠이나 자세! 주막 질보다 더한 것이라도 해서 돈만 모을 수 있으면 모아보자는 것이지, 별수 있어? 주막 질 한 돈이라고 주면 누가 안 받을 것인가? 별말 다 하네. 그저 일 년 동안만 눈을 찔끔 감고 이대로 가보세. 그래서 논마지기나 밭 마지기나 장만할 수 있으면 그만 치워버리고, C촌이든지 어디든지 고향 가까운 곳으로 가면 그만 아니야? 그리고 C촌에서 못 살고 밤중에 도망하던 일을 좀 생각해보아요. 참, 기가 막히네……."

 득춘은 이렇게 아내를 위로하기 겸 말을 하기는 하였으나, 그의 가슴에 불덩이같이 뜨거운 무엇이 놀았다.

 "그러면 일 년 동안만 견디어보지! 지금 어떻게 한 대도 별수가 없을 테니, 창피하지만 좀 참을밖에……."

 아내는 도리어 남편을 위로하듯이 대답한 뒤에 눈을 감았다.

 그들은 서로 아무 말도 없이 딴 곳을 바라본다. 한참 동안을 아무 말 없이 서로 바라보다가, 아내는 득춘의 무릎 위에 쓰러지며 컥컥 느껴 운다. 득춘은 오늘 밤에 심상치 않은 일이 난 것을 짐작하였다.

"여봐! 왜 그래! 말을 좀 해."

하고, 득춘은 무릎에 머리를 처박고 우는 아내의 등을 가만히 흔들었다. 그러나 아내는 아무 대답도 없이 한갓 느끼어 울 뿐이다. 득춘은 힘을 주어 등을 흔들며,

"말을 하우! 웬 까닭인지를 알 수 있어야 하지."

한다.

그래도 아내는 아무 말 없다. 득춘도 한참 동안이나 아내의 엎드러진 것을 굽어볼 뿐이다. 그리하다가 다시 묻는다.

"그래! 오늘 무슨 못 당할 일을 당하였단 말이야? 술꾼들이 무엇이라고 하던가? 응…… 대답을 좀 해……."

아내는 그제야 머리를 남편의 무릎 위에서 들고 눈물을 씻는다.

그러나 눈물은 역시 두 눈으로 흘러내린다. 그는 이런 말을 남편에게 하여 좋을는지, 그대로 두어 좋을는지 처음에는 알지 못하였다. 이 말을 그대로 자기 가슴에 넣어두는 것보다도 차라리 말하여버리는 것이 속이나 시원할 듯하였다. 그리하여 입을 열었다. 그러나 말이 잘 나오지 않는다. 혀가 꼬부라지는 듯하였다.

"어서 말을 하고 울든지 지랄을 하든지 해!"

이렇게 꾸짖는 듯한 말이 아내에게 말할 용기를 주었다.

"남부끄러워 살 수 없어!"

이 말을 들은 득춘은 가슴에서 무엇이 쿵 하고 내려앉는다. 그다음을 아니 들었으면 하는 생각이 문득 났다. 그러나 그 말을 그만두라 할 용기가 없다. 그대로 물끄러미 바라볼 뿐이다. 그러다가 짐짓

"주막장이야 남 보기 좋은 영업이 아닌 줄은 누가 모르나? 별안간 왜 그런 말을……."

하고, 다시 아내의 얼굴빛을 살핀다.

아내는 자기가 말하기 부끄럽다는 뜻을 이만큼밖에 해설할 줄 모르는 남편에게 다시 더 말을 하여 무엇 하나 하는 생각이 난다. 도리어 이만큼 말만 해두는 것이 남편의 속을 상하지 않게 하는 것이요, 또는 자기네의 부부간 정의(情誼)를 유지하는 데에도 도리어 유리한 것이 되리라 하였다.

그리하여 다시 어찌하여 남부끄러운 이유는 말하지 아니하려 하였다.

"무엇이 그렇게 남부끄럽단 말이여?"

득춘은 이와 같이 또다시 헤쳐 묻는다.

아내는 다시 생각하였다. 그 이유를 말하지 않는 것이 사실보다 더 큰 의심을 도리어 남편에게 주는 것이라 하였다. 그

래서 용기를 내어 대답하였다.

"얼굴 검고 키가 후리후리한 자가 우리 가게 열던 그 이튿날부터 날마다 왔지! 그게 어떤 놈이여?"

득춘은 그자가 연해 며칠을 날 따라다니므로 좀 수상하여 밥해주는 머슴에게 물어본 일이 있다. 머슴 말에는 건너 동리 사는 부잣집 서방님이라 하였다. 과연 모양 차리고 다니는 것이 어려운 집 자식은 아니었다. 이러한 주막으로 술 사 먹으러 다니는 자로서는 땟물이 훨씬 벗었다. 명주로 위아래를 감아 입고, 인모망건[11]에 호박풍잠[12]을 딱 붙이었다. 어쨌든 이와 같은 시골에서 젠체하는 사람이었다. 긴 담뱃대를 물고 신발을 질질 끌고 가는 것을 볼 때마다 득춘은 아니꼬운 생각이 났다.

아내의 말을 듣건대, 그 사람이 분명히 그자이다.

"왜 그래? 그자가 어째서 무어라 욕설을 하던가?"

득춘의 생각에는 아내의 남부끄럽다는 것이 이 욕설에 지나지 않기를 마음으로 바랐다.

"욕만 하면 좋게! 손을 붙들고…… 그리고 입을……."

여기까지 말하고는 다시 남편의 무릎에 쓰러진다.

득춘은 무엇이라 대답하여야 좋을는지 알 수 없이 묵묵히

11 사람의 머리털로 앞을 뜬 망건.
12 갓모자가 바람이 불어도 뒤로 넘어가지 않게 망건의 당 앞에 꾸미는 호박으로 만든 장식품.

앉았다.

아내는 겨우 다시 얼굴을 들어

"그리고 주머니에서 지표(紙票)[13]를 한주먹 꺼내더니, 이것 봐! 나하고 오늘 밤에……."

겨우 말을 꺼내고 그대로 느끼어 운다.

득춘은 마음이 쓰리었다. 그래도 자기는 제 고장에서는 똑똑하다는 말을 들어왔다. 똑똑한 자식이 계집에게 이러한 고통을 주게 해! 말아라. 어서 이런 것을 그만두고 차라리 빌어먹어라. 너는 계집을 팔아먹으려는 자이다.

이러한 꾸지람이 그의 마음 귀에 들린다.

"여봐요, 이런 영업은 그만하고 얻어먹어도 우리 고장으로 가도록……."

아내는 탄원하는 것처럼 말한다.

"그렇게 허지."

득춘은 이렇게 대답하기는 하였으나, 이것을 그만두고 어디로 갈까 하는 작정은 물론 없다.

"모두가 내 잘못이여!"

또다시 중얼대듯이 말한다.

두 사람은 잠깐 아무 말도 없이 서로 바라보고 앉았다. 득춘은 무릎 위에 놓인 아내의 손을 굽어보았다. 얼마 전에 그

13 지폐.

얼굴 빛깔 검은 상투쟁이가 잡은 손이다. 그리고 다시 발그스름하게 꼭 다문 입을 보았다. 그 입에는 술에 썩어가는 그자의 수염이 스치적거리었을 것이다. 득춘은 주먹이 절로 쥐어진다. 그리고 가슴이 벌떡거린다. 아내의 가엾은 생각이 전신에 사무치는 듯하였다.

그리하여 그는 아내를 껴안았다. 바깥은 고요하다. 다만 분노와 감사와 동정의 숨소리만이 득춘의 방에서 들릴 뿐이었다.

밤이 이슥이 깊었다. 득춘 부부는 겨우 잠이 들까 말까 하는 때였다. 그런데 요란히 대문을 두드리는 소리가 들린다. 득춘은 처음에는 이웃집인가 하고 그대로 가만히 있었다. 부르는 소리는 분명히 자기 집 문 앞에서 난다.

"아무나 없냐! 술 팔아! 이런 제기……."

하는 부르짖는 소리도 들린다.

득춘은 짐짓 가만두고 하회(下回)[14]를 보려 하였다. 그러나 그들은 가지 않고. 이번에는 발길로 문을 차는 소리가 들린다. 득춘은 할 수 없이 옷을 찾아 입고 문 바깥으로 나갔다. 그리하여 차는 문을 열었다. 바깥에는 후리후리하고 경골 빛 검은 부자댁 서방님이 어떤 자 하나를 데리고 왔었다.

그는 빈정대는 소리로

14 어떤 일의 결과나 상황.

"술 안 팔아! 벌써 돈냥이나 잡은 모양인걸!"

하며, 문 안으로 들어온다.

득춘의 가슴에서 무엇인지 치밀고 올라왔다. 그리고 두 주먹이 불끈 쥐어진다. 이것을 어떻게 하여야 좋을지 몰랐다. 이러하는 동안에 득춘의 아내도 방문 바깥으로 나와 큰 소동이나 아니 날까 두려워 떨고 있다.

부잣집 서방님은 비틀걸음을 치며 안으로 들어온다. 득춘은 참았다. 내일이라도 이런 장사를 그만두면 이런 꼴을 볼 이치가 없다. 술 취한 자를 가리어 말하면 무엇 하나 하여 참았다.

그리하여 부드러운 소리로

"오늘은 밤이 깊어서 술을 팔 수 없소."

하였다.

부잣집 서방님은 잘 돌아가지 않는 혀로

"팔 수 없소? 팔 수 없소? 왜 팔 수 없어? 팔 수 없다니 하는 말은 모르는 모양인걸!"

하며, 득춘의 앞으로 대든다.

"밤이 깊어서 안 판다는데 무슨 잔소리여!"

득춘의 전신에 피가 뛰놀았다.

"이놈 봐라! 막한(幕漢)[15]으로 꽤 번잡한 놈이다!"

15 예전에, 주막집에서 일을 보는 사내를 이르던 말.

하며, 술 취한 이는 비틀걸음으로 달려들어 득춘의 멱살을 붙들고 따귀를 한대 보기 좋게 부친다.

득춘은 정신이 아찔하였다. 두말할 것 없이 발길로 부잣집 서방님의 가슴을 한 번 질렀다. 그자는 뒤로 나동그라진다. 이것을 보고 섰던 따라온 자가 또 덤비었다. 그리하여 득춘의 집 마당에는 일대 격투가 일어났다. 득춘은 몸을 빼서 부엌으로 들어가서 참나무 장작개비를 손에 들고 나왔다. 눈에 보이고 손에 닥치는 대로 힘껏 두들기었다. 두 자는 쓰러져 누웠다. 득춘은 가슴을 헤치고 헐떡이는 숨을 진정하여가며 부르짖는다.

"이놈들! 먹고살 수 없어 주막 질을 해 먹으니까 남의 여편네조차 뺏어도 관계없는 줄 아냐? 그래도 나는 내 고장에서는 내로라하는 임득춘이다. 돈만 있으면 그만이냐! 좀 본때기를 해줄 터이나, 나도 내일부터 이 짓만 않으면 그만이다!"

꺼꾸러진 자들은 또 덤빈다. 그는 또 장작개비로 후려갈긴다. 또 그들은 꺼꾸러진다. 이러한 동안 동리 사람들은 하나씩 둘씩 모여들기 시작한다. 술 취한 자들은 다른 동리 사람에게 붙들리어 바깥으로 나갔다.

득춘은 숨을 한 번 내쉬었다. 아내는 벌벌 떨고, 그 곁에서 남편의 소매를 끌고 방으로 들어가기를 권한다. 득춘은 지금까지의 자기의 살아가려고 애쓰고 다른 사람에게 굴종한 것이 무엇보다도 부끄러웠다. 그러한 굴종에서 벗어나서 이렇게 복수할 때의 기쁨이 어떻게 큰 줄을 비로소 알았다. 아! 그 부자 놈! 나를 업수이 여기는 부잣집 서방님이라는 놈! 나의 한 주먹에 거꾸러져서 낑낑대는 그 약한 자를 볼 때의 유쾌한 마음―이것이다! 이것이다!

그리고 아내의 손에서 또는 입에서 더러운 것을 모두 씻어버리고 다시 예전과 같은 깨끗한 입을 대하는 듯하였다. 그는 그리하여 부르짖었다.

"이놈들 나는 처음으로 이 세상을 지내갈 방침을 정하였다. 내일 죽어도 좋다! 악은 악으로 갚을 터이다."

그리고는 이를 악물었다. 아내는 떨며 그 가슴에 안기어 울었다.

그 이튿날부터 득춘부부는 역 부근에서 얼굴을 볼 수가 없었다. 그 동리에 돌아다니는 말을 들으면 득춘은 제 고향으로 갔다기도 하였고 또는 경찰서에 잡히어 갔다가 다시 감옥으로 갔다기도 하였다.

그리고 부잣집 서방님은 주막장이 계집에게 반하여 다니다가 그 본 남편에게 죽을 매를 맞아 드러누웠다 하며 서방님을 따라갔던 자도 그러하다 하였다.

1926년 1월 『개벽』

백신애
꺼래이 / 적빈

백신애(白信愛)
1908~1939. 경북 영천 출생.
소설가.

밑바닥 인생의 생활상을 다루었으며 여성의 능동성과 여성으로 바라보는 사회의 모습을 사실적으로 묘사한 여류 소설가이다. 대구사범 강습과를 졸업하고 보통학교 교사와 잡지사 기자를 거쳤으며 여성동우회. 여자청년동맹 등에 가담하여 여성운동을 하였다. 1928년 시베리아를 여행하고 같은 해에 『조선일보』 신춘문예에 「나의 어머니」가 당선되어 데뷔하였다. 1934년 시베리아 여행을 작품화한 「꺼래이」를 발표하였고 이후 경산군 안심면에서 거주하며 가난한 농민들의 세계를 체험하여 이를 기반으로 「복선이」 「채색교」 「적빈」등을 발표하여 문단의 주목을 받았다. 유고작으로는 나이 어린 소년과의 사랑을 그린 「아름다운 노을」이 있다.
32세에 위장병 사망하였다.

주요작품 「나의 어머니」 「꺼래이」 「적빈」 「채색교」 「낙오」 「정현수」 「악부자」 「멀리 간 동무」 「아름다운 노을」

꺼래이[1]

끌려갔습니다.

순이(順伊)들은 끌려갔습니다. 마치 병든 버러지 떼와도 같이······.

굵은 주먹만큼 한 돌맹이를 꼭꼭 짜박은 울퉁불퉁하고도 딱딱한 돌길 위로······.

오랜 감금(監禁)의 생활에 울고 있느라고 세월이 얼마나 갔는지는 몰랐으나 여러 가지를 미루어 생각하건 대 아마도 동짓달 그믐께나 되는가 합니다.

고국을 떠날 때는 첫가을이어서 겹저고리에 홑 속옷을 입고 왔었으므로 아직까지 그때 그 모양대로이니 나날이 깊어가는 시베리아의 냉혹한 바람에 몸뚱아리는 얼어 터진 지가 오래였습니다.

순이의 늙으신 할아버지, 순이의 어머니, 그리고 순이와 그 외 젊은 사나이 두 사람, 중국 쿨리(勞動者)[2] 한 사람, 도합 여

---

1 고려를 러시아식으로 발음한 것. 러시아인이 조선인을 낮추어 부르는 말.
2 중국인 혹은 인도인 노동자.

섯 사람이 끌려가는 일행이었습니다.

'뾰족삿게'[3]를 쓰고 기다란 '빨도'[4]를 입은 군인 두 사람이 총 끝에다 날카로운 창을 끼어들고 앞뒤로 서서 뚜벅뚜벅 순이들을 몰아갔습니다.

몸뚱아리들은 군데군데 얼어 터져 물이 흐르는데 이따금 뿌리는 눈보라조차 사정없이 휘갈겨 몰려가는 신세를 더욱 애끊게 하였습니다. 칼날같이 산뜻하고 고추같이 매운 묵직한 무게를 가진 바람결이 엷은 옷을 뚫고 마음대로 온몸을 어여내었습니다.[5] 모든 감각을 잃어버린 '로보트' 같이 어디를 향하여 가는 길인지 죽음의 길인지, 삶의 길인지 아무것도 모르고 얼어빠지려는 혼(魂)만이 가물가물 눈을 뜨고 엎어지며 자빠지며 총대에 찔려가며 쩔름쩔름 걸어갔습니다.

"슈다!"

하면 이편 길로

"뚜다!"

하면 저편 길로 군인의 총 끝을 따라 희미한 삶을 안고 자꾸 걸었습니다.

길가에 오고 가는 사람들은 발길을 멈추고 애련하다는 표정으로 바라보며 어린아이들은 제 어머니 팔에 매달리며 손

---

3 러시아 모자 샤프카를 가리킴.
4 망토.
5 에어내다. 칼 따위로 도려내듯 베다.

가락질했습니다. 그러나 순이들은 부끄러운 줄 몰랐습니다.

'나도 고국 있을 그 어느 때 순사에게 묶여가는 죄인을 바라보고 무섭고 가엾어서 저렇게 서 있었더니……'

하는 생각이 어렴풋이 나기는 했습니다마는 얼굴을 가리며 모양 없이 웅크린 팔찜[6]을 펴고 걷기에는 너무나 꽁꽁 언 몸뚱이였으며 너무나 억울한 그때였습니다. 그저 순이들은 바람받이[7]에서 까물거리는 등불을 두 손으로 보호하듯 냉각해진 몸뚱어리 속에서 까물거리는 한 개의 '삶'이란 그것만을 단단히 안고 무인광야를 가듯 웅크려질 대로 웅크리고 눈물 콧물 흘려가며 쩔름쩔름 걸어갔습니다.

걷고 걷고 또 걸어 얼마나 걸었는지 순이의 일행은 거리를 떠나 파도치듯 바닷가에 닿았습니다. 어떻게 된 셈판인지 순이의 일행은 커다란 기선 위에 끌려 올라갔습니다.

어느 사이에 기선은 육지를 떠나 만경창파[8] 위에 술렁거리기 시작했습니다.

"아이구 아빠! 우리 아빠!"

"순이 아버지, 아이고 아이고, 순이 아버지."

"순이 애비 어디 있니? 순이 애비……."

순이는 할아버지와 어머니와 서로 목을 얼싸안고 일제히

---

6 '팔짱'의 북한어.
7 산지에서 바람을 직접 맞는 쪽의 경사면.
8 한없이 넓고 푸른 바다나 호수의 물결.

소리쳐 울었습니다. 가슴이 찢어지고 두 귀가 꽉 멀어지며 자꾸자꾸 소리쳐 불렀습니다.

"여봅쇼, 울지들 마오. 얼어 죽는 판에 눈물은 왜 흘려요."

젊은 사나이 두 사람은 순이들의 울음을 막으려고 애썼으나 울음소리조차 내지 못하는 순이의 할아버지는 그대로 털썩 갑판 위에 주저앉아 짝지[9] 든 손으로 쾅쾅 갑판을 두들기며 곤두박질하였습니다.

"여보시오, 우리 아버지가 저기서 죽었어요."

순이도 발을 구르며 소리쳤습니다.

"죽은 아들의 뼈를 찾으러 온 우리를 무슨 죄로 이 모양이란 말이오."

할아버지는 자기의 하나 아들이 죽어 백골이 되어 누워 있다는 ×××란 곳을 바라보며 곤두박질을 그칠 줄 몰라 했습니다.

그러나 기선은 사정없이 육지와 멀어지며 차차 만경창파 위에서 술렁거리기 시작했습니다. 그때 한 떼의 물결이 철썩 하며 갑판 위에 내려 덮이며 기선은 나무 잎사귀처럼 흔들리기 시작했습니다. 그 순간 일행은 생명의 최후를 느끼며 일제히 바람 의지가 될 만한 곳으로 달려가 한 뭉치가 되었습니다.

9 지팡이의 방언.

그때 중국 쿨리는 메고 왔던 보퉁이 속에서 이불 한 개를 꺼내어 둘러쓰려 하였습니다. 이것을 본 젊은 사나이 한 사람이 날랜 곰같이 달려들어 그 이불을 뺏어 순이의 할아버지를 둘러 주려고 했습니다.

중국 쿨리는 멍하니 잠깐 섰더니 갑자기 얼굴에 꿈틀꿈틀 경련을 일으키며 누런 이빨을 내어놓고 벙어리 울음같이 시작도 끝도 분별없는 소리로

"으어……."

하고 울었습니다. 그 눈에서 떨어지는 굵다란 눈물방울인지 내려 덮치는 물결 방울인지 바람결에 물방울 한 개가 순이의 뺨을 때려 붙였습니다.

순이는 한 손으로 물방울을 씻으며 한 손으로 이불자락을 당겨 쿨리도 덮으라고 했습니다.

"아이고 우리를 데리고 온 군인들은 어디로 갔을까……."

누구인지 이렇게 말하였으므로 일행은 고개를 들어 살펴보니 과연 군인 두 사람의 흔적이 없었습니다.

"모두들 추우니까 선실 안으로 들어간 게로군. 빌어먹을 자식들."

하고 젊은 사나이는 혀를 찼습니다. 그 말을 듣자 순이는 벌떡 일어나

"우리도 이러다가는 정말 죽을 테니 선실 안으로 들어갑시

다."

 하고 외쳤습니다.

 "안됩니다. 들어오라고도 않는데 공연히 들어갔다, 봉변당하면 어찌하게."

 하고 젊은 사나이는 손을 흔들며 반대했습니다.

 "봉변은 무슨 오라질 봉변이에요. 이러다가 죽느니보다 낫겠지요. 점잔과 체면을 차릴 때입니까?"

 순이는 발악을 하며 외쳤습니다.

 "쿨리에게 이불 빼앗을 때는 예사이고 선실 안에 들어가는 것은 부끄럽단 말이오? 나는 죽음을 바라 그대로 있기는 싫어요. 봉변을 주면 힘자라는 데까지 싸워 보지요."

 순이는 그대로 있자는 젊은이들이 얄밉고 성이 났습니다. 자기들의 무력함을 한탄만 하고 앉아 있는 무리들이 안타까웠던 것입니다.

 순이는 기어이 혼자 선실을 향하여 달려갔습니다. 기선은 연해[10] 출렁거리며 이따금 흰 물결이 철썩 내려 덮치곤 하였습니다. 일행의 옷은 물결에 젖고 젖은 옷깃은 얼음이 되어 꼿꼿하게 나뭇가지처럼 되었습니다.

 선실로 내려가는 층층대를 순이는 굴러떨어지는 공과 같이 내려갔습니다.

10 계속하여.

선실 안에는 훈훈한 공기가 꽉 차 있어 순이는 얼른 정신을 차릴 수가 없었습니다. 잠깐 두리번두리번 살펴보다가 한옆에 걸터앉아 있는 군인 두 사람을 찾아내었습니다. 순이는 번개같이 달려가 군인의 어깨를 잡아 젖히며

"우리는 죽으란 말이오?"

하고 분노에 떨리는 소리로 물었습니다.

군인은 놀란 듯이 잠깐 바라본 후 웃는 얼굴을 지으며 제 나라말로

"모두 이리 내려오너라."

라고 말했습니다.

순이는 선실 안의 사람들이 웃는 소리를 귀 밖으로 들으며 다시 갑판 위로 올라갔습니다. 풍랑은 사나울 대로 사나워 잠시라도 훈훈한 공기를 쏘인 순이의 창자를 휘둘러 몸에 중심을 잡고 한 발자국도 내어 디디지 못하게 하였습니다. 그러나 순이는 일행이 있는 곳을 바라보았습니다.

이제는 아주 얼음덩이가 된 이불자락에다 머리를 감추고 모두 죽었는지 살았는지 움직이지도 않고 있는 것이 보였습니다.

순이는

"모두 이리 오시오."

하고 소리쳤습니다마는 풍랑 소리에 그의 음성은 안타깝

게도 짓밟히고 말았습니다.

순이는 더 소리칠 용기가 없어 일행을 향하여 한 자국 내어놓자, 사나운 바람결이 몹쓸 장난같이 보드라운 순이의 몸뚱이를 갑판 위에 때려누이고 말았습니다. 다시 일어나려고 발악을 하는 그의 귀에 중국 쿨리의 울음소리가 야곡성[11]같이 울려왔습니다.

이윽한 후 군인 한 사람이 갑판 위로 올라와 본 후 순이를 일으키고 여러 사람도 데리고 선실로 내려왔습니다.

선실 안에 앉았던 사람들은 일행의 모양을 바라보며 모두 찌글찌글 웃었습니다.

병든 문둥환자의 모양이 그만큼 흉할는지, 얼고 얼어 푸르고 붉은 데다 검게 탄 얼굴로 콧물을 흘리며 엉금엉금 층층대를 내려서는 여섯 사람의 모양을 보고 우습지 않을 리 누가 있었겠습니까.

일행의 몸이 녹기 시작하자 시간은 얼마나 지났는지 기선은 어느 조그만 항구에 닿았습니다.

쌓아둔 짐 뭉치에 기대 누운 순이의 할아버지는 뼈끝까지 추위가 사무쳤음인지 한결같이 떨며 끙끙 앓기만 하고 순이의 어머니는 수건을 폭 내려쓰고 팔짱을 낀 채 역시 웅크리고 앉아 있었습니다.

11　夜哭聲. 한밤에 우는 소리.

"여기서 내리는 모양이구료."

젊은 사나이가 순이의 곁에 오며 말했습니다. 순이는 그곳에서 또다시 내릴 생각을 하니 다시 그 차가운 바람결이 연상되어 금방 기절할 것 같이 소름이 끼쳤습니다. 그러는 중에 군인이 일어서 순이의 할아버지를 총대로 툭툭 치며 무엇이라고 말했습니다.

"안돼요, 여기서 내릴 수 없소. 이 추운데 노인을 어떻게……"

순이는 군인의 총대를 밀치며 말했습니다. 군인은 신들신들 웃으며 어서 일어나라는 듯이 발을 굴렀습니다.

"아무래도 죽을 판이면 우리는 또 추운 데로 나갈 수 없소."

하고 할아버지를 가리워 앉으며 손을 내저었습니다. 군인은 한 번 어깨를 움쭉해 보이며 무엇이라 한참 지껄대니까 선실 안에 가득한 그 나라 사람들은 순이를 바라보며 혹은 웃고 혹은 가엾다는 듯이 머리를 흔들고, 서로 고개를 끄덕이며 중얼중얼했습니다. 순이는 그들의 중얼거리는 말소리에서

"꺼래이…… 꺼래이……."

하는 가장 귀 익은 단어가 화살같이 두 귀에 꽂히는 것을 느꼈습니다. '꺼래이'라는 것은 고려(高麗)라는 말이니 즉 조선 사람을 가리키는 것이었습니다. '꺼래이'라는 그 귀익고 그리운 소리가 그때의 순이들에게는 끝없는 분노를 자아

내는 말 같았습니다.

"우리가 지금 웃음거리가 되어 있는 것이로구나. 추움에 못 이겨, 또 아무 죄도 없이 죽음의 길인지 삶의 길인지도 모르고 무슨 까닭에 꾸벅꾸벅 그들의 명령대로만 따르겠느냐."

라고 순이는 부르짖었습니다. 그러나 사람들과 군인들은 순이를 무지몰식한 야만인, 그리고 무력하고도 불쌍한 인간들의 표본으로만 보았음인지 웃고 떠들고 '꺼래이'만을 연발하는 것이었습니다. 그때까지 웃으며 무엇이라 중얼거리기만 하던 군인 한 사람이 갑자기 정색을 지으며 총대로 순이의 옆구리를 꾹 찌르고 한 손으로 기다랗게 땋아 내린 머리채를 거머잡고

"쓰까래……"

라고 소리쳤습니다. 이것을 본 순이 어머니는 벌떡 군인의 턱 밑에서 솟아 일어서며 지금까지 눌러 두었던 분통이 툭 퉁기듯이 군인의 멱살을 잡으려 했습니다.

"여보십시오. 공연히 그러지 마시오. 당신이 여기서 발악을 하면 공연히 우리까지 봉변을 당하게 됩니다."

하고 젊은 사나이는 순이의 어머니를 말렸습니다. 군인들이 그 당장에 자기들의 취할 태도를 얼른 생각해 내지 못하여 눈만 커다랗게 뜨고 있는 것을 보자 순이는 히스테리 같은 웃음을 꽉 입안을 깨물며 눈물이 글썽글썽하였습니다.

"할아버지 일어나세요, 아버지의 뼈를 찾지 못했으나 아버지의 영혼은 고국으로 가셨을 것입니다. 공연히 남의 땅 사람과 발악을 하면 무엇합니까……."

순이도 울고 할아버지, 어머니 모두 주루룩 눈물을 흘리며 그 조그마한 항구에 내렸습니다.

일행 여섯 사람은 또다시 군인을 따라 이윽히 걸어가다가 붉은 기를 꽂은 ×××에 이르렀습니다. 그곳에 이르니 군인 복색 한 중국인 같은 사람이 일행을 맞았습니다. 같이 온 군인은 그곳 군인에게 일행을 맡기고 따뜻해 보이는 벽돌집 안으로 들어갔습니다.

순이들은 이제까지 언어를 통하지 못하여 안타깝던 설운 생각이 일시에 폭발되어 그 중국 사람 같은 군인의 곁에 따라갔습니다.

"여보십시오!"

순이는 그 군인이 행여나 조선 사람이었으면…… 하는 기대에 숨이 막힐 듯이 군인의 입술을 바라다보았습니다.

"왜 이러심둥?"

의외에도 그 군인은 조선 사람, 즉 꺼래이의 한 사람이었습니다. 일행 중 중국 쿨리를 빼고는 모두 너무나 반갑고 기뻐서

"아이고 당신 조선 사람이셔요?"

하고는 그 군인의 팔에 매여달리듯 둘러섰습니다.

"내! 나 고려 사람입꼬마."

그 군인은 이렇게 대답하며 순이를 바라보았습니다. 순이는 무슨 말을 먼저 해야 좋을지 몰랐으므로 잠깐 묵묵히 조선말 소리의 반가움에 어찌할 줄 몰라 했습니다.

"저 젊은이 당신 남편이오?"

하고 군인은 아무 감동도 없는 무뚝뚝한 표정으로 순이에게 젊은 사나이 둘을 가리켰습니다. 그제야 순이는 오랫동안 잊어버렸던 처녀다운 감정을 느끼며 얼어붙은 얼굴에 잠깐 부끄러운 표정을 지었습니다.

"아니올시다. 이 애는 우리 딸이야요. 이 늙은이는 우리 시아버님이랍니다. 저 젊은이들과 중국 사람은 ×××에서 동행이 된 사람인데 알지도 못하는 사람입니다."

순이의 어머니는 지금까지 같이 온 젊은이들보다 자기들 세 사람을 어떻게 구원해 달라는 듯이 이렇게 말했습니다.

"여기가 어데야요?"

순이만 자꾸 바라보는 군인에게 순이는 머뭇거리며 물었습니다.

"영기 말임둥? 영기는 ××××××라 합니!"

"여보시오!"

곁에서 젊은 사나이가 가로 찔러 말을 건네었습니다.

"우리 두 사람은 해삼위[12]에 있는……."

하고 말을 꺼내었으나 그 군인은 들은 체 아니하고

"어서 들어갑소. 영기 서서 말하는 것이 안입니."

하며 일행을 몰아 마주 보이는 허물어져 가는 흰 벽돌집을 가리켰습니다.

"여보시오. 우리를 또 감금한다는 말이오? 우리 두 사람 콤뮤니스트입니다. 우리는 감금 받을 이유가 없습니다."

라고 두 젊은이는 버티었으나 군인은 들은 체도 하지 않고 앞서 걸었습니다.

"여보시오. 나으리 우리 세 사람은 참 억울합니다. 나의 남편이 3년 전에 이 땅에 앉아 농사터를 얻어 살았는데 지난봄에 병으로 죽었구료. 우리 세 사람은 고국서 이 소식을 듣고 셋이 목숨이 끊어질지라도 남편의 해골을 찾아가려고 왔는데 ×××에서 그만 붙잡혀 한 마디 사정 이야기도 하지 못한 채 몇 달을 갇혀있다가 또 이렇게 여기까지 끌려왔습니다. 어떻게든지 놓아 주시면 남편의 해골이나 찾아서 곧 고국으로 돌아가겠습니다."

라고 순이 어머니는 군인에게 애걸을 하듯 빌었습니다.

"여보시오 나으리. 이 늙은 몸이 죽기 전에 아들의 백골이나마 찾아다 우리 땅에 묻게 해 주시오. 단지 하나뿐인 아들

---

12 海蔘威. 블라디보스토크.

이오. 또 뒤이을 자식이라고는 이 딸년 하나뿐이니 이 일을 어찌하오."

순이의 할아버지도 숨이 막히며 애걸하였습니다.

"당신 아들이 여기 왔심둥?"

군인은 울며 떠는 노인을 차마 밀치지 못하여 발길을 멈추고 물었습니다.

"네…… 후— 우리도 본래는 남부럽지 않게 살았습니다. 네…… 그런데 잘못되어 있던 토지는 다 남의 손에 가버리고 먹고 살길은 없고 하여 3년 전에 내 아들이 이 나라에서 돈 없는 사람에게도 토지를 꼭 나누어 준다는 말을 듣고 저 혼자 먼저 왔지요. 우리 세 식구는 오늘이나 내일이나 하고 우리를 불러들이기만 바랐더니 지난봄에 갑자기 죽었다는 소식이 오니……."

노인은 더 말을 계속할 수 없어 그대로 목이 메고 말았습니다. 군인은 체면으로 고개만 끄덕이더니

"영기서 말하면 안되옵니. 어서 들어갑소. 들어가서 말 듣겠으니."

하고 다시 뚜벅뚜벅 걸어 흰 벽돌집 안에 들어갔습니다.

조금 들어가니 나무로 만든 두터운 문이 있는데 그 문은 참새들의 똥이 말라붙어 있어 먼지와 말똥, 집수새[13]등이 지저

---

13 짚수세미.

분하게 깔려 있어 아무리 보아도 마구간이었습니다. 집 외양은 흰 벽돌이나 그 집의 말 못 할 속치장이 일행을 놀라게 하였습니다.

덜커덕 그 나무문이 열리자 그 안을 한번 들여다본 일행은 하마터면 뒤로 넘어질 뻔했습니다.

그 문 안은 넓이 7, 8평은 되어 보이는데, 놀라지 마십시오. 그 안에는 하얀 옷 입은 우리 꺼래이들이 '방이 터져라'고 차 있었습니다.

"아이그머니! 조선 사람들……"

순이의 세 식구는 자빠지듯 방 안으로 뛰어들어갔습니다.

"동무들, 방은 이것 하나 뿐입꼬마. 비좁드라도 들어가 참소."

맨 나중까지 들어가지 않고 버티고 서 있는 젊은 사나이 한 사람의 등을 밀어 넣고 덜커덕 문을 잠그고 군인은 뚜벅뚜벅 가 버렸습니다.

순이들은 잠깐 정신을 차려 방안을 살펴보니 전날에는 부엌으로 쓰던 곳인지 한쪽 벽에 잇대어 솥 걸던 부뚜막 자리가 있고, 그 곁에 블리키 물통이 놓여 있으며 좁다란 송판을 엉금엉금 걸쳐 공중(公衆) 침대를 만들어 두었습니다. 그 공중 침대 위에는 빽빽하게 백의 동포가 빨래상자의 상자 속같이 옹기종기 올라앉아 있었습니다.

좌우간 앉아나 보려 했으나 가뜩이나 비좁은 터에 또 여섯 사람이나 새로 들어앉을 자리가 있을 리가 없었습니다. 땅바닥에라도 앉으려 했으나 대소변이 질벅하여 발붙일 곳도 없었습니다.

문이라고는 들어온 나무 문과, 그 문과 마주 보는 편에 커다란 쇠창살을 박은 겹 유리문이 하나 있을 뿐이었습니다. 그 쇠창살도 부러지고 구부러지고 하여 더욱 그 방의 살풍경을 나타냈습니다.

"어찌겠오 앙? 여기 좀 앉소. 우리도 다 이럴 줄 모르고 왔었꽁이."

함경도 사투리로 두 눈에 눈물을 흠뻑 모으며 목 메인 소리로 겨우 자리를 비집어 내며 한 노파가 말했습니다.

가뜩이나 기름을 짜는 판에 새로운 일행이 덧붙이기를 해 놓았으니 먼저 온 그들에게는 그리 반가울 것이 없으련마는 그래도 그들은 방이야 터져 나가든 말든 정답게 맞아주며 갖은 이야기를 다 묻고 또 자기네들 신세타령도 하였습니다. 그래서 어떻게 빈줄러 내었는지[14] 순이의 세 식구와 젊은 사나이 둘은 올라앉게 되었는데, 이불을 멘 중국 쿨리는 끝까지 자리를 얻지 못하고, 아니 자리를 빈줄러 낼 때마다 뒤에 선 젊은 사나이들에게 양보하고 맨 나중까지 우두커니 서서 자

14 빈자리를 내다.

기 자리도 내어주기를 기다리고 있었습니다. 순이들은 그래도 동포들의 몸과 몸에서 새어 나오는 훈기에 몸이 녹기 시작하자 노근노근하니 정신이 황홀해지며 따뜻한, 그리운 고향에나 돌아온 것 같이 힘이 났습니다.

"저……됏늠은 앉을 자리가 없나? 왜 저렇게 말뚝 모양으로 서 있기만 해……."

하며 고개를 드는 노파의 말소리에 순이는 놀란 듯이 돌아보았습니다. 그때까지 쿨리는 이불을 멘 채 서 있었습니다. 순이는 갑판 위에서 이불을 나눠 덮던 그때의 쿨리의 울며 순종하던 얼굴을 생각해 보았습니다. 능히 자기가 앉을 수 있었던 자리를 조선 청년에게 양보해 준 그의 마음속이 가엾었습니다. 쿨리가 자리를 물려 준 그 마음은 도덕적 예의에 따른 것이 아님은 뻔히 아는 일이었습니다. 그 자리에 자기와 같은 중국 사람이 하나라도 끼어 있었으면 그는 그렇게 서 있지는 않았을 것입니다.

그때의 쿨리의 심정은 꺼래이로 태어난 이들에게는, 아니 더구나 보드라운 감정을 가진 처녀인 순이는 남 몇 배 잘 살펴볼 수 있었습니다. 순이는 가슴이 찌르르해지며 벌떡 일어나 그 나무문을 두들기기 시작했습니다. 이윽히 두들겨도 아무 반응이 없으므로 그는 얼어 터진 손으로는 더 두들길 수가 없어 한편 신짝을 집어 힘껏 문을 두들겼습니다.

"왜 두들기오. 안 옵누마."

하며 방 안의 사람들은 자꾸 말렸습니다.

그러나 순이는 자꾸만 두들겼더니 갑자기 문이 덜커덕 열렸습니다. 순이는 더 두들기려고 울러메었던 신짝을 그대로 발에 꿰어 신으며 바라보니 아까 그 조선 사람 군인이 서 있었습니다.

"어쨰 불렀음둥?"

하며 퉁명스럽게, 그러나 두들긴 사람이 순이였음에 얼마만큼은 부드러워지며 물었습니다.

"이것 보시오, 이렇게 좁은 자리에 어떻게 이 많은 사람이 앉을 수 있어요? 아무리 앉아 봐도 앉을 수가 없습니다. 다른 방으로 나누어 주든지 어떻게 해 주세요."

하고 얼굴이 붉어지며 서 있는 쿨리를 가리켰습니다. 군인은 고국 말씨를 잘 못 알아듣겠다는 듯이 자세히 귀를 기울이고 있더니

"동무, 말소리 잘 모르겠었꼬마, 무시기 말임둥, 앉을 재리가 배잡단 말입꼬이?"

하고 말했습니다. 순이는 기가 막혔습니다.

"참 어이없는 조선 동포시구려!"

김빠진 삐루[15]같이 순이는 입안이 믹믹하여졌습니다. 그때

---

15 Beer. 맥주의 일본어.

노파의 손자인 듯한 소년 하나가 하하 웃으며 뛰어나와

"예! 예! 그렇섯꼬이."

하며 순이를 대신하여 군인에게 대답하였습니다. 군인은 고개를 끄덕끄덕하며 두 손을 펴고 어깨를 옴쭉해 보이며

"할 쉬 없었꼬마, 방이 잉것뿐입꼬마."

하고는 문을 닫아 버리려 했습니다. 순이는 와락 군인의 팔을 잡으며

"한 시간 두 시간이 아니고 오늘 밤을 이대로 둔다면 어떻게 하란 말이에요. 상관에게 말해서 좀 구처[16] 해주시오."

하고 말했습니다. 군인은 휙 돌아서며

"동무들 내가 뭐를 알 쉬 있음등? 저 위에서 하는 명령대로 영기는 그대로만 합꼬마. 나는 모르겠꽁이."

하고는 덜컥 그 문을 잠그려 했으나 순이는 한결같이 잠그려는 그 문을 떠밀며

"여보세요, 이대로는 안됩니다. 무슨 죄야요, 글쎄 무슨 죄들인가요. 왜 우리를, 죄 없는 우리를 이런 고생을 시킵니까. 다 같은 조선 사람인 당신이 모르겠다면 우리는 어떻게 하란 말이여요."

군인은 난감하다는 듯이 다시 고개를 문 안으로 들이밀며

"글쎄, 동무들이 무슨 죄 있어 이라는 줄 압꽁이? 다 같은

---

16 사물을 구분하여 처리함.

조선 사람이라도 저 우에 있는 사람들은 맘이 곱지 못하옵니…… 나도 동무들같이 욕본 때 있었꼬마. ××에 친한 동무 없음둥? 있거든 쇠줄글(電報・전보)해서 ×××에게 청을 하면 되오리…….”

하고 이제는 아주 잠가 버리려 했습니다.

"아, 보십시오. 그러면 미안합니다마는 전보 한 장 쳐 주시겠습니까?”

이제까지 잠잠히 앉았던 젊은 사나이 둘이 무슨 의논을 하였는지 군인에게 이렇게 말했습니다.

"무시기?”

군인은 젊은 사나이의 말을 알아듣지 못하고 재쳐 물었습니다.

"전보 말이오. 전보 한 장 쳐달라 말이오.”

하고 젊은 사나이가 대답하려는 것을 노파의 손자인 소년이 또 하하 웃으며

"안입꼬마. 쇠줄글 말입니.”

하고 설명을 하였습니다.

"아아! 쇠줄글 말임둥, 내 놓아 드리겠꽁이.”

하며 사나이들에게 연필과 종이쪽을 내주더니

"동무 둘은 이리 잠깐 나오오.”

하며 두 사나이를 문밖으로 데리고 나가 버렸습니다. 순이

는 어이없이 서 있다가 문턱에 송판 한 조각이 놓인 것을 집어 들고 문 앞을 떠났습니다. 그 송판을 솥 걸었던 자리에 걸쳐 놓고 그 위에 올라앉으며 그때까지 그대로 서 있는 쿨리를 향하여

"거기 앉아……."

하며 자기가 앉았던 자리를 가리켰습니다.

"아! 이 뙛놈을 그리로 보냄세, 당신이 이리로 오소."

방 안 사람들은 모두 순이를 침대 위로 오라고 하였습니다. 쿨리는 그 눈치를 챘는지 순이의 자리에 앉으려던 궁둥이를 얼른 들며 손으로 순이를 내려오라고 하며 부뚜막 위로 올라앉았습니다.

그의 눈에는 눈물이 핑 돌며

"스파시보 제브슈까."

하였습니다. '아가씨 고맙습니다'라는 뜻인가 보다고 생각하며 침대 위로 올라앉았습니다. 쿨리는 짐 뭉치 속에서 어느 때부터 감추어 두었던지 새까맣게 된 빵 뭉치를 끄집어내어 한 귀퉁이 뚝 떼더니 순이 앞에 쑥 내밀었습니다. 쿨리의 얼굴은 눈물과 땟물이 질질 흐르고 손은 새까맣게 때가 눌러 붙어 기다란 손톱 밑에는 먼지가 꼭꼭 차 있었습니다.

"꾸쉬, 꾸쉬,"

한 손에 든 빵 쪽을 뭉턱뭉턱 베어 먹으며 자꾸 순이에게

먹으라고 했습니다. 순이의 눈에 눈물이 고여지며 그 빵 쪽을 받아 들었습니다.

"고맙소……."

하고 머리를 끄덕여 보이며 급히 한 입 물어뜯으려 했으나 하루 반 동안을 물 한 모금 먹지 않은 할아버지, 어머니가 곁에 있었습니다. 순이는 입으로 가져가던 손을 얼른 머무르며 할아버지에게

"시장하신 데 이것이라두……."

하며 권했습니다.

"이리 다고 보자."

어머니는 그제야 수건을 벗고 빵 쪽을 받아 한복판을 뚝 잘라

"이것은 네가 먹어라, 안 먹으면 안 된다."

하고는 또 한 쪽을 할아버지에게 드렸습니다.

할아버지는 남 보기에 목이 막힐까 염려가 될 만큼 인사 체면 없이 빵을 베어 먹었습니다.

"싫어, 난 먹지 않을 테야."

"왜 이래. 너 먹어라."

하고 순이 모녀는 한참 다투다가 결국 또 절반으로 떼어 한 토막씩 먹게 되었습니다마는 온 방 안 사람이 빵 먹는 사람들의 입을 물끄러미 바라보고 있는 것이었으므로 차마 먹을 수

가 없었습니다.

부뚜막 위에서 내려다보고 앉았던 쿨리는 자기가 먹던 빵을 또 절반 떼어

"순이 너 이것 더 먹어라."

라고나 하듯이 순이에게 주었습니다.

순이는 얼른 손이 나가다가 문득 생각났습니다. 자기들은 중국 사람들이라고 자리조차 내어주지 않던 것이……

그러나 이미 주린 순이는 두 번째 빵 쪽을 받아 쥐고 있었습니다.

방 안의 사람들은 모두 세 집 식구로 나뉘어 있는데 도합 열아홉이었습니다. 늙은이, 노파, 젊은 부부, 총각, 처녀들이었습니다. 그들이 순이 모녀를 붙들고 하는 이야기를 들으면 모두 함경도 사람이며, 고국에는 바늘 한 개 꽂을 만한 자기들 소유의 토지라고는 없는 신세라 공으로 넓은 땅을 떼어 농사하라고 준다는 그 나라로 찾아온 것이었는데, 국경을 넘어서자 ×××에게 붙들려 순이들처럼, 감금을 당했다가 이리로 끌려왔다는 것이었습니다.

"이 땅에는 돈 없는 사람 살기 좋다고 해서 이렇게 남부여대[17]로 와 놓고 보니 이 지경입꾸마. 굶으나 죽으나, 고국에 있었더면 이런 고생은 안 할 것을……"

17 남자는 지고 여자는 인다는 뜻으로, 가난한 사람들이 살 곳을 찾아 떠돌아다니는 것을 이르는 말.

젊은 여인 하나가 이렇게 한탄했습니다.

"우리는 몇 번이나 재판을 했으니 또 한 번만 더하면 놓이게 되어 땅을 얻어 농사를 하게 되든지 다시 이대로 국경으로 쫓아내든지 한답대."

속옷을 풀어 젖히고 이를 잡기 시작한 노파가 말했습니다.

"우리가 무슨 죄일꼬……농사짓는 땅을 공떼어 준다길래 왔지……."

늙은이 하나가 끙끙 앓으며 이를 갈 듯이 말하자

"참말 그저 땅을 떼어 준답두마, 우리는 바로 국경에서 붙들렸으니까 ××탐정꾼들인가 해서 이렇게 가두어 둔 거지!"

하고 늙은이의 아들인 성한 사나이가 말했습니다.

"아이구 말 맙소. 아무래도 우리 내지 땅이 좋습두마, 여기 오니 '얼마 우자' 미워서 살겠습디?"

하고 사나이를 반박하였습니다.

'얼마우자'. 이것은 조선을 떠나온 지 몇 대(代)나 되는 이 나라에 귀화(歸化)한 사람들을 이르는 말이니 그들은 조선 사람이면서도 조선 말을 변변히 할 줄 모르는 것이었습니다. 분명한 '마우자'[18]도 되지 못한 '얼'인 '마우자'란 뜻이었습니다.

"못난 사람들 '얼간'이라는 말과 같구료."

18 러시아 사람.

하고 어머니가 오래간만에 웃었습니다.

"아까 그 군인도 역시 '얼마우자' 로구먼."

하고 순이가 중얼거렸습니다. 이 말을 들은 노파의 손자는 또 깔깔 웃었습니다.

"아이구 어찌겠니야, 여기서 땅을 아니 떼어 주면 우리는 어찌겠니……."

노파는 웃을 때가 아니라는 듯이 걱정을 내놓았습니다.

"설마 죽겠소. 국경 밖에 쫓아내면 또 한 번 몰래 들어옵지요. 또 붙들어 쫓아내면 또 들어오고, 쫓아내면 또 들어오고 끝에 가면 뉘가 못 이기는기 강 해봅지요. 고향에 돌아간들 발붙일 곳이라고는 땅 한 조각 없지, 어떻게 살겠읍니……."

자기가 먼저 앞장서서 일을 주선하여 데리고 온 듯한 사나이가 이렇게 말했습니다.

"아이고 듣기 싫소, 이놈의 땅에 와서 이 고생이 뭐꼬…… 글쎄."

"아따 참, 몇 번 쫓겨가도 나중에는 이 땅에 와서 사오일 갈이(四五日耕)[19] 쯤 땅을 얻어 놓거든 봅소."

"아이구……어찌겠느냐……."

노파는 자꾸 저대로 신음만 하였습니다.

한시도 못 참을 것 같은 그 방 안의 생활도 벌써 일주일이

19 사오일 걸려서 갈 만큼의 땅.

계속되었습니다.

 아침에는 일찍 일어나 일제히 밖으로 나가 세수를 시키고, 저녁에 한 번씩 불리워 나가 대소변을 보게 하는 것이었습니다. 일정한 변소도 없이 광막한 벌판에서 제 맘대로 대소변을 보게 하는 것이었습니다.

 하루는 억지 대소변 시간에 순이는 대소변이 마렵지 않아 혼자 방 안에 남아 있다가 쓸쓸하여 밖으로 나갔습니다.

 그 날 밤은 보름이었던지 퍽이나 크고도 둥근 달이었습니다. 시베리아다운 넓은 벌판 이곳저곳에서 모두들 뒤를 보고 있고, 군인 한 사람이 총을 잡고 파수를 보고 있었습니다. 물끄러미 뒤보는 사람들을 바라보며 서 있는 순이에게 파수병이 수작을 붙였습니다.

 "저 달님이 퍽이나 아름답지?"

 라고나 하는지 정답게 제 나라말로 순이 곁에 다가섰습니다. 순이는 웬일인지 그 나라 군인들이 겁나지 않았습니다. 총만 가지지 않았으면 맘대로 친하여질 수 있는 정답고 어리석고 우둔스런 사람들 같게 느껴졌습니다.

 "……"

 순이도 언어가 통하지 않으므로 말을 할 수 없고 하여 달을 가리키고 뒤보는 사람들을 가리킨 후 한번 웃어 보였습니다.

 군인은 아주 정답게 나직이 웃고 입술을 닫은 채 팔을 들어 달을 가리키고 순이의 얼굴을 가리키고 난 후 싱긋 웃고 순이를 와락 껴안으려 했습니다. 순이는 깜짝 놀라 획 돌라서 방 안을 향하여 달음질쳤습니다. 군인은 순이를 붙들려고 조금 따라오다가 마침 뒤를 다 본 사람이 서 있는 것을 보고 그대로 서 있었습니다.

그 이튿날이었습니다. 아침에 식료(食料)를 가지고 온 군인의 얼굴이 전날과 달랐으므로 순이는 자세히 바라보니 그는 훨씬 큰 키와 하얀 얼굴과 큼직하고 귀염성 있는 눈을 가진 젊은 군인이었습니다.

'어제저녁 파수 보던 그 군인······.'

순이는 속으로 말해 보며 얼른 고개를 돌리려 했습니다. 군인은 싱긋 웃어 보이며 그대로 나갔습니다.

그 날 하루가 덧없이 지나간 후 또 대소변 보는 시간이 되었습니다. 공연히 순이는 가슴이 울렁거려 문을 꼭 닫고 방 안에 남아 있었습니다.

이윽고 뒤를 다 본 사람들이 돌아오자 문을 잠그러 온 군인은 역시 그 젊은 군인이었습니다. 순이는 가만히 구부러진 쇠창살을 휘어잡고 달 밝은 시베리아 벌판의 한쪽을 내다보고 있었습니다.

"아이고 어찌겠느냐······."

노파는 밤이나 낮이나 이렇게 슬프게 부르짖으며 늙은이

는 끙끙 신음을 시작하였습니다. 언제나 밤이 되면 일층 더 심하게 안타까워하는 그들이었습니다.

젊은 내외는 트집거리고[20] 여기저기 신음 소리에 순이의 가슴은 더욱 설레어 적막한 광야의 밤을 홀로 지키듯 잠 못 들어 했습니다.

이 이튿날 아침 일찍 웬일인지 군인 두 사람이 들어와서 먼저 있었던 여러 사람을 짐 하나 남기지 않고 죄다 데리고 나갔습니다.

"아이고 우리는 또 국경으로 쫓겨나는구마, 그렇지 않으면 왜 이렇게 일찍 불러내겠느냐."

노파는 벌써 동당[21] 발을 구르며

"아이고 아이고 어찌겠느냐."

라고만 소리쳤습니다.

방 안에는 순이들 세 식구만 남아 있고 그 외는 다 불려 갔습니다. 갑자기 방 안이 텅 비어지니 쌀쌀한 바람결이 쇠창살을 흔들며 그 방을 얼음 무덤같이 적막하게 하였습니다.

세 식구는 창 앞에 가 모여 앉아 장차 자기들 위에 내려질 운명을 예상하고 묵묵히 앉아 있었습니다.

그때 한 떼의 사람들이 일렬로 늘어서서 앞뒤로 말을 탄 군인을 세우고 건너편 벌판을 걸어가는 것이 보였습니다.

20 공연히 들추어내어 불평을 하다.
21 동동.

"어찌겠느냐, 어디를 가누마……."

노파의 귀 익은 슬픈 부르짖음이 화살같이 날아와 순이 세 식구가 내다보는 창을 두들겼습니다.

'이리에게 잡혀가는 목자 잃은 양 떼와도 같이 헤매어 넘어온 국경의 험악한 길을 다시금 쫓겨 넘는 가엾은 흰옷의 꺼래이 떼…….'

눈물이 자르륵 흘러내리는 순이의 눈에 꼬챙이로 벽에 이렇게 새겨져 있는 것이 보였습니다.

'이 몸도 꺼래이니 면할 줄이 있으랴.'

바로 그 곁에 또 이렇게 씌어 있었습니다. 순이도 무엇이라도 새겨 보고 싶었으나 자꾸만 눈물이 났습니다.

'아버지, 아버지는 왜 이 땅에 오셨습니까. 따뜻한 우리 집을 버리시고…… 할아버지와 어머니와 이 딸은 아버지의 해골조차 모셔가지 못하옵고 이 지경에 빠졌습니다. 아버지의 영혼만은 고향 집에 가옵시다. 순이.'

라고 눈물을 닦으며 손톱으로 새겼습니다.

그 날 해도 애처로이 서산을 넘고 그 키 큰 젊은 군인이 문을 열어 주어도 세 식구는 뒤보러 나갈 생각도 하지 않고 울었습니다.

그렇게 몇 날을 지낸 이른 아침이었습니다. 순이 세 식구는 또 밖으로 불리워 나갔습니다. 나가는 문턱에서 그 키 큰 군인이 아무 말 없이 검은 무명으로 지은 헌 덧저고리 세 개를 가지고 차례로 한 개씩 등을 덮어 주었습니다.

"추운데 이것을 입고라야 먼 길을 갈 것이오. 이것은 내가 입던 헌것이니 사양 말아라."

하고 쳐다보는 순이들에게 힘없는 정다운 눈으로 무엇이라 말했습니다.

"감사합니다."

순이들은 치하했으나 군인은 그대로 입을 다물고 순이의 등만 툭 쳤습니다. 비록 낡은 덧저고리였으나 순이들은 고향을 떠난 후 처음 맛보는 인정이었습니다.

넓은 마당에 나서자 안장을 지은 두 마리의 말이 고삐를 올리고, 처음 보던 조선 군인이 손에 흰 종이쪽을 쥐고 서서

"동무들 할 수 없었꼬마, 국경으로 가라합니."

하고는 할아버지부터 차례로 악수를 해준 후

"잘 갑소……."

라고 최후 하직을 했습니다. 순이들이 아버지의 백골을 찾아가게 해 달라고 아무리 애걸했으나 다시 무슨 효험이 있을 리 만무했습니다.

"자 가누마, 잘 갑소."

그 '얼마우자' 군인도 처량한 얼굴로 길을 재촉하자 두 사람의 군인이 총을 둘러메고 말 위에 올랐습니다. 그중의 한 사

람은 키 큰 젊은 군인이었습니다.

　황량한 시베리아 벌판, 그 냉혹한 찬바람에 시달리며 세 사람은 추방의 길에 올랐습니다. 벌판을 지나 산 등도 넘고 얼음길도 건너며 눈구덩이도 휘어가며 두 군인의 말굽 소리를 가슴 위로 들으며 걷고 걸었습니다. 쫓기어가는 가엾은 무리들의 걸어간 자취 위에 다시 발을 옮겨 디딜 때 자국마다 피눈물이 고여 있었습니다.

　말 등 위에 높이 앉은 군인 두 사람은 높이높이 목을 빼어 유유하게 노래를 불러 그 노랫소리는 찬 벌판을 지나 산 너머로 사라지며 쫓겨 다니는 무리들을 조상[22]하는 것 같았습니다.

　이따금 추움과 피로에 발길을 멈추는 세 사람을 군인은 내려다보고 다섯 손가락을 펴 보았습니다. 아직 오십 리 남았다는 뜻이었습니다.

　한 떼의 싸리나무 울창한 산길을 지날 때 어느덧 산 그림자는 두터워지며 애끓는 시베리아의 석양이었습니다.

　어머니와 순이에게 양팔을 부축받은 할아버지가 문득 발길을 멈추더니 아무 소리 없이 스르르 쓰러졌습니다.

　"할아버지! 할아버지."

　"아버님, 아버님."

22　남의 상사에 대하여 조의를 나타냄. 문상. 조문.

부르는 소리는 산 등을 울렸으나 할아버지는 대답이 없었습니다.

말에서 내린 군인들은 할아버지를 주무르고 일으키고 해 보며 이윽히 애를 쓴 후 입맛을 다시고 일어서 모자를 벗고 잠깐 묵도를 하였습니다.

키 큰 군인은 다시 모자를 쓴 후

"순이!"

하고 부른 후 이미 시체가 된 할아버지 목을 안고 부르짖는 순이의 어깨를 가만히 쓰다듬었습니다.

그때 천군만마같이 시베리아 넓은 벌판을 제 맘대로 달려온 바람결이 쏴— 싸리 숲을 흔들며,

"순이야, 울지 말고 일어서라."

고 명령하듯 소리쳤습니다.

1934년 1월~2월 『신여성』에 발표
1937년 『현대 조선 여류문학 선집 전경』

적빈[1]

 그의 둘째 아들이 매촌(梅村)이라는 산골에 장가를 간 후로는 그를 부를 때 누구든지 '매촌댁 늙은이'라고 부른다. '늙은이'라는 위에다 '매촌댁'이라고 특히 '댁'자를 붙여 부르는 것은 이 늙은이가 은진 송씨(恩津宋氏)인 고로 송우암(宋尤菴)[2] 선생의 후예라고 그 동리에서 제법 양반 행세를 해오든 집안이 친정으로 척당[3]이 됨으로서의 부득이한 존칭이다. 그러나 지금에 와서는 존칭으로 '댁'자를 붙여 준다고는 아무도 생각지 않았다. 아무라도 '매촌댁 늙은이' 하면 의례히 '더럽고 불쌍하고 남의 일 해주는 거지보다 더 가난한 늙은이다' 하는 멸시의 대명사로 여기는 것이었다. 그뿐 아니라 요즈음에 와서는 '매촌 늙은이'라고 '댁'자를 쑥 빼고 부르는 사람도 있어 졌다. 그래도 늙은이는 그것을 노엽게 생각할 만한 양반에 대한 애착심이 낡아빠져서 아무런 생각도 느끼

1 몹시 가난함.
2 송시열. 조선의 문신, 성리학자.
3 뜻이 크고 기개가 있음.

지 않았다.

몇 해 전 그가 늘 허드렛일을 해 주러 다니는 그 동리 면장의 집 아들이 장난 말끝에

"늙은이의 이름이 뭐요?"

하고 물었다.

"히힝, 내 말인가. 늙은이가 무슨 이름이 있어!"

"그래도 왜 없어요. 똥덕이었소, 개똥이었었소?"

하며 놀려대는 것이었다. 그는 젊은 놈이 당돌하게 늙은이의 이름을 묻는다는 것이 와락 분해져서

"왜? 나도 예전에는 다 귀하게 큰 사람이오. 우리 할아버지는 송우암 선생의 자손이오 글이 문장[4]이라오. 내 이름도 할아버지가 귀한 딸이라고 귀남이라고 지었다오!"

하며 자기도 옛 세월 같았으면 너희들은 감히 나의 집에도 만만히 못 들어올 상놈들이다 하는 뜻을 암시하여 양반 자랑을 한 것도 지금 생각하면 다 우스운 일이었다.

"돈 없고 가난하면 지금 세상은 이런 것."

이라 하는 것만은 날이 갈수록 더 똑똑하게 알려질 뿐이었다.

가난하다면 이 매촌댁 늙은이보다 더 가난할 수는 없는 것이다.

4 글을 뛰어나게 잘 짓는 사람.

그의 맏아들은 오래전에 죽어버린 자기 남편과 마찬가지로 '도야지'라고 설명을 듣는 멍청이였다. 모든 일에는 도야지같이 둔하고 욕심 많고 철딱서니 없고 소견 없는 멍청이면서도 술 먹고 담배 피우는 데는 일 당 백이었다. 그래서 남의 집에서 품팔이라도 하면 돈이 손에 들어오기 바쁘게 술집으로 쫓아가는 것이었으므로 몸에 입은 옷이라고는 자칫하면 감추는 물건이 벌렁 내다보일 지경이었다.

그 동생은 스물여덟에 남의 집에서 고용살이로 모았던 몇 량 돈으로 매촌으로 장가를 들고 얼마 남은 것으로 형 되는 '도야지'도 장가를 들여주려고 했으나 눈 빠진 사람이 아니고는 그에게 딸을 내어줄 사람이 없었다. 그러나 이렇게 못난이 '도야지'라도 사위를 보려는 사람이 있었다. 그는 스무 살이나 먹도록 시집 못 보내고 둔 벙어리 색시의 아버지다. 도야지는 벙어리라고 흠으로 생각할 인물이 못되어 '계집 얻는다'는 것만이 좋아서 싱글벙글하며 넓적한 콧구멍을 벌렁거리며 장가를 들었다.

늙은이는 아들 둘을 다 장가보내고 나니 이제는 걱정할 것이 없다고 생각했으나 장가를 보내고 나니 걱정은 더 많아졌었다. '도야지'는 한날한시로 술만 찾아다니고 벙어리는 매촌의 아내와 같이 있는 늙은이에게 와서 배고프다고 우는 것이었다.

매촌이는 장가 든 후에도 고용살이를 하는 고로 그의 아내는 늙은이와 날만 새이면 남의 집으로 돌아다니며 일 해주고 밥 얻어먹고 해서 살아오므로 고용살이로 받은 돈은 그대로 남겨두게 되었다. 남겨둔다 하더라도 1년에 10원 내외이나 늙은이는 백만 재산같이 귀중히 여겨 몸에 걸칠 옷 한 가지 바꾸어 입을 것이 없는 것은 생각할 줄도 몰랐다. 아주 옷이 없어지면 산골로 돌아다니며 무명베 짜는데 품팔이를 한다. 산골에서는 예전과 같이 아직까지도 제 손으로 옷감을 짜는 것이다. 한 필을 짜면 무명베 몇 척씩을 삯으로 받아가지고 며느리 한 가지, 자기 한 가지씩 옷을 해 입는 것이었다.

품삯이나 받는 것 같이 그들 셋은 뼈가 부서지도록 일을 해주고 돌아다녔으나 그래도 별걱정은 없었다.

"어서 몇 백냥 모이게 되면 그것으로 남의 논이나 밭을 대지(貸地)[5]로 얻어서 제 농사를 해 보리라."

하는 것만이 매촌의 부부와 늙은이의 유일한 희망이었다.

매촌이가 장가 든 지 4년 만에 이럭저럭 뼈를 깎아 모은 돈이 2원 모자라는 60원이나 되었다. 매촌은 그 돈 중에서 15원을 떼어 일간 토옥[6] 다 허물어져 가는 것을 사 가지고 생전 처음으로 자기의 집이라는 것을 가지게 되었다. 늙은이도 기뻐했던것이다. 그랬더니 남은 돈 43원으로 대지를 하기 전에 홀

---
5   세를 받고 빌려 주는 땅.
6   한 칸밖에 안 되는 작은 토담집.

딱 날려 보내고 말았다. 동리에서도 똑똑하고 잘 하는 신용 있는 매촌이었으나 한꺼번에 많은 돈을 쥐고 보니 가뜩이나 마음이 벙벙한 데다가 돈 냄새를 맡은 다른 동리 알부랑[7] 노름꾼들에게 속아 넘어서 하룻밤에 휘딱 날려 보내고 만 것이었다. 매촌은 두 눈에 불을 켜고 뼈가 녹은 것 같이 쓰라리게 아까워서 죄 없는 담뱃대만 힘껏 두들겨 부수었다. 손에 쥐인 것 같이 믿고 믿었던 농사하는 그들의 꿈은 그대로 애처롭게 물거품으로 돌아가고 말게 되었으므로 늙은이는 온 밤이 새도록 아들을 조르며 죽는다고 목을 놓고 우는 것이었다.

"죽일 놈들 도적놈들 내 돈 43원을 그대로는 못 먹을 것이다."

매촌은 딱 버티고 앉아 이를 갈았다. 그러나 한번 낚기운 돈이 아무리 간장을 녹인 들 도로 제 손안에 들어올 리가 없는 것이었으나 그래도 매촌은 제 돈 찾으러 매일같이 노름판에 드나들었다. 그러는 중에 그는 제 자신도 모르는 사이에 어느 동리 알탕 노름꾼으로 변하고 말았다. 단순한 매촌이었었던 만큼 그의 변화는 쉽고 빠른 것이었다.

늙은이와 며느리는 태산같이 믿었던 매촌이가 그 모양이 되고 오직 하나 희망이었던 제 농사짓는다는 것도 꿈으로 돌아간 후 죽지도 살지도 못할 판에 끼여 한결같이 남의 집에

7 아주 못된 부랑자.

다니며 입만은 살아갔다. 1년 12달 남의 솥에 익혀 낸 것만 얻어먹는 그들이라 비록 일은 해주고 먹는 것이라 해도 동리 사람들은 공밥을 먹이는 것같이 그들을 천대하는 것이다. 늙은이에게서 '매촌댁'의 '댁'자를 쑥 빼고 '매촌 늙은이'로 붙이게 된 것도 이때부터이다.

큰아들 도야지나마 이제는 심을 채울 나이도 된 지 오래였건마는 그는 술 한잔이면 제 목이라도 베어줄 작자였으므로 죽도록 일을 해 주고도 술만 얻어먹고 그대로 오는 것이었고 벙어리는 또 저대로 밥만 얻어먹고는 죽을뚱 살뚱 일을 해 주는 것이었다. 그러나 이중에 또 불행이 하나 더 덮쳐 도야지는 그 마을에서 쫓겨나게 되었다. 그것은 몇 날 술을 먹지 못하여 못 살 지경에 이른 도야지가 한 꾀를 생각해 가지고 술집에 가서 술 한 잔만 주면 나무 한 짐 해다 주겠다는 약속으로 먼저 술 한 잔을 얻어먹었다. 그리고는 갖다 줄 나무가 없어 나무 베기를 엄검하는 사방공사(沙防工事) 해 노은대 같이 한 짐 잔뜩 버혀지고 내려오다가 일꾼 대장에게 들켜 나뭇짐은 나뭇짐대로 다 빼앗기우고 죽도록 얻어맞고 술집 마누라에게까지 무한 욕을 먹고 한 까닭에 그는 그 동리에서 쫓겨난 것이었다.

그 길로 매촌에게 왔으나 매촌이 역시 알부랑 노름쟁이라 하는 수가 없었다. 그래서 그는 하는 수 없이 오리(五里) 가량 떨어진 동리에 가서 남의 집 곁방살이로 들어갔다. 방세는 내지 않더라도 그 집의 바쁜 일은 거들어주겠다는 약속이었다. 그러나 당장에 입에 넣을 것이 없었으므로 벙어리를 두들기며 밥 얻어오라고 하는 것이었으나 벙어리는 이미 당삭[8]이 된 커다란 배를 가리키며 서럽다는 듯이 우는 것이었다. 그래도 도야지는 어떻게든지 해서 양식을 얻어올 궁리는 하지 못하고 벙어리를 조르다가 지치면 그의 어머니인 늙은이가 무엇이나 가져다주지나 않나! 하는 턱없는 꿈을 꾸며 뒹굴뒹굴하기만 하는 것이었다.

이따금 담배 생각이 나면 들에 나가서 '씬랭이'의 꽃을 따다가 대에 넣어가지고 쥐새끼 소리를 내며 빨아대는 것이었다.

벙어리는 자기 뱃속에서 꿈틀꿈틀하며 태아(胎兒)가 놀면 몸서리를 치며 무서워했다.

"빌어먹을 년, 어린애가 그러지 않나 겁은 왜 내여?"

하고 벼락같이 소리를 지르나 알아듣지 못하고 끙끙 하는 소리로 울며 자기 배를 쿡 쥐어지르는 것이었다. 하루 한 끼도 얻어먹지 못하는 그들이라 벙어리의 커다란 두 눈은 쇠눈깔 같이 험악하였다.

늙은이는 어느 날 밤에 큰 호랑이 두 마리가 꿈에 보이더라

8 아이 밴 여자가 해산할 달을 맞음. 또는 그달.

고 하며 그 이튿날 아침에 매촌의 아내를 보고 꿈 이야기를 하는 것이었다.

"아마도 오늘내일 간에 너희 둘이 다 아들을 낳을라는가 보더라……."

하며 신기하다는 듯이 며느리를 바라보는 것이었다. 매촌의 아내도 벙어리와 같이 당삭 이었던 것이다.

"한꺼번에 둘이 다 해산을 한다면 이 일을 어쩔까. 작은 며느리는 그래도 해산 후에 먹을 것이나 준비해 두었지마는 저 벙어리를 어떻게……."

늙은이는 혼자 중얼거리며 채머리를 쩔내쩔내 흔드는 것이었다. 적은 며느리는 해산하면 먹는다고 쌀 다섯 되, 보리 한 말을 준비해 두기라도 했거니와 벙어리는 지금 당장에 굶고 있는 판이니 그 일이 난감하였다.

혼자 생각하다 못해 노란 것, 흰 것, 검은 것이 한데 섞인 몇 가락 안 되는 머리를 손가락으로 감아서 꽁쳐 매고 누덕누덕 깁은 적삼에 걸레 같은 몽당치마를 입고 빨리 집을 나섰다. 그는 그 길로 바로 단골로 다니며 일해 주는 집들을 돌아다니며 사정 이야기를 하고 얼마만큼만 꾸어주면 나중에 그만큼 일을 해주리라고 애원을 해도 한 집도 시원하게 대답하지 않았다.

"모다 그 늙은이는 참 그런 이들을 자식이라고 걱정을 해.

먹일 것도 없을 줄 알며 어린애는 왜 만들었어?"

하고 비웃고 핀잔 주고 놀려주고 할 뿐이었다. 늙은이는 이 즈러지고 뿌리만 남은 몇 개 남지 않은 이빨을 드러내며 "히에 —" 하고 고양이같이 웃어 보이는 것이었다. 웃으면 곯아 비틀어진 우붕[9] 뿌리 같은 그 얼굴에 누비질한 것 같이 잘게 깊게 잡힌 주름살이 피며 주름 사이에서 햇빛을 보지 못한 살이 밧고지운 것같이 여기저기 드러나는 것이었다.

"그러기에 말이지. 자식 놈들이 몹쓸 놈이지. 그저 벙어리가 불쌍해서 그러는 거요……."

하고는 다시 한번

"히에 —"

웃어 보이고 돌아서 나오는 것이었다.

그는 행여나! 하는 생각으로 마지막으로 또 한 집에 들렀다. 오랫동안 천대받고 학대받아 온 늙은이라 남들의 냉정한 것을 슬프게나 원망스럽게 느낄 줄 몰랐다. 그리고 낙심할 줄도 몰랐다. 마지막 들린 집에서는 쉽사리 동정을 하는 것이었다.

"에구, 불쌍해라. 아이는 하필 저런데 가서 잘 태어나거던……."

하며 쌀 한 되, 보리 두 되, 장 한 그릇, 미역 한쪽, 명태 한 마

9 '우엉'의 방언.

리를 별말 없이 내어주는 것이었다. 밥 한 그릇에 온 전신이 녹도록 고맙다고 생각하는 이 늙은이라 이렇게 과분한 적선에는 도리어 고마운 줄 몰랐다. 그의 고마움을 느끼는 신경은 너무나 한도가 적었던 까닭이다. 그의 신경은 모조리 감격에 차고 이 여러 가지에 대한 감사를 일일이 다 느끼기에는 그의 신경이 모자랐던 것이다.

늙은이는 채머리[10]만 절래절래 흔들며 연방 혀끝으로 콧물을 잡아 뜯듯이 닦았다. 아무 고맙다는 인사도 없이 그는 여러 가지를 바구니 속에 넣어가지고 머리에 이었다.

그 집을 나와 한참 도야지 있는 마을을 향해 걸어가다가 그는 힐끔 한번 뒤를 돌아보고는 얼른 바구니에서 명태를 끄집어내어 품속에 감추었다.

"이것은 작은 며느리 해산하거든 주지."

그는 벙어리만 중하게 생각하는 것 같아서 명태는 감추었다가 작은 며느리를 주려는 것이었다.

도야지가 있는 방 지게문을 덜컥 열어젖히니 방안에서는 더운 김과 퀘퀘한 냄새가 물씬 솟았다. 도야지는 혼자 방에 누웠다가 부시시 일어나 앉았다.

"그것 뭐요. 배고파라!"

하며 힐끔 아래서부터 옆으로 늙은이를 쳐다보는 것이었

10   채머리. 머리가 저절로 계속하여 흔들리는 병적 현상.

다. 그 모양이 정말 도야지 같아서 늙은이는 속으로 쓴웃음을 쳤다. 방 안 모양도 도야지 우리 같았거니와 그의 느린 동작과 조그만 눈이 살그머니 흘겨보는 상은 병들은 도야지 그대로였다. 다만 한 가지 참도야지처럼 살이 툭툭 찌지 않은 것만이 다를 뿐이었다.

늙은이는 지긋지긋하게도 못나고 망나니인 두 아들을 원망이나 미워하는 것도 이제는 그만 지쳐서 그대로 잠자코 방으로 들어갔다.

"그것 뭐요!"

입 가장자리가 뽀얗게 침이 타 붙은 것을 손등으로 슬쩍 닦으며 배고파 못 견디겠다는 듯이 재차 묻는 것이었다.

"무엇이야 아무것도 아니지. 젊은 것이 해산을 하면 무엇을 먹이려고 밤낮 이러고만 있어."

늙은이는 목에 말라붙은 것 같은 적은 소리로 노하지도 않고 곱게 타이르는 것이었다.

"일하려 갈내두 배고파서……."

"그렇다고 누웠으면 하늘에서 밥이 떨어지나. 젊은 깃은 어디 갔어?"

"뒷산에 나물 캐러 갔는가……."

늙은이는 네 손가락으로 뒤통수를 덕덕 긁으며 답답해 못 견디겠다는 듯이 벌떡 일어섰다.

"이것은 해산하면 먹일 약(藥)이다. 손도 대지 말아라!"

하고는 가지고 온 바구니를 윗목에 밀어놓고 밖에 나와, 짚을 한숨 쥐어다가 그 위에 눌러 덮었다.

"정말 이것은 손을 대지 말아라. 아이를 낳으면 먹일 약이다."

늙은이는 열 번 스무 번 당부를 하는 것이었다.

"음! 그래 웬 잔소리는……."

하고 도야지는 온 몸뚱이의 껍질만 남겨두고 모든 정신이 그 바구니 속에 쏠리어 늙은이의 말은 지나가는 바람 소리로만 여기는 것이었다. 늙은이는 도야지의 속마음을 잘 들여다볼 수 있었다. 아무리 당부해도 그 말을 실행할 도야지가 아닌 것도 잘 알았으나 조금이라도 아껴 먹도록 하라는 뜻으로 자기도 몇 번이나 부탁만은 하는 것이었다. 그러나 아무리 지혜 없는 '축신이' 도야지라 할지라도 사십에 가까운 사나이에게 양식을 약이라고 말하는 자기가 서글프기도 하였거니와 그들에게 있어서는 양식이라는 것은 생명줄을 이어 주는 귀하고 중한 약이 아니고 무엇이냐. 밥을 약과같이 먹어야 하는 너희들이 아니냐 하는 생각도 났으므로 늙은이는 다시 또 입을 떼지 않고 그 방을 나섰다.

집으로 돌아오는 길에도 행여나 벙어리와 마주칠까 해서 명태 한 마리는 품에 숨긴 채 왼편으로 그 위를 누르고 빨리 돌아왔다. 작은 며느리는 일하러 나가고 없었으므로 부엌 한 옆에 구덩을 파고 넣어둔 쌀 항아리 뚜껑을 열고 명태는 쌀 속에 파묻어 두었다. 그리고 자기도 어디 가서 좀 일을 해주고, 점심을 때우리라는 생각으로 그대로 집을 나왔다.

그는 그 길로 면장의 집으로 갔다.

"늙은이, 어서 오소. 이 애가 웬일이요!"

하며 면장의 마누라는 세 살 먹은 계집애를 안고 마루에서 어쩔 줄 몰라 하는 판이었다.

"왜? 어디가 아픈가?"

늙은이는 얼른 마루로 올라가서 익숙한 솜씨로 어린애의 이마와 가슴을 만져보았다.

"지금까지 뜰에서 놀던 것이 갑자기 이 모양이야!"

어린애는 정말 열이 나고 괴로운 울음을 우는 것이었다.

"별일 없어요. 어대 봅시다."

늙은이는 어린애를 받아 안고 오므려진 입술을 더 오므려 가지고 가만가만히 가슴과 배를 만지는 것이었다. 평생에 하도 많이 남의 집을 들어 다닌 늙은이라 남의 앓는 것도 많이 보았거니와 고치는 것도 많이 보고 듣고 해 온 것이라 지금에 와서는 웬만한 병은 자기의 생각나는 대로 조제할 약도 가르쳐 주고 '객귀'[11]도 물여주고 채정[12]도 내려주고 하여 신출내

11 객지에서 죽은 사람의 혼령. 잡귀(雜鬼).
12 체증.

기 의원보다 동리에서는 더 믿는 것이었다. 그러므로 면장의 마누라도 늙은이에게 안심하고 아이를 맡기는 것이었다.

과연 어린애는 이윽고 소화되지 않은 음식을 토하기 시작하더니 한참 만에 그대로 잠이 들었다. 늙은이는

"후—."

한숨을 하고 툇마루로 나와 앉으며,

"한숨 포근히 자고 나거든 노글노글한 조당수[13]나 끓여 먹이고 저녁도 먹이지 말고 그대로 재우면 별일 없을 것이요."

하였다. 마누라도 안심한 듯이 늙은이에게 줄 밥을 참견하였다.

늙은이는 밥과 반찬 찌꺼기를 얻어가지고 툇마루 한옆에서 씹지도 않고 묵턱묵턱 삼키기 시작했다.

"에구, 늙은이. 천천히 좀 먹으면 어떤가. 그렇게 막 삼켰다가 걸려 죽으면 어째……."

마누라는 늙은이의 밥 먹는 양을 바라보다가 주의를 시키는 것이었다.

"히엥—."

늙은이는 애교 있는 웃음을 웃고 간청어 꼬리를 뼈째로 모조리 묵턱 베어 우물우물하더니 입이 움쑥하며 꿀꺽 소리를 내고 삼키는 것이었다.

13 좁쌀 가루에 술을 쳐서 미음처럼 쑨 음식.

"에그머니, 뼈를 막 먹네."

"히엥! 걱정하지 마소. 죽어도 먹다가 죽는 것은 복이 아니요?"

그는 그의 버릇인 '히엥' 하는 고양이 웃음 같은 소리로 한 번 더 웃어 보이고 연방 주먹만큼 한 밥숟가락이 오르내렸다.

"저 늙은이의 창자는 무쇠로 된 것이야!"

마누라는 자기도 침을 삼키며 찬장에서 먹던 김치찌개를 더 내어주었다. 늙은이는 지금까지 먹으라고 주는 것을 사양해 본 적이 없는 판이라 주는 김치도 넙적 받아 국물부터 후루룩 삼켜 보는 것이었다. 그의 몸뚱이는 곯아 비틀어졌어도 오직 그의 창자만은 무쇠같이 억세고 든든하였던 것이다. 지금까지 배앓이를 해 본 적이 없는 그이었다.

그 날은 이것저것 거들어주고 저녁까지 얻어먹고 돌아 나올 때 마누라는 늙은이의 치마자락에 보리 두어 되를 부어 주었다.

"에구, 이것은 왜?"

하면서도 사양하지 않고 그대로 집으로 돌아왔다. 그는 그 보리를 가져다가 헌 누더기 조각에 싸 가지고 녀느리 몰래 부엌 나무 단 밑에 감추었다. 벙어리의 양식이 없어지면 가져다 주려고……

그런지 며칠 만에 벙어리가 해산 기미로 누웠다는 통보를 듣고 부랴부랴 달려간 때는 오정이 훨씬 지나서이다.

방문을 덜컥 열어젖히니 벙어리는 죽겠다고 머리를 방구석에 틀어박고 끙끙하며 손으로 벽을 쥐어뜯고 있고 도야지는 조급한 듯이 연기도 나지 않는 담뱃대만 쪽쪽 빨며 쥐새끼 소리를 내고 앉아 있었다.

"언제부터 저러냐?"

늙은이는 방에 들어가 앉으며 아들에게 묻는 것이었다.

"몰라요. 어젯밤부터 아직까지 물도 한 모금 마시지 않네요!"

늙은이는 벙어리의 고통을 잘 알았다. 아무것도 먹지 못해 기운이 없어 속히 어린애를 낳지 못하는 것이다 하는 생각이 들자

"전에 가져다준 것 어디 있어?"

하고 물었다.

"뭐? 그거 다 먹었지."

"뭐? 언제?"

늙은이는 기가 막혔다. 그까짓 쌀 한 되 보리 두 되를 먹는다니 입에 붙일 것이나 있었으리요마는 미역까지 다 먹었다는 말에 와락 속이 상했다.

"빌어먹을 놈, 그것을 죄다 먹다니……."

기운이 없어 아이를 속히 낳지 못하고 끙끙하는 벙어리를

앞에 두고 늙은이의 가슴은 어리둥절하였다. 우선 조금 남아 있는 장으로 솥에 찬물 한 바가지를 붓고 물을 끓여 벙어리에게 두어 숟갈 먹였더니

"아버바!"

하는 고함소리와 함께 방바닥에 새빨간 고깃덩어리가 떨어지며 '으아!' 하고 힘 있는 첫소리를 쳤다. 늙은이는 탯줄을 끊으려 해도 가위도 아무것도 없어 생각하는 판에 도야지가 달려들어 입으로 탯줄을 석컥 베었다. 방바닥이라 해도 문 앞에 다 떨어진 사리[14] 자리가 손바닥만치 깔려있을 뿐이었으므로 어린애는 맨흙 위에 그대로 누어 새빨간 팔과 다리를 꼬물락거리며 입술을 오물락거리고 있었다. 늙은이와 도야지는 얼른 어린애의 다리 사이를 헤치고 보았다. 조그만 무엇이 달리어 사나이라는 것을 뚜렷이 증명하고 있었다. 늙은이는 갑자기 두 팔을 덜덜 떨며 두리번두리번 살피다가 하는 수 없이 손 빠르게 자기의 치마를 벗어 어린애를 싸 가지고 자리 위에 눕혔다. 벙어리는 죽은 것 같이 늘어져 누워 있었다. 도야지는 뜻도 없던 말소리를 혼자 분주히 중얼거리며 담뱃대를 쥐었다 놓았다 벙어리를 만져보았다 하는 깃이다. 늙은이는 잠시 가만히 앉아 예순셋에 처음으로 보는 손자라 그런지 그의 가슴은 감격에 꽉 차 가지고 웬일인지 눈물이 줄줄

14 국수·새끼·실 따위를 사리어 감은 뭉치.

흘러내렸다.

연해서 안태(胎)를 낳자 그만한 피를 감당할 수 없어 떨어진 '가마니' 쪽에다가 태를 움켜 담아 도야지를 시켜 뜰 한 옆에 가서 불사르라고 시켰다.

"저것을 무엇을 먹일까!"

늙은이는 자기 집 나무 밑에 감추어둔 보리 두 되가 생각났으나 지금 그것을 가지러 가려 하니 몸을 빼서 나갈 수 없고 도야지를 시키려니 작은 며느리에게 들킬까 걱정이 되어 자기 팔이라도 베이고 싶었다. 그럴 때 집주인 마누라가 이 모양을 알아채고 쌀 한 그릇을 주는 것이었다.

늙은이는 그것으로 밥을 지어 벙어리에게 크게 한 그릇 먹이고 남는 것은 바가지에 긁어 담았다.

"그 년 어린애 낳고 아프지도 않나베. 밥이야 억세게 먹어댄다. 나도 배고파 죽겠는데. 제―기."

도야지는 뜰에서 태를 태우며 버럭 소리를 지르는 것이었다. 늙은이는

"빌어먹을 놈, '축신이' 같이."

하며 바가지의 밥을 덜어서 도야지를 주고 자기는 손가락에 묻은 밥알만 뜯어먹었다. 어린애도 만지고 벙어리 몸도 단속하는 사이에 해는 저물어 갔다. 그는 남은 밥을 벙어리에게 먹여놓고 차마 어린 것을 덮어 준 치마를 벗기지 못해 떨어진

속옷 바람으로 어둡기를 기다려 자기 집으로 보리를 가지러 가는 것이었다.

작은 며느리가 알면

"보리는 누구 것이오. 왜 숨기었다가 가져가요."

하고 마음을 상할까 하여 그는 가만히 자기 집으로 들어갔다. 매촌이는 또 노름방으로 갔는지 며느리 혼자서 깜박거리는 호롱불을 켜고 옷끈을 끌러놓고 '벼룩' 잡는다고 부시럭거리고 있었다. 늙은이는 자취 없이 부엌으로 들어가 나무 밑에 손을 넣어 살그머니 보리 꾸러미를 끌어내었다. 진작 도로 나오려다가 조금 멈칫하고 생각한 후 재주 있는 '쓰리'[15]와 같은 손짓으로 쌀 항아리 속에 손을 넣었다. 전날 쌀 밑에 감추어두었던 '명태'가 쌀 위에 쑥 빠져나와 있었다.

"아이구, 며느리가 보았구나."

하는 생각이 들자 그는 얼른 항아리에서 손을 빼어 집을 빠져나왔다.

보리 뭉치만을 옆에 끼고 번개같이 달려가서 도야지에게 갖다 주고

"이것으로 죽을 쑤어 너는 조금씩만 먹고 어린애 어미만 먹여라!"

고 몇 번이나 당부하고 자기는 다시 집으로 돌아오는 것이

15 겨울에 잉어 따위의 고기를 낚기 위해 얼음을 끄는 쇠꼬챙이

었다.

 텅 빈 뱃가죽은 등에 가 붙고 입안과 목 안은 송정으로 붙인 것 같이 입맛을 다시면 찢어지는 것 같이 따가웠다. 저까짓 보리 두 되로 몇 날을 지탱시킬까 하는 생각이 들자 그의 두 다리는 가리가리 힘이 빠지고 도야지와 매촌이의 못난 것이 새삼스럽게 얄미웠다. 그러나 눈앞에는 조그마한 어린애의 사나이라는 표적만이 어릿어릿 나타났다 사라졌다 하는 것이었다.

 "원수는 외나무다리에서 만난다고 적은 며느리마저 오늘 밤에 해산을 하는 판이면……"

 하는 생각이 나자 그는 두 눈이 아물아물 어두워지며 금방 앞으로 꼬꾸라질 것 같았다. 연방 흘러져 내리는 속옷을 한 손으로 움켜잡고 떨어진 속옷 사이로 코끼리의 껍질 같은 몸뚱이를 벌름거리며 그대로 줄달음질을 치는 것이었다.

1934년 11월 『개벽』

심훈
황공의 최후

심훈(沈熏). 본명 심대섭(沈大燮)
1901 ~ 1936 서울 출생.
소설가.시인. 영화인.

3.1운동에 가담하여 퇴학당하고 중국 망명생활을 하는 등 저항적, 실천적 소설가이자 영화인이다. 영화에 관심이 많아 1925년 조일제(趙一齊)번안의 「장한몽(長恨夢)」이 영화화될 때 이수일(李守一)역으로 출연했으며 1926년 우리 나라 최초의 영화소설 「탈춤」을 『동아일보』에 연재하기도 하였다. 1927년 일본에서 본격적인 영화수업을 받은 뒤 귀국하여 영화「먼동이 틀 때」를 단성사에서 개봉하여 큰 성공을 거두기도 하였다. 1935년 장편 「상록수(常綠樹)」가 『동아일보』창간15주년 기념 장편소설 특별공모에 당선, 연재되었다. 이 작품은 농민계몽문학에서 이후의 리얼리즘에 입각한 본격적인 농민문학의 장을 여는 데 크게 공헌한 작품으로 의의를 지니고 있다.
1936년 장티푸스로 사망하였다.

주요작품 「탈춤」「동방의 애인」「불사조」「영원의 미소」「직녀성」「황공의 최후」「상록수」「그날이 오면」

황공의 최후

 하루아침에 직업을 잃고 서울의 거리를 헤매다니던 나는 넌덜머리가 나던 도회지의 곁방살이[1]를 단념하고 시골로 내려왔다. 시골로 왔대야 내 앞으로 밭 한 뙈기나마 있는 것도 아니요 겨우 논마지기나 하는 삼촌의 집에 다시 밥벌이를 잡을 때까지 임시로 덧붙이기 노릇을 할 수밖에 다른 도리가 없었던 것이다. 나이 어린 아내와 두 살 먹은 아들놈 하나밖에는 딸린 사람이 없어서 식구는 단출하지만 한 푼의 수입도 없는 터에 뼈가 휘도록 농사를 지으시는 작은 아버지의 밥을 손끝 맺고[2] 앉아서 받아먹자니 비록 보리곱삶이[3]나마 목구멍에 넘어가지를 않을 때가 많았다.

 아무리 호밋자루 한 번 쥐어보지 못한 책상물림이기로 번들번들 놀고만 있기는 너무나 염치가 없어서 괭이를 들고 밭으로 내려가서 덥적거리면 삼촌은

 "누가 너더러 일을 해달라니? 어서 들어가 글이나 읽어라"

1 남의 집 곁방에서 사는 살림.
2 할 일이 있는데도 아무 일도 안 하다.
3 꽁보리밥.

하시면서 사랑방으로 들여 쫓듯 하신다. 어떤 때는 책상 속에서 좀이 먹은 논어(論語)와 시전(詩傳)[4] 같은 길길을 꺼내 놓고 꿇어앉아서 읽으라고 하시는 것이었다.

참으로 견딜 수 없이 무료하고 단조로운 그날그날을 몸을 비비 틀면서 보내노라니 서울의 친구들과 네온의 거리가 몹시 그리워졌다. 눈을 뜨면 하고한 날 들여다보는 아내의 얼굴도, 나날이 늘어가는 어린 것의 재롱도 다 싫어졌다. 감방 속 같이 침침한 뜰아랫방 속에서 사흘씩이나 걸러서 오는 신문이나, 광고까지 뒤져보고 흘미지근한[5] 호흡을 계속하여 누워 있는 나 자신에게도 그만 염증이 나서 저엉 가슴이 답답할 때에는 자살이나 해버렸으면 하는 공상까지 하게끔 되었다.

그럴 적에는 동저고리[6] 바람으로 뛰어나갔다. 신작로[7]가의 주막으로 가서 막걸리를 두어 사발이나 약 먹듯이 들이키고는 논틀밭틀[8]로 쏘다니며 휘파람을 불어 우울한 생각이나 느낌을 억지로 풀었다.

"이젠 몇 원 남지도 않은 퇴직금을 야금야금 막걸리로 녹여버리면 어떡할 작정이세요?"

하고 아내에게 바가지를 긁히면서도 주막에나마 가지 않

4 시경(詩經)의 내용을 알기 쉽게 풀이한 책.
5 긴장하는 맛이 없고 행동이 분명하거나 철저하지 못하다.
6 동옷. 남자가 입는 저고리.
7 자동차가 다닐 수 있도록 넓게 새로 낸 길.
8 논두렁이나 밭두렁을 따라 꼬불꼬불하고 좁게 뻗은 길.

으면 말벗 하나 없는 곳이라 갑갑해서 미쳐날 것 같은데야 어찌하랴.

철 아닌 궂은 비가 온종일 질금거리는 어느 날 황혼 때였다. 그 날도 나는 침울한 방 속에서 뛰어나와 급한 볼일이나 있는 것처럼 우산도 안 받고 주막거리로 건너갔다. 아궁이 앞에서 술을 데우는 노파의 부지깽이를 빼앗아가지고 검불을 긁어 넣으면서 비에 젖은 바지를 말리는데 무엇이 곁에 와서 바시락거리더니 살금살금 발등을 간질인다. 고개를 홱 돌리니 그것은 토시짝만한 노랑 강아지였다. 한 놈, 두 놈, 세 놈이 앙금앙금 기어 나와서 머리를 마주 모으고 아궁이 앞에 쪼그리고 앉더니 나부죽이 엎드려 불을 쪼이는 꼴이 여간 귀엽지가 않다. 나는 그중에 한 놈을 끌어안으며

"우이 요것들 보게. 언제 이렇게 새끼를 낳았수?"

하고 주인 마누라에게 묻는데 나뭇가리[9] 속에서 별안간 어미 개가 으르렁거리며 달려들 형세를 보여서 얼떨결에 새끼를 놓아주었다.

"조거 나 하나만 논아주"

하고 주인 마누라에게 두세 번 단단히 부탁을 한 뒤에도 나는 날마다 강아지가 보고 싶어서 저녁때면 주막을 찾아갔다. 어미 개 몰래 한 놈씩 안아주고 함치름한[10] 털을 어루만져 주

9 땔나무를 쌓은 더미.
10 함치르르. 깨끗하고 반지르르 윤이 나는 모양.

고 앉았노라면 은연중에 적으나마 무슨 위안을 받는듯싶었던 것이다. 그러다가 젖이 떨어지기가 무섭게

"인젠 요놈은 내가 가져갈 테요"

하고 여섯 마리 중에서 제일 탐스러운 수컷을 꺼안으니까 주인마누라는

"안돼유. 그건 우리가 멕일 테유. 저 문어리나[11] 가져가슈"

하고 내놓지를 않는 것을 술상을 들고 방으로 들어간 틈을 타서 바둥거리는 놈을 번쩍 들어 얼른 두루마기 속에다 숨겨 가지고 휭낭게 집으로 돌아왔다.

될성부른 나무는 떡잎부터 알아본다더니 누렁이는 강아지 때부터 그 생김생김이 출중하였다. 순전한 조선의 토종이면서도 셰퍼드니 세터니 하는 서양 개만큼이나 두 눈에 총기가 들어 보이고 목덜미를 쥐면 가죽이 한 줌이나 늘어나서 얼마든지 자라날 여유를 보였다. 게다가 털은 금벼 이삭같이 싯누런 수놈이라 개를 싫어하는 아내까지도

"이렇게 탐스럽게 생긴 강아지는 첨 봤네"

하고 머리를 쓰다듬어 주었다. 내가 자는 방 윗목에다가 희연 궤짝을 들여놓고 작은어머니 몰래 목화송이를 훔쳐다가 그 속에 깔아주고는 밤마다 토닥토닥 두드려 재워주었다. 누렁이는 자다 말고 앙금앙금 이불 속으로 기어들어서 아내는

---

11 문얼굴. 문짝.

막중중하고 징글맞다고 자막대기로 때리려는 것을

"가만 두, 가만둬. 우리 애기 친군데……"

하고 말리면서 정말 둘째 자식이나 되는 것처럼 폭 끌어안고 잤다. 그러면 누렁이는 어미의 품인 줄 아는지 조 이삭 만한 꼬랑지를 살래살래 흔들다가 어떤 때는 토끼처럼 콜콜하고 코를 다 골며 잤다. 새벽녘이 되어 머리맡에서 바시락거리는 소리에 눈을 떠보면 누렁이는 미닫이 틀에 가 매달리듯 하고 앞발로 창호지를 박박 긁으면서 끙끙댄다. 나는 처음에는 그 뜻을 몰랐다. 그래서 문을 열어주었더니 간신히 문지방을 기어 넘어 밭으로 내려가서 똥을 누고는 흙을 후벼 파서 그 자리를 덮고야 들어오는 것이었다. 그러면 나는 누렁이의 발을 닦아주고 다시 이불 속에서 언 몸을 녹여주었다.

내가 늦잠이 들면 가슴과 겨드랑이와 얼굴을 싹싹 핥아서, 간지럼을 참다못해 사정없이 목덜미를 쥐어 집어던지면 다시 기어들고 기어들어선 또 손등이나 발바닥을 싹싹 핥는다. 귀찮기는 하면서도 어린애가 재롱을 부리듯 하는 꼴이 하도 귀여워서(어린놈도 정말 제 동생처럼 강아지를 귀여워하고 서로 붙안고 놀았다) 나는 강아지를 끌어안고 입을 다 맞추었다. 그리고는 동요를 불러주듯이

평생소원 누룽지

고대광실 아궁지
자손만대 나누지
와석종신[12] 올감지

하면서 놀려주는 것이 일과 중의 하나가 되었다. 그러는 동안에 나는 늦잠을 자는 버릇이 떨어졌고 개는 하등의 동물이라는 관념이 없어졌다. 성미가 깔깔한 아내까지도 누렁이를 어린 식구의 한 사람으로 여기고 자기의 밥을 먼저 떠주는 때까지 있게 되었다.

누렁이는 크는 것이 눈에 보이는 듯이 무럭무럭 자랐다. 두어 달쯤 되니까 허리가 늘씬해지고 키가 자가옷[13]이나 되었다. 작은 어머니에게서는

"저 애는 개하구 헝겊붙이나 되는 거야"

하는 꾸중까지 들어가면서 내 밥의 대궁[14]을 일부러 남겨주고 손수 솥 바닥의 콩 누룽지를 박박 긁어다가는 어린애는 안 주고 누렁이를 주곤 하였다. 그렇지 않아도 한창 자랄 고비라 누렁이는 먹는 대로 우쩍우쩍 자라니까 한 방에 데리고 자기가 징그러워서 마루 밑에 공석떼기[15]를 깔아 살림을 내고 구

12 臥席終身. 제명을 다 살고 편안히 누워서 죽음.
13 한 자 반쯤 되는 길이.
14 먹다가 그릇에 남긴 밥.
15 곡식을 담지 않은 섬(가마니).

융¹⁶을 파서 밥그릇 장만까지 해주었다.

내가 밤에 뒷간에 가면 반드시 따라와 턱을 고이고 앉아서 주인을 지키고 어느 때에는 주막에서 술이 취해서 비틀거리고 오다가 눈 위에 가 쓰러진 것을 보고는 집으로 달려가서 아내의 치맛자락을 물고 끌고 온 덕택으로 까딱하면 얼어 죽을 것을 살아났다. 그래서 그 뒤로 누렁이는 나의 사랑을 곱절이나 더 받게 되었던 것이다. 사실 여우나 늑대 같은 짐승의 출몰이 심한 산 중에는 누렁이만 앞을 세우면 무장한 보호병정을 데리고 다니는 것만큼이나 든든하였다. 동시에 누렁이는 장난이 늘었다. 후각이 어찌나 예민한지 내가 이웃집으로 마실을 가면 댓돌 위에 십여 켤레나 벗어놓은 고무신 가운데서 내 신을 맡아서 알고는 살그머니 물어다가 저의 집 신돌¹⁷에다가 놓고는 시침을 떼기가 일쑤였다.

그럭저럭 누렁이가 내 손에 길리운지 거의 일 년이나 되었다. 원체 숙성한 놈이라 벌써 암캐의 꽁무니를 따라다니고 봄철이 되니까 암내를 내고 이웃집으로 오입을 하러 가서는 이틀 사흘씩 들어와 자지를 않았다.

과년한 총각 모양으로 목이 패었는데 베이스로 컹컹컹 짖는 목소리는 아주 남성적으로 우렁찼다. 동네의 개들에게는

16 구유의 방언. 흔히 나무토막으로 속을 파내어 만드는 가축들에게 먹이를 주는 그릇.
17 댓돌. 섬돌. 집채의 앞뒤에 오르내릴 수 있게 놓은 돌층계.

왕 노릇을 하거니와 한 번 목청껏 짖고 내달으면 동냥아치나 중들은 문간에 얼씬도 못한다. 밤중에 안 마루 속에서 짖으면 사랑채의 벽이 울리고 장지가 떨렸다. 도둑을 지키는 천직에 충실한 것은 물론 집안 식구의 밤 출입까지 감시를 하는 것이었다.

그러다가 나는 두어 달 동안이나 서울로 올라가서 취직 운동을 하다가 실패를 하고 두 어깨가 축 처져 가지고 내려왔다. 가족을 대할 면목조차 없어서 기신[18]없는 걸음걸이로 동네 밖에 장승이 선 고개를 넘어오는데 다박솔[19] 밑에 누우런 것이 쭈그리고 앉았다가 어느 틈에 나를 보았는지 말처럼 네 굽을 몰며 달려왔다.

"오오 누렁이 잘 있었니?"

하고 머리를 쓰다듬어 주려니까 누렁이는 반가워서 견딜 수가 없는 듯이 길길이 뛰어오른다.

"으응 으응"

하고 어린애가 응석을 하는 듯한 이상한 소리까지 하면서 사뭇 몸부림을 하는 꼴을 볼 때 나는

"허어 누가 나를 이다지 반겨주겠니?"

하고 한숨을 길게 내쉬었다.

18 기운의 방언.
19 다복솔. 가지가 다보록하게 많이 퍼진 어린 소나무.

귓바퀴에서 바람이 일도록 꼬리를 흔드는 누렁이의 목을 껴안아 주려니 부지 중에 콧마루가 저려 지는 것을 깨달았다.

그동안에 누렁이는 엄청나게 컸다. 뒤에 따라오던 동행은

"어어이 그 가이[20]! 개호주[21]만 허이"

하고 혀를 빼문다. 처음 보는 사람의 눈에는 더한층 커 보였던 것이다.

집에 와서 들으니 누렁이는 내가 없는 동안 날마다 아침저녁으로 장승박이 언덕으로 올라가 북쪽 하늘을 우러러 한바탕 씩 짖고, 내가 타고 가던 합승차가 지나간 다음 내리는 사람이 없는 것을 확실히 안 뒤에야 집으로 돌아오기를 하루도 빼놓지 않았다 한다. 개가 사람 한 몫도 더 먹는다고 걱정을 하시던 작은아버지까지도

"저건 영물이야, 함부로 다루지 못할 짐승이다"

하시고 이를테면 경이원지(敬而遠之)[22]를 하시게까지 되었다.

누렁이는 자랄수록 얼굴 바탕이 넓어지고 두상이 둥글고, 이는 쓰레빌[23] 같은데 성미만 나면 싯누런 앞 털이 갈기처럼

20 개의 방언.
21 범의 새끼.
22 공경하되 가까이하지는 않음.
23 써렛 발. 갈아 놓은 논의 바닥을 고르는 데 쓰는 농기구에 박는, 끝이 뾰족한 나무.

뼈쭈하게[24] 일어서는 것과 동체가 한 아름이나 되는 대신에 아랫도리가 훌하게 빠진 것이 여불없는[25] 사자였다.

양지쪽에서 낮잠을 자다가 기지개를 켜며 딩구는 것을 보면 천연 동물원에서 본 사자와 같았다. 그래서 나는 그때부터 '누렁아' 하고 부르던 아명을 버리고 '사지'[26]라는 별명을 지어 불렀고 어느 때에는 친한 친구를 부르듯이

"여 황공(黃公)!"

하고 벼슬 이름까지 지어서 불러주었다. 아닌 게 아니라 '황공'이라는 점잖은 이름이 누렁이에게는 잘 맞는 것 같았다.

그러다 황공은 나쁜 버릇이 생겼다. 워낙 걸대[27]가 커서 여간 누른밥 찌꺼기쯤으로는 양이 차지를 않는지 쌀 광 앞에 쭈그리고 앉았다가 참새도 날치[28]를 하고, 수챗구멍을 지키고 있다가는 쥐도 움켜 먹었다. 무엇이든지 벼락불똥같이 달려들어서 한 번만 덥석하면 그만이다. 그 동작은 꿩을 잡는 매만큼이나 빨랐다. 만일 돈 있는 사람의 사냥개 노릇을 하거나 외국에 태어나서 몇만 원짜리 정탐개가 되었더면 우유와 고기만 먹고 털 위에 털옷을 입고서 사람 이상의 호강을 할 것

24 불쑥 내밀어 있다.
25 위불없다. 틀림이나 의심이 없다.
26 '사자'의 방언.
27 사람의 몸집이나 체격.
28 날아가는 새를 쏘아 잡는 일.

이다.

"너두 팔자가 사나워서 조선에도 시골구석에 태어나 누른 밥 한 구융도 배불리 못 얻어 먹는구나"

하면서 나는 황공을 몹시 가엾이 여겼다. 그래서 막걸리나 마시고 들어오는 날은 아내 몰래 내 밥을 통으로 쏟아주는 때도 있었다.

그러나 육식에 입맛이 붙은 황공은 고기가 먹고 싶어 죽을 지경이던가. 하루는 내가 들로 산보를 다니는데 줄곧 따라다니다가 돌아오는 길에 범용이네 집 마당에서 닭이 서너 마리나 모이를 쪼아먹는 것을 보고 꼬리를 사타구니에다 끼고는 넓죽 엎드리더니 별안간 껑충 뛰어올라 닭을 물려고 든다.

닭은 깩깩깩하고 비명을 지르면서 사방으로 풍기고[29] 암탉은 죽을 힘을 다해서 지붕으로 날아 올라갔다.

'닭 쫓던 개 지붕만 쳐다본다'는데 '설마 물기야 하랴' 하고 장난으로만 여기고는 멀찍감치 떨어져서 구경만 하고 섰으려니까 사지는 전신의 용기를 다해서 검정 수탉을 쫓아가더니 그만 덥석 물었다. 몸이 둔한 커다란 수탉은 땅 위에서 서너 자쯤밖에 솟지를 못하고 푸드덕거리며 날다가 기어이 날갯죽지를 물리고 말았다.

암탉들은 뜻밖의 환난을 당하고 지붕 위에서 꼬꼬댁거리

29 모여 있던 사람이나 짐승이 놀라서 흩어지다. 또는 놀라 흩어지게 하다.

는데 사지에게 물린 수탉은 차마 들을 수 없는 외마디 소리를 지르며 물려간다. 범룽이네 집에서는 닭장에 든 족제비나 튀기듯이

"유—개! 유—개!"

하고 사지를 쫓아간다. 사지는 눈 꿈쩍하는 사이에 산으로 치달았다. 아마 포수에게 놀랜 노루도 그만큼 빨리 뛰지는 못할 것이다.

나는 개의 주인이 되는 책임상 단장[30]을 휘두르며 헐레벌떡거리고 사지의 뒤를 쫓아 올라갔다. 처음에는 닭의 털이 버들개지처럼 나는 것만 보이더니 거의 한 칸통[31]씩이나 뛰어간 사지는 홀연히 그림자를 감추었다. 나는 하는 수 없이 개의 발자국과 털이 떨어진 것만 대중하고 숲속으로 산모퉁이로 천방지축 따라갔다. 나무등걸과 돌부리에 발끝을 채이면서 거의 삼마장[32]이나 숨이 턱에 닿아서 추격을 하였는데 바다로 향한 모래 언덕까지 와서는 발자국조차 끊어졌다. 황혼 때라 어둑어둑해지는 그 근처를 헤매이며 더듬어 보았으나 개도 닭도 온 데 간 데가 없는 거야 어찌하랴. 나는 망단해서 소매로 이마의 땀을 씻고 섰는데 등 뒤에서

"아 이게 아녀유?"

30 짧은 지팡이.
31 집의 몇 칸쯤 되는 넓이.
32 십 리가 못 되는 거리를 '리' 대신으로 이르는 말.

하고 나중에 내 뒤를 따라온 범룡이가 외쳤다. 가뜩이나 휘젓한 생각이 들던 판이라 깜짝 놀라 돌아다보니 아닌 게 아니라 바위 밑에 가서 닭의 꼬리가 뻐쭈하게 꽂혀 있다.

'벌써 잡아먹었나?'

하고 어쩐지 손을 대기가 싫은 것을 혹시나 하고 꼬랑지를 끌어당기니까 묵직한 닭의 시체가 달려 올라온다. 닭은 그 날카로운 이빨에 정통으로 목줄띠를 물려 철철 흘린 피가 털 위에 엉겨 붙었는데 눈을 뽀얗게 뒤집어쓰고 죽은 꼴은 끔찍해서 바로 볼 수가 없다.

"저 눔의 개가 여우 혼신이 씌웠나. 어쩌면 이렇게 감쪽같이 파묻었담"

하고 범룡이는 울상이 되었다. 여우는 닭이고 무엇이고 물어다가 이렇게 파묻었다가는 며칠 뒤에 썩혀 가지고 먹는다고 한다.

그러자 어디선지 부시럭거리는 소리가 나기에 둘러보려니 맞은편 소나무 밑에 웅숭그리고 앉아서 나를 노려보는 사지의 파아란 광채를 발하는 눈과 마주치자 가슴이 선뜻 하였다. 사지가 정말 사자처럼 무서웠던 것이다. 나는 얼떨김에

"이놈의 개!"

하고 소리를 버럭 지르며 돌을 던졌다. 몹시 밉살스럽기도 하고 일변 무섭기도 해서 연거푸 돌멩이를 던졌다. 사지는 있

는 힘을 다 들여서 물어온 것을 주린 김에 오붓하게 뜯어먹으려다가 그만 주인에게 빼앗겨서 불평이 가득 찬 눈으로 나를 흘깃흘깃 돌아다보다가 어디론지 자취를 감추었다. 아마 다른 사람이 닭을 빼앗았더라면 한사코 달려들어 물어 박질렀을[33] 것이다.

닭값은 물어주기로 하고 죽은 닭을 들고 내려와 보니 사지는 먼저 집에 와있었다. 죽을죄나 지은 듯이 슬금슬금 내 눈치만 보고 꼬리를 사리며 피해 다니는 것을 버르장이를 가르쳐 줄 양으로 붙들다가 중문 간에다 몰아넣고는
"이놈 또 그따위 짓을 할 테냐"
하고 사설을 해가며 빗자루로 두드려 주었다.
황공은 너무 귀여워만 해주던 주인의 과도한 폭력 행동에 놀라서 꺼겅껑 하고 소리를 지르고 죽는시늉을 하며 엄살을 한다. 그러면서도 감히 달려들어 반항은 하지 못하는 것이 가엾기도 해서
"다시 그따위 짓을 했담봐라"
하고 매를 던졌다.
그날 저녁에 나는 닭고기 볶은 것을 맛있게 먹었다. 개의 이빨에서 무슨 독이나 퍼지지 않았나 하고 꺼림칙하기는 했

---

33 힘껏 차서 쓰러뜨리다.

지만 여러 달 동안 고기란 구경도 못해서 허수증[34]이 났었고 나는 닭고기를 편기[35]하는 터라 기름진 살은 물론 뼈까지 으지직으지직 깨물어서 고소한 국물까지 빨아먹었다. 먹다가 마당에서 텁석텁석하는 소리가 들리기에 내려다보니 배가 홀쭉하게 꺼진 황공이 구융에다 머리를 틀어박고 멀겋게 탄 숭늉 찌꺼기를 핥아먹고 섰다.

나는 황공이 여간 불쌍해 보이지 않았다. 천신만고를 해서 호젓하게 뜯어 먹으려고 물어가다 파묻은 닭을 주인에게 송두리째 빼앗기고 고기 냄새를 맡아서 회만 동했을 텐데 주인에게 난생처음으로 매까지 호되게 얻어맞고는 숭늉찌끼로나마 주린 창자를 채울 수 밖에 없는 황공의 신세가 눈물겨웁도록 가엾어 보였다. 황공이 말을 할 줄 안다면 동네방네로 친구들을 찾아다니며 '내가 먹을 것을 강탈해가지고 몽둥이찜질까지 한 뒤에 그것을 횡령 취식한 주인의 횡포가 얼마나 분하고 얼마나 원망스러우냐'고 억울한 사정을 하소연하였을 것이다. 그래서 황공을 동정하고 이해관계가 깊은 근처의 개들이 일치단결을 해 가지고 이빨을 갈며 으르렁거리고 달려들면 나는 어찌할 것인가? 나를 여지없이 물어 박지르고 뭇 개가 다투어가며 내 살을 물어뜯으면 과연 저항할 힘이 있을까? 그들의 정당한 보복에 대해서 변명할 것이나마 있을 것

34 마음이 허전하고 서운한 증세.
35 치우쳐 즐김.

인가 하고 생각해보니 황공을 대하기가 두렵고 부끄럽기도 하였다. 개가 고기가 먹고 싶었던 것이나 내가 육식이 하고 싶은 것은 그 본능에 있어서 조금도 다름이 없다. 저보다 약한 것을 잡아먹고 저의 식욕을 채우는 것을 사람들이 떳떳하게 여기는 것과 같이, 남의 살을 뜯고 피를 빨지 못하는 사람을 도리어 못난 놈 빙충맞은 놈으로 여기는 것과 같이, 개의 경우에 있어서도 사지의 행동이 잘못되지 않은 것이 분명치 않은가? 눈앞에 먹을 것을 보고 달려들어 문 것은 사지가 다른 저의 동족보다도 용감하기 때문이다. 보통 개보다 잘난 까닭이다.

닭을 잡아간 사지에게 무슨 죄가 성립되느냐. 개 자신으로 보아서도 정당한 행위가 아니었더냐. 구태여 잘못이 있다면 사지에게는 날짐승이라도 날치를 할 수 있는 힘과 날램이 있었기 때문이 아닐까?

그러나 사지가 출중하게 잘나고 날래인 것은 결코 저 자신의 의사로 된 것은 아니니 그것도 조물주의 장난인 것이 분명하다. 그런데 나는 나보다 약한 개가 물어다 먹으려던 그 개보다도 약하였던 닭을 잡아서 먹었다. 개의 저지른 죄목을 들어 엄하게 나무람을 해가며 때려주기까지 하고, 바로 그 개가 친히 먹을 닭을 뼈다귀까지 아지작아지작 깨물어 먹고는 입을 닦았다. 그나마 숭늉찌끼로 주린 창자를 채우고 섰는 사지를 내려다보고 동정 비슷한 미안한 생각이 난 것도 그 닭을 맛있게 먹고 난 뒤이다. 그러고 보니 남을 동정한다는 것도 제 배가 부른 뒤에 식곤증 비슷이 일어나는 미지근한 심리작용이요, 양심의 가책을 받는다는 것도 제 욕망을 채운 뒤에 생기는 얄미운 자기변호에 지나지 못한다.

사지가 제 육체의 힘을 다해서 닭을 문 것은 억제할 수 없는 본능이 시키는 용감한 행동이다. 그러나 그 뒤를 쫓아가서 물어놓은 것까지 파헤쳐다가 힘 안 들이고 먹은 내 행동은 개가 부끄러울 만큼 가증하고 비겁하지 않았던가?

나는 사지를 달래주듯이

"황공!"

하고 불러서 먹다 남은 닭의 내장과 뼈다귀를 던져주었다. 그러나 황공은 본 체도 안 하고 머리를 돌리고는 대문 밖으로 나가버렸다.

그 뒤로 황공은 그다지 귀여워 해주던 주인을 곁눈으로 눈치만 보고 가까이 오지를 않았다. 내가 눈에만 뜨이면 비실비실 피해 가는 것을

"여 황공 내가 잘못 했네, 미안하이."

하고 사과를 하여도 들은 체 만 체하고 외면을 하고는 동네 집으로 가곤 하였다.

그러자 며칠 뒤에 황공은 집에서 기르는 닭을 물었다. 둥우리에서 알을 낳고 꼬꼬댁거리다가 내려오는 암탉을 물었다. 알을 꺼내려고 나온 아내의 눈앞에서 여봐란듯이 물고 눈 깜짝할 사이에 뒷산으로 치달았다. 물려가는 닭의 비명은 차마 들을 수 없는데 하얀 털이 마당 가득히 눈송이처럼 휘날렸다. 집에서 기르는 닭 중에서 값이 제일 비싼 레그혼인데 아이 잘 낳는 여편네 모양으로 앙바틈하게[36] 생겨서 오리 알 만큼씩이나 한 알을 하루도 거르지 않고 낳던 씨암탉이었다.

책을 보다가 뛰어나간 나는 어안이 벙벙해서 마루 끝에 서서 바라다 볼 뿐이요 개를 추격하려고는 하지 않았다. 먼저 먹은 후 답으로 두 번째 닭을 빼앗을 염치가 없었던 것이다. 머슴이 작대기를 들고 쫓아가는 것을

"내버려 둬라, 내버려 둬"

하고는 호령하듯 해서 말렸다. 같은 동물로써 피차에 제힘으로는 억제할 수 없는 본능의 발작을 막을 권리가 없었던 것이다. 이를테면 남의 생존권을 방해할 아무 이유도 찾을 수 없었고, 남의 노력을 중간에서 착취하는 죄를 두 번 다시 짓지 말려 함이었다.

삼촌 내외분은 '저 개 없애라'고 걱정이 대단하신데 그 뒤로 날고기에 입맛이 붙은 사지는 점점 맹수성을 띠우고 동네

36 짤막하고 딱 바라져 있다.

집 돼지 새끼를 두 마리나 잡아먹었다. 난 지 얼마 안 되어 젖살이 포동포동 찐 것이 울 밑으로 나와서 어릿어릿하는 것을 물어다가 전과 같은 수단으로 흙을 허비고 파묻었다가 꺼내 먹은 눈치다. 나는 돼지 임자에게 시비를 듣고 돼지 값을 물어주는 수밖에 없었다.

그 뒤로 사지는 집에 잘 들어오지를 않고 물론 밥도 먹지를 않았다. 이제는 입이 높아져서 누룽지 같은 것은 입에 대기도 싫은 모양이다.

사지의 행동이 너무나 정도가 지나치니까 동정이 차츰차츰 아무 죄없이 비명에 죽은 닭과 돼지에게로 갔다. 동시에 사지가 때려죽이고 싶도록 미워졌다. 약육강식도 그 도를 넘어서 같은 가축끼리 화목하게 지내지를 못하고 가장 참혹하고 잔인한 수단으로 제 배때기를 불리우는 사지가 극도로 미웠다. 일종의 의분까지 느껴지는 것이었다.

삼촌 내외분은 물론이지만 동네 사람들은 나를 보고
"여보 댁의 개 때문에 닭은커녕 돼지도 못 길러 먹겠소. 그래 그따위 버르장이를 하는 걸 그대루 버려둔단 말요? 조만간 어린애꺼정 물어갈 테니. 아니 살인하는 것까지 당신의 눈으로 봐야만 시원하겠소?"

하고 팔을 걷으며 시비를 걸었다. 나는 속으로 '이런 말을 들어도 싸다' 하면서도

"값을 물어줬으면 고만이지 웬 여러 말요?"

하고 버티었다. 억지의 소린 줄 모르는 바는 아니나 그렇다고 사지를 차마 백정에게 내줄 수는 없었다.

'저것을 그대로 뒀다간 암만해두 큰 일을 저지르겠는데……' 하고 나의 어린 것까지 염려는 되건만 그다지 사랑하던 사지가 올가미를 쓰는 거야 볼 수가 없지 않은가?

그렇지 않아도 어느 날은 동네 사람들이 장거리에서 개백정을 데리고 와서

"자아 고집 세지 말구 고만 요정[37]을 냅시다. 물건이 그렇게 크니 다른 개 값 갑절을 드리지요"

하고 일 원짜리 지전 넉 장을 내민다. 저희끼리 수근거리는 소리를 들으니 뒷다리는 아무개가 갖다 먹고 내보[38]는 누구누구가 차지하는 등등 잡아먹을 비례를 따라 몫몫이 나눌 것까지 차리고 온 눈치다. 어쩌면 가마 속에 물까지 끓여놓고 왔는지도 모른다.

"쓸데없는 소리 말구 어서들 가우. 내 손으로 기르는 개를 돈 받고 팔아먹을 듯싶소?"

하고 나는 처음부터 순순히 말대꾸를 하다가 부득부득 조르는 것이 밉살스러워서

---

37 결판을 내어 끝마침.
38 내포. 식용으로 하는 짐승의 내장.

"가라면 갔지그려, 남의 집엘 떼를 지어와서 웬 야료[39]들야? 백 원을 내두 안 팔 테니 헐대루들 해봐!"

하고는 마루 끝에 놓은 지전을 발길로 걷어찼다. 그때 마침 사지가 안 마루 밑에 누웠다가 집에서 떠들썩하니까 그 우렁찬 목소리로 몇 마디 컹컹 짖으며 나온다. 개백정은

"얘 이눔 엄청나구나!"

하고는 시꺼멓게 그을은 상판에 살기 도는 눈초리로 사지의 목덜미에 눈독을 들이며 가까이 온다. 그자의 허리춤에는 올가미 한끝이 쳐진 것이 보였다.

사지는 제 앞으로 다가오는 개백정을 흘깃보더니 그자가 제 동무를 옭아 가는 것을 보았는지 한사코 짖으면서도 겁이 나서 냉큼 달려들지를 못한다.

급한 김에 나는

"사지야!"

하고 목소리를 높여 불렀다. 사지는 내 목소리를 듣더니 비호같이 마루 위로 뛰어올라 내 곁으로 바싹 붙어서면서 귀가 먹먹하도록 짖어댄다. 여느 때에는 마루로 뛰어오르는 버릇이 없었고 더구나 그동안 나하고는 아주 불상견[40]인 사이였는데 위급한 경우를 당하니까 주인에게로 달려들어 구원을 청하는 것이다. 사지의 위풍에 백정도 혀를 내두르며

39 생트집을 잡고 함부로 떠들어 댐.
40 뜻이 서로 맞지 않아 만나지 않음.

"아—이 그눔의 개 사람 잡겠네."

하고 게두덜거리며[41] 돌아섰다. 사지는 그제야 마음이 놓인 듯이 짖기를 그치고 내 앞에 가 앞발을 뻗고 너부죽이 엎드리며 꼬리를 젓는다. 나는 그 눈과 동작에서 무한한 감사와 다시 살아난 기쁨을 보았다.

"황공 너 이눔 아주 혼났지? 또 그따위 짓을 해봐라. 그땐 이렇게 올감지를 쓴다"

하고 두 손으로 목을 조르며 올가미를 씌우는 흉내를 내어 보았다. 그러니까 그 얼굴에는 동물의 사나운 빛이 사라지고 내가 이불 속에서 끼고 자던 어렸을 때의 유순하고 천진스런 표정이 나타났다. 나는 그 애원하듯, 모든 죄를 뉘우치는 듯한 누렁이의 얼굴을 한참이나 들여다보았다. 담배 한대거리나 머리를 쓰다듬어 주었다.

그 뒤로 황공은 주인에게 새로이 충성을 맹세한 듯 전보다도 더 나를 따랐다. 잠시도 곁을 떠나지 않으며 낯 서투른 사람은 근접도 못하게 굴었다.

동시에 나 역시 황공에게 대한 동정이 더 깊어가는 것을 깨달았다.

그런 일이 있은 후 한 달이 되었다. 저녁때인데 불시에 온

41 크고 거친 소리로 자꾸 불평하다.

동네가 떠들썩하기에 나는 '사지가 또 무슨 일을 저질렀나' 하고 안마당으로 들어가 보니 사지는 장독대 곁에서 유산태평[42]으로 네 활개를 뻗치고 낮잠을 자고 있었다.

조금 있자
"미친개가 들어왔다!"
"수만이네 개가 물렸다!"
"영준네 개두 물렸다!"
하고 외치는 소리가 여기저기서 들렸다. 나는 우리 사지가 물릴까 보아 대문을 걸고 몽둥이를 들고 앉아서 미친개가 오기만 하면 두드려 잡을 작정을 하고 기다렸다.

아니나 다를까 조금 뒤에 털이 시꺼멓고 거의 사지만큼이나 큰놈이 동네 사람에게 쫓겨서 혀를 기다랗게 빼물고 쏜살같이 내 앞으로 달려왔다. 동네 사람들은 사지를 내주지 않은 감정이 있어서 그러는지, 몸들을 사리느라고 그러는지 막대기를 들고도 먼발치로 바라다보고만 서 있다.

미친개는 눈깔이 썩은 생선처럼 새빨갛게 뒤집혔는데 개소리 같지 않은 이상한 소리를 지르더니 다짜고짜 내게로 뛰어오른다. 나는
"이—개! 이—개!"
하고 외마디 소리를 지르며 몽둥이를 휘두르나 길길이 뛰

42 아무 근심 걱정 없이 한가하고 편안함.

어오르는 미친개를 막아낼 수가 없다. 개는 미치기만 하면 평소보다 몇 곱절이나 기운이 늘고 맹수 이상으로 날래지는 것인데 주사는커녕 의료기관도 없는 이 시골구석에서 미친개에게 물리면 사람도 미쳐나서 개소리를 하다가 죽는다는 말을 들은 나는 개와 싸우는 동안 머리끝이 쭈뼛거리고 아랫도리가 사시나무 떨리듯 하였었다.

삼촌은 마침 초상집에 가시고 머슴도 들에 나가고 없는데 안에서들은 내다보고

"아이 저를 어쩌나 저를 어쩌나?"

하고 부들부들 떨기만 할 뿐 미친개는 어느 겨를에 획 하고 내 뒤로 돌아와서 바짓자락을 물고 늘어졌다. 하마터면 종아리를 물릴 뻔했는데 겁결에 댓돌을 헛 때려서 몽둥이는 두 동강이 났다. 그러니 맨손으로는 더구나 당할 장사가 없다. 쩔쩔매는 찰나에 미친개는 식— 하더니 이리 같은 이빨로 내 발뒤꿈치를 물었다.

"애고머니! 저를 어쩌나?"

하는 아내의 외치는 소리가 들리자 나는

"사지야!"

하고 소리를 버럭 질렀다. 저엉 형세가 급하니까 구원병을 청하지 않을 수 없었던 것이다.

사지는 밖에서 내가 개와 싸우는 줄 알았는지 골통이 깨어

져라 하고 아까 걸어놓은 대문짝을 막 들이받았다. 그래도 열리지를 않으니까 한 길이나 되는 수수깡이 울타리를 홀 뛰어넘어서 안마당으로 내닫자

"으르렁!"

소리를 한 번 지르며 목덜미 털이 고슴도치처럼 일어서더니 주춤하고 물러서는 체하다가 식-하고 미친개에게로 돌격하였다. 대번에 미친개의 넓적다리를 물어 박지르는 바람에 나는 구원을 받았다. 요행 고무신 위로 물렸기 때문에 상처는 나지 않았다.

사지와 미친개는 맹렬한 단병접전[43]이 시작되었다. 식식거리며 으르렁거리며 엎치락뒤치락 단판씨름을 한다. 그제야 동네 사람들은 막대기와 쇠스랑 같은 것을 들고 모여들었다. 나도 사지를 응원하려고 막대기를 들고 덤볐으나 서로 한 몸뚱이가 되어 뒹구는 것을 얼러칠 수도 없어서 손에 땀만 쥐며 형세를 관망할 수밖에 없었다.

사지는 참으로 용감하였다. 그러나 귀와 앞다리에는 시뻘건 피가 줄줄이 흐른다. 나는 차마 그대로 볼 수가 없어서

"어느 개가 죽든지 난 모른다."

하고 쇠스랑을 뺏어 들고 내 앞으로 쫓아오는 미친개의 골통을 겨냥해서 힘껏 내려 갈겼다. 미친개는

43 창이나 칼 따위의 단병으로 적과 맞부딪쳐 싸움.

"껑!"

하더니 그 자리에서 혀를 빼물고 거꾸러졌다. 사지는 이제는 저항을 못하고 버둥거리는 미친개를 닥치는 대로 물어뜯으며 실컷 분풀이를 한다.

나는 그 독한 이빨에 물려서 얼마 아니면 미쳐 죽게 된 것을 사지의 결사적인 응원으로 살아났다. 사지는 내 생명을 두 번째나 구해준 은견(恩犬)인것이다. 나는 이마의 땀을 씻던 손수건으로 사지의 피를 — 나를 위해서 대신 흘려준 검은 피를 씻어주었다. 그러나 사지가 미친개에게 피가 나도록 물린 것이 여간 걱정이 되지 않아서 밤이면 잠을 편히 못 잤다. 동네 사람들은

"저 개를 그냥 뒀다간 정말 큰 일 나우. 마저 잡아 없애야지 저 큰 게 미쳤다간 성할 사람이 없을 걸 뻔히 알면서⋯⋯"

"아니 그래 동네 애들이 모조리 물려서 개소리를 하고 죽는 걸 봐야 시원하겠소?"

하고 이번에는 아주 위협적으로 대들었다.

"예이끼 개만두 못한 자들 같으니라구. 너희는 내가 물리는 걸 멀거니 보구만 섰다가 인제 와서 무슨 수작이냐? 물려두 내가 먼첨 물리구 죽어두 내가 먼첨 죽을 께니 걱정들 말어!"

하고 나는 어찌나 성이 나는지 막 욕설까지 해서 보냈다.

그러나 실상인즉 나 역시도 몹시 걱정이 되어서 자전거를

얻어 타고 삼십 리나 되는 장거리로 가서 미친개에게 특효가 있다는 '청가래' 라는 약을 사다가 밥에 타서 사지에게 주었다. 냄새를 맡고 아니 먹는 것을 밥에다 타서 몇 번이나 억지로 먹이고서야 조금 안심을 하였다. 그러면서도 혹시 눈이 붉어지지나 않나? 밥을 안 먹고 시룽거리지나 않나? 하고 하루도 몇 번씩 사지의 건강상태를 검사하였으나 다행히 조그만 이상도 보이지 않았다. 수만네 집 강아지와 영준네 개는 물려 그 날로 핑계가 좋은 김에 잡아들 먹었다는 말을 들었다.

그런지 한 달쯤 뒤에 삼촌의 심부름으로 오십 리도 넘는 군청에 볼일이 생겨서 갔다가 비에 막혀서 사흘 만에야 집에 돌아왔다. 갈 때에는 황공이 비를 줄줄 맞으면서 한사코 따라오는 것을 주막집 부엌에다 가두고 갔었는데 멀리 고개를 넘을 때까지도 황공의 원망스러이 짖는 소리가 들렸었다.

집에까지 오니 내가 출입했다가 들어왔건만 보면 길길이 뛰어오르던 황공이 눈에 뜨이지를 않는다.

'혹시 나 없는 사이에 그자들이 어쩌지나 않았을까?'

하는 불길한 예감이 언뜻 머리속에 떠올라서 중문 간을 들어서며 여전히 친구를 부르듯이

"황공!"

하고 점잖게 불렀다. 대답이 없다. 마루 밑에 공석을 깔아

놓은 저의 침소[44]에서도 저의 식당인 부엌에서도 황공은 그림자도 찾을 수 없다. 아내에게

"사지 어디 갔소?"

하고 물어보아도

"어디 갔는지 누가 알아요?"

하고 톡 쏘듯 한다. 며칠 만에 돌아와서 어린 것은 아는 체도 안하고 개부터 찾는데 불평인 눈치다.

"아뿔싸 늦었구나!"

하는 후회가 쇠망치처럼 뒤통수를 갈겼다. 며칠 전에도 올개미까지 차고 와서 나 몰래 사지를 불러내다가 들키고 나를 노려보면서 돌아서던 개백정의 날카로운 눈초리가 내 가슴을 잘 드는 칼로 베는 듯이 선뜩했다.

나는 황공과 단짝인 암캐를 기르는 순돌이네 집으로 부리나케 갔다. 가보니 그 집의 개만 부엌 앞에서 북어 대강이를 뜯고 있다. 나는 순돌이를 불러내어

"우리 개 봤나!"

하고 될 수 있는 대로 침착히 물었다. 순돌이는 어름어름하고 냉큼 말대답을 못한다.

"아 우리 개 봤어?"

이번에는 조급히 채우쳐 물었다. 순돌이는 또다시 뒤통수

---

44 사람이 자는 곳.

만 긁더니

"제가 알어유. 주인이 안 계신 줄 알구 아마……"

"아마 어쨌단 말야?"

나는 소리를 버럭 지르며 순돌이 앞으로 달겨들었다. 순돌이는 겁이 나서 문칫문칫 물러서며

"저…… 건넛말서 잡어가는 소리만 들었시유"

한다. 설마 잡아가기야 했으랴! 하던 나는 가슴이 덜컥 내려앉았다. 염통이 별안간 쿵쿵 기계방아처럼 찧는 것을 간신히 진정시키며

"아 뉘집에서 잡었어?"

하고 바른대로 고해바치지 않으면 멱줄이라도 누를 듯이 엄포를 하니까 순돌이는

"아마 작은 말 응천네루들 되나 봐유"

하고 목소리를 떤다.

나는 비 뒤에 미끈미끈 미끄러지는 길을 엎드러지며 곱드러지며 응천네 집으로 달음박질을 하였다. 걸음이 굼뜨인 나로서는 상상할 수 없을 만큼 빨랐다.

싸리짝문을 발길로 걷어차니 개의 독특한 비린내가 혹 끼쳤다.

"어떤 놈이 남의 갤 잡어 먹느냐?"

나는 호통을 하며 더운 김이 연기처럼 서리어 나오는 부엌

으로 불쑥 머리를 들이밀었다. 동네의 늙수그레한 축들이 칠팔 명이나 쭈그리고 앉았다가 내 호통에 놀라서 벌떡 일어선다. 하도 서슬이 푸르니까 하나둘 슬금슬금 꽁무니를 빼는데 부뚜막을 보니까 컴컴한 가마 속의 물이 부글부글 끓어오른다. 나의 시선이 김과 연기에 싸여 어두침침하던 부엌 바닥으로 달리자, 이를 어찌하랴?! 백정 놈이 창칼로 황공의 가죽을 벗겨 가지고 그 가죽에 붙은 살을 싹–싹– 발르고 있지 않은가. 그것을 들여다본 나는 두 눈이 벌컥 뒤집혔다. 여전히 독살스러운 눈을 치뜨고 할끔 쳐다보는 개백정의 배를 갈라 간을 꺼내서 씹고 싶도록 미웠다.

"이눔아! 이 잡어먹을 눔아!"

하고 부르짖으며 이를 부드득 갈다가

"이 이눔! 너두 죽어봐라!"

하고 단장을 번쩍 들어 개백정의 어깨를 힘껏 후려갈겼다. 개백정은

"어이쿠!"

하고 고개를 푹 수그렸다가 칼을 들고 일어나 반항을 하려는 것을

"이 개만두 못한 눔 어딜 덤벼!"

하고 물푸레 단장 끝으로 그자의 앙가슴을 총창으로 찌르듯 푹 들이질렀다.

그자는 개소리처럼

"깡!"

하고 비명을 지르고 꼬꾸라지더니 몸뚱이를 발에 밟힌 지렁이처럼 뒤튼다. 동네 사람들은

"아니 미친개를 잡았는데 왜 이러슈? 이건 너무 심하구려"

하고 대들어 말린다. 나는 동경의 검극 배우처럼 두 손으로 단장을 들어 그자들을 후려갈기고 떠다 박지르고 하면서 미친 사람처럼 날뛰었다. 그 바람에 막걸리까지 받아다 놓고 군침을 흘리며 부뚜막 앞에 턱을 쳐들고 앉았던 아귀들은 풍비박산[45]을 했다.

그것만으로는 꼭두까지 오른 분이 풀리지 않았다. 사방을 휘휘 둘러보다가 외양간 앞에 세워 놓은 괭이를 들고 들어가서 가마솥 뚜껑을 힘껏 내려찍었다. 투박하고 커다란 솥뚜껑은 쩡!하고 두 쪽 세 쪽에 갈라졌다. 거품이 일듯이 부글부글 끓는 물 속에서 떴다 잠겼다 하며 들먹거리는 것은 허옇게 가죽을 벗겨놓은 황공의 잔등이가 아닌가! 나는 고개를 홱 돌렸다. 그다지도 사랑하던 누렁이의, 사지의, 황공의 무참한 시체를 차마 내 눈으로는 두 번 다시 볼 수가 없었다. 더구나 부엌 바닥에 백정이 살점을 훑다가 달아난 그 껍질은 내려다 볼 용기가 없었다. 톡 불거진 눈 알맹이는 반이나 빠져나오고 몸뚱

45 사방으로 날아 흩어짐.

이는 송두리째 벗기우고 살점은 갈갈이 찢겨 부엌 바닥에 납작하게 깔린 사지의 껍질! 그 싯누런 털! 나만 보면 곁에서 바람이 일도록 내두르던 그 탐스럽던 꼬랑지! 나는 흥분이 조금 가라앉자 눈두덩이 뜨끈했다. 이윽고 두 줄기 눈물이 앞을 가리었다. 더운물에 불어서 축축하고 끈적끈적한 황공의 머리털과 등어리를 전처럼 어루만져 주려니 울음이 북받쳐올라 어린애처럼 엉엉 울고 싶은 것을 입술을 깨물며 참았다.

"황공! 황공! 내가 잘못했다! 주막에서 너를 왜 못 따라오게 했더란 말이냐. 사지야! 주인의 잘못을 용서해다우"

나는 넋두리를 하듯 하며 소매로 얼굴을 가리고 흐느꼈다. 올가미를 쓰지 않으려고 나를 찾으며 최후의 반항을 하던 것을 눈앞에 상상하려니 개가 미치면 위독하다는 것보다 그 탐스러운 목덜미와 군살이 너덜너덜하게 찐 뒷다리를 식욕이 동해서 황공을 몰래 잡아먹으려던 인간들, 그 인간들의 살점을 물어뜯고 싶었다.

황공이 그다지도 무참한 최후를 마친지도 어느 틈에 두 달이 지났다. 그때처럼 궂은 비가 오는 날 밤에 나는 동경서 친구가 부쳐주는 신문에, 대강 이러한 기사가 실린 것을 보았다.

'사랑해주던 주인 ×××박사가 세상을 떠난 후, 진 날 마른 날을 가리지 않고 4년 동안이나 조석으로 정거장에 나와서 주인을 기다리며 슬픔에 젖어 있던 동경 「뽀찌구락부」의 명예회원인 「충견 하찌 공(公)」이 노환으로 세상을 버렸다.'는 것과 그 임종하던 모양이며 수많은 아이들과 어른들에게 싸여서 조상을 받는 '하찌 공'의 사진까지 커다랗게 났다. 4단으로 내려 뽑은 기사는 대신이 죽었어도 그보다 더 크게 취급은 하지 못했으리라.

며칠 뒤에 온 신문에는 그 뒤에 소식이 났다. '하찌 공'의 장례 때에는 중이 여섯 명이나 경을 읽어서 그 충성스럽던 영혼을 위로해 주었고, 주인의 무덤에까지 온 동네 사람들이 장례식을 나왔는데, 이 슬픈 소식이 한번 퍼지자 전국에서 모인 부의금이 3백 6십여 원에 달하였으며, 어느 동물학 박사는 손수 메스를 들어 '하찌 공'을 해부한 뒤에 생시와 똑같은 모양으로 박제를 해서 아동박물관에 영원히 보존하기로 되었다.

1936년 1월 『신동아』